Lindgart
SYNDRAKOS
Drachenberg
Narusee
Ohlem
Die Ewigen Berge
Alonia
Roter Fluss
Ocktal
Iriandria
DREIBRÜCKEN
Friedhofen
Rabenfurt
SLADONISCHES REICH
Crôdân

Marc-Uwe Kling / Johanna Kling / Luise Kling

Der Spurenfinder

Marc-Uwe Kling / Johanna Kling / Luise Kling

DER SPURENFINDER

Roman

Mit Illustrationen von Bernd Kissel

Ullstein

»Wie ausgiebig meine Wanderungen waren, mag man daran erkennen, dass sie mich sogar nach Friedhofen führten. Diesem Ort gelingt das Kunststück, gleichzeitig mitten in Dreibrücken und doch am Ende der Welt zu liegen. Im Süden, Osten und Norden umschlossen vom ›Wilden Wald‹ und ›Schönen See‹ (die Namen mögen trauriges Zeugnis von der Kreativität der Bewohner ablegen) ist das Dorf wahrhaft eine Sackgasse. Nie wird sich jemand auch nur auf der Durchreise oder aus Versehen in dieses Nest verirren. Gerüchteweise erfuhren die Bewohner von den Unabhängigkeitskriegen zwei Jahre nach deren Ende. Wer sichergehen möchte, dass in seinem Leben garantiert nichts Aufregendes mehr passiert, dem empfehle ich, nach Friedhofen zu ziehen.«

Aus **Wanderungen durch das Königreich Dreibrücken**
von Deidra Harfner

PROLOG

Elos von Bergen war der berühmteste Spurensucher der Verlorenen Provinzen. Er war es, der das Rätsel des Obelisken von Tarnok löste. Er brachte der Gräfin von Oberlinden ihren Greifen zurück. Er fing den Traummörder von Altschwanenberg. Wobei Elos sich nie selbst als Spurensucher bezeichnet hätte. Elos von Bergen war Spuren*finder*. Er beliebte zu sagen: »Spuren suchen kann ja jeder. Auf das Finden kommt es an.« Und er hatte noch jede Spur gefunden. Oder zumindest fast jede. Einen einzigen Fall, so gestand er neugierigen Auftraggebern unter vier Augen, hatte er nicht zu lösen vermocht. Aber mehr war ihm darüber nicht zu entlocken.

Der Spurenfinder stammte aus Iriandria, der Hauptstadt des Königreichs Dreibrücken. Dieses Binnenland war die kleinste, aber schönste der Verlorenen Provinzen. Zumindest behaupteten das die Einwohner Dreibrückens. Elos hatte zwei Kinder. Ein schlaues Mädchen namens Ada und einen talentierten Jungen namens Naru. Beide zählten zwölf Sommer. Und sie feierten jedes Jahr zusammen Geburtstag. Daran war nichts Ungewöhnliches, denn sie waren Zwillinge.

Die beiden hatten nur noch ihren Vater, da ihre Mutter kurz nach der Geburt der Kinder verstorben war. Elos sprach selten von ihr, aber in den Momenten, in denen Ada und Naru ihn dazu drängten, fühlten sie die große Liebe, die er für ihre Mutter empfunden haben musste.

Vor einigen Jahren hatte Elos die Spur eines Nachtmagiers gefunden, der wirklich nicht gefunden werden wollte. Nur knapp waren er und die Kinder der Rache des Zauberers entgangen. Es war ihr Glück gewesen, dass Naru in jener mondlosen Nacht, als der Schurke ihr Haus in Brand steckte, nicht hatte schlafen können. Noch während sie von der Straße aus beobachteten, wie die züngelnden Flammen ihr Heim verzehrten, überdachte Elos sein Leben. Der Tod war ihm dieses Mal viel zu nah gekommen. Und was bedeutend schlimmer war: Der Tod war seinen Kindern zu nah gekommen. Darum beschloss er, das Spurenfinden an den Nagel zu hängen, und zog mit den Zwillingen in das verschlafenste Nest, von dem er je gelesen hatte: Es war das von der berühmten Dichterin Deidra Harfner so wortgewandt verspottete Dorf namens Friedhofen. Elos erklärte den Kindern immer wieder, dass der Ort nach seinem Gründer benannt sei und Friedhofen nur eine Abkürzung für Friedrichs Hof war. Ada und Naru jedoch glaubten, dass das Dorf seinen Namen ganz offensichtlich aus anderen Gründen bekommen hatte, denn man konnte genauso gut tot sein, so wenig war in diesem Kaff geboten. Aber genau das war ja Elos' Wunsch gewesen. Keine dunklen Geheimnisse mehr, keine Verbrechen, keine Morde. Er wollte einfach nur Ruhe und Frieden. Daraus ist natürlich nichts geworden.

FRIEDHOFEN

Wie jeden zweiten Morgen wünschte sich Ada, dass sie Feuer flüstern könnte. Sie kniete vor dem Ofen mit der eisernen Herdplatte und mühte sich vergeblich, dem Feuerstein Funken zu entlocken. Das zweistöckige Backsteinhaus, in dem sie nun schon seit anderthalb Jahren lebten, hatte einst einem Fischer gehört. Es lag direkt am Schönen See, und man konnte morgens förmlich sehen, wie der kalte Nebel vom Wasser aufstieg und sich durch alle Ritzen ins Haus schlich.

»Soll ich dir helfen?«, fragte Naru spöttisch.

»Lass mich!«, sagte Ada. »Ich kann das.«

Sie schlug den Feuerstahl ein weiteres Mal gegen den Stein und

blickte ihren Bruder triumphierend an, als im Ofen eine kleine Flamme züngelte – die leider sofort wieder erlosch.

Naru öffnete seinen Mund, aber Ada kam ihm zuvor.

»Ich will nix hören!«

Sie schichtete gerade neuen Zunder auf, als Elos die Treppe herunterkam. Seine langen braunen Haare steckten noch unter einer Schlafmütze. Weil er mit den letzten Nachwirkungen einer Erkältung kämpfte, lutschte er einen scharfen Feuerdrops. Er lief an Ada vorbei und spuckte das Bonbon in den Ofen. An der Luft fing es sofort Feuer, steckte den Zunder an, und dieser begann zu qualmen.

»Na, sag mal!«, rief Ada und pustete gegen eine angekokelte Strähne. Sie nahm ihre Schleife aus der Jackentasche und band ihre rotbraunen Haare zu einem Pferdeschwanz. Immer wenn sie das machte, kostete es ihren Bruder fast übermenschliche Kräfte, nicht daran zu ziehen. Man konnte *so gut* daran ziehen. Viel besser als an Narus rotbraunem Strubbelkopf. Noch vor Kurzem hatte er lange Haare gehabt, weil es da dieses eine Mädchen in der Schule gab, die mal gesagt hatte, dass sie Jungen mit langen Haaren hübscher fand. Also hatte er sie wachsen lassen. Aber dann hatten sich die anderen Kinder über ihn lustig gemacht. »Der hübsche Naru« hatten sie ihn genannt: »Schaut mal, da kommt der hübsche Naru.« – »Oh, der hübsche Naru wird wütend.« – »Obacht, der hübsche Naru wirft mit kleinen Äpfeln.« Immerhin hatten sie ihn nicht »den hässlichen Naru« genannt. Dennoch hatte er sich seine Haare wieder abgeschnitten.

Elos setzte sich an den Tisch mit den drei Stühlen, der fast ein wenig zu groß für die kleine Küche war, und schnupperte mit seiner leicht schiefen Nase. »Rieche ich da Frühstück?« Damit äußerte er wohl eher einen Wunsch, als dass er tatsächlich schon etwas roch.

»Bin dabei. Bin dabei!«, sagte Naru, der bereits Eier aufschlug, um ein Omelett zuzubereiten. Beim dritten Ei stellte er sich ungeschickt an, und etwas Schale fiel mit in die Pfanne.

»Soll ich dir helfen?«, fragte Ada grinsend.

Naru verdrehte die Augen. »Bitte«, sagte er. »Mach!«

»Nein, nein, mein Junge«, mischte Elos sich ein. »Du bist heute dran.«

Naru seufzte und versuchte, all die kleinen Stückchen Schale aus der Pfanne zu fischen.

Als das Omelett fest genug war, warf er es mit einem lässigen Pfannenschwung in die Luft, um es dort zu wenden. Leider landete es in hohem Bogen auf Elos' Schlafmütze. Der Spurenfinder nahm diese ab und legte sie mitsamt Omelett vor sich auf den Tisch.

»Vielen Dank, Naru«, sagte er. »Ich muss gestehen, normalerweise esse ich von einem Teller und nicht von meiner Schlafmütze, aber warum nicht mal etwas Neues probieren?«

»Ups ...«, sagte Naru. »Entschuldigung.«

Seine Schwester lachte.

»Und du, Ada«, ermahnte Elos, »könntest deine Hausaufgaben vielleicht lieber *nach* der Schule machen und nicht in aller Eile am Morgen.«

Ada blickte auf ihre Hände. Sie hatte frische Tinte an den Fingern. Verräterisch.

Jetzt grinste Naru.

»Immerhin habe ich sie überhaupt gemacht«, sagte Ada.

Ihr Bruder grinste nicht mehr.

»Außerdem, Naru, wenn du das nächste Mal die halbe Nacht in meinen Aufzeichnungen liest«, sagte Elos, »dann solltest du darauf achten, dass das Buch danach wieder an exakt derselben Stelle liegt.«

»Woher wusstest du, dass ich es war und nicht Ada?«, fragte Naru.

»Bis eben hatte ich es nur vermutet«, sagte Elos und schob sich ein Stück Omelett in den Mund. Dann spuckte er Eierschalen auf den schmutzigen Boden.

Der Vorteil davon, erwischt worden zu sein, befand Naru, war, dass er endlich über all das reden konnte, was er gelesen hatte. »Am besten fand ich, wie du das Rätsel der verrückten Baronesse gelöst hast!«, sagte er und wandte sich dann an seine Schwester. »Vater hat sie einfach beim Schlafwandeln verfolgt. Und wie er den Mann überführt hat, der sich immer nachts in dieses Bärenmonster verwandelte, war auch spannend. Er gab ihm etwas mit Rübensirup zu essen. Davon bekommen die meisten Wandelwesen nämlich Ausschlag! Hast du das gewusst? Und dann fand ich natürlich toll, wie Vater draufgekommen ist, dass es eine Nixe war, die mit dem blauen Königsstein in der Kanalisation verschwand. Wer sonst hätte die Stromschnellen überlebt? Außerdem war da noch der Fall ...«

»Ist gut jetzt«, sagte Elos. »Meine Aufzeichnungen sind eigentlich nichts für Kinder.«

»Sie sind eben das Spannendste, das es in diesem verschlafenen Nest gibt«, verteidigte sich Naru. »Selbst mein Traum heute Nacht war langweilig. Ich habe ernsthaft geträumt, dass ich schlafe. Kann man sich etwas Öderes vorstellen? Dabei war doch gestern die Nacht der Träume.«

Ada lachte. »Die ist erst heute, du Dummkopf!«

Heute war nämlich Herbstanfang, das hieß, Licht und Dunkelheit hielten sich die Waage. Und in diesen Nächten, so sagte man, träumten alle Wesen der Welt so intensiv wie sonst nie. Die Seelenhüter behaupteten sogar, dass Manuna, die Göttin der Träume, in jenen Nächten manch einen Menschen tatsächlich in seine Vergangenheit oder Zukunft entrückte. Aber Elos hatte den Kindern schon oft gesagt, dass das nur abergläubischer Unsinn sei. Er hielt nicht viel von den Göttern.

Die große Standuhr schlug acht Mal.

»Jetzt aber schnell«, sagte Elos, »sonst kommt ihr zu spät in die Schule.«

»Ich geh schon mal los«, sagte Naru und stand auf.

»Nein, bitte warte auf mich«, rief Ada und begann, schnell ihr restliches Frühstück hinunterzuschlingen. Sie hatte diese blöde Angst vor dem Alleinsein. Vielleicht lag es daran, dass sie ihr ganzes Leben nie wirklich allein gewesen war. Selbst im Bauch ihrer Mutter hatte sie ja schon Gesellschaft gehabt.

»Dann aber hopp, hopp«, sagte Naru. »Ich wollte noch vor der Schule mit Ilda quatschen.«

Ada grinste, verkniff es sich aber, ihren verknallten Bruder zu verspotten, weil er so nett war, auf sie zu warten.

***

Da Friedhofen das kuhdorfigste Kuhdorf war, das man sich vorstellen konnte, gab es auch nur eine überschaubare Anzahl Kinder. In der Schule steckte man die Mädchen und Jungen allen Alters in nur eine einzige Klasse. Auch gab es natürlich nur eine Lehrerin, und die wohnte im Obergeschoss des Schulgebäudes. Im Klassenzimmer standen Tische und Bänke in verschiedensten Größen. Je älter die Schülerinnen und Schüler waren, desto weiter hinten saßen sie. Ein Kachelofen in der Ecke bei der Tür verbreitete wohlige Wärme. Den ganzen Vormittag hatte Frau Lilienfeld geredet – über Pflanzen und Tiere, Zahlen und Zeichen, Handwerk und Kunst. Jetzt sprach sie über Länder und Leute, aber Naru hörte nicht richtig zu. Er blickte aus dem Fenster, sah Schmetterlinge, die in der Mittagssonne tanzten, und wünschte sich in sein Bett zurück.

»Naru«, sagte die Lehrerin. »Naru!«

Ada stupste ihren Bruder an.

»Hm?«, machte Naru und gähnte.

»Schläfst du, Junge?«, fragte die Lehrerin.

Naru schreckte auf. »Nein, nein. Natürlich nicht, Frau Lilienfeld.«

»Dann weißt du doch bestimmt die Antwort auf meine Frage.«

»Äh ja ... sicher«, stammelte Naru. »König Fredlaff der Zweite!«

»Sehr gut«, sagte Frau Lilienfeld. »Wirklich ausgezeichnet, dass du den Namen unseres Königs kennst. Aber danach hatte ich leider nicht gefragt.«

»Verlorene Provinzen«, flüsterte Ada ihrem Bruder zu.

»Ich war ja noch nicht fertig«, sagte Naru. »Ich wollte sagen, dass König Fredlaff der Zweite eine der Verlorenen Provinzen regiert, nämlich Dreibrücken, und die anderen ... äh ... sind äh ... die Tarnischen Inseln, Ronasland, ... das Sladonische Reich, ... mmh ... Oberlinden, Unterlinden und äh ... Mittellinden?«

Die Klasse lachte.

»Syndrakos«, flüsterte Ada.

»... äh ... ich meine natürlich Syndrakos«, sagte Naru.

»Sehr gut, Ada«, lobte Frau Lilienfeld. »Wobei Syndrakos als Kern des alten Kaiserreichs genau genommen keine Verlorene Provinz ist.« Sie blickte forschend in die Klasse. »Wer von euch weiß denn etwas über Syndrakos?«

Ada meldete sich. Wie so oft war sie die Einzige.

»Nun, dann nehme ich wohl ausnahmsweise Ada dran.«

Narus Schwester holte tief Luft und legte los: »Das Wappentier von Syndrakos ist ein Drache. In der Ära des sogenannten Drachenimperiums war Syndrakos das mächtigste aller Reiche. Bis zu den Unabhängigkeitskriegen hat es alle anderen Länder diesseits der Ewigen Berge beherrscht. Deshalb nennt man diese Länder noch heute die Verlorenen Provinzen. Die Heilquelle nahe der Hauptstadt Drachenberg ist eines der dreizehn Weltwunder. Die Kaiserin von Syndrakos ...«

»Sie müssen meine Schwester unterbrechen, wenn Sie noch mal zu Wort kommen wollen«, warf Naru ein.

Frau Lilienfeld lächelte und blickte auf die Uhr an der Wand. »Nun gut, Kinder. Das war's für heute. Und vergesst nicht, ab morgen sind Ernteferien.«

»Oooooh …«, machten alle siebenunddreißig Schülerinnen und Schüler pflichtschuldig.

»Als ob das jemand vergessen würde«, murmelte Raffa Arden.

»Ada vielleicht«, spottete seine große Schwester Ilda.

»Ich werde sie notfalls ans Bett fesseln«, versprach Naru.

Frau Lilienfeld warf ihnen einen strengen Blick zu. »Und wenn wir uns wiedersehen«, sagte sie lächelnd, »wird Naru einen kleinen Vortrag über *Mittellinden … äh Syndrakos* halten. Eine Viertelstunde über Land und Leute, Gesetze und Gebräuche, Lieder und Legenden. Da freuen wir uns schon alle drauf.«

»Ich freu mich auch riesig«, murrte Naru.

»Und ich erst«, sagte Ada.

»Du hast auch allen Grund«, flüsterte Naru. »Du darfst ihn schreiben.«

»Vergiss es.«

***

Der kürzeste Weg von der Schule zum Dorfkern führte über eine alte Streuobstwiese. Die Bäume trugen noch die meisten ihrer herbstbunten Blätter, aber manch eines ließ sich schon vom Wind umherwirbeln. Ada und Naru liefen mit ihren Freunden, den Ardens, nach Hause. Ilda war ein halbes Jahr älter als die Zwillinge, Raffa war neun und ihr kleiner Bruder Timu gerade mal sechs. Wegen Ilda hatte sich Naru die Haare wachsen lassen. Es war ulkig. Als sie nach Friedhofen gezogen waren, hatte er es nicht sofort bemerkt, aber vor ungefähr einem halben Jahr war ihm urplötzlich klar geworden: Die schlaue Ilda mit ihrer dunklen Haut, ihren langen Haaren, ihrem frechen Gesicht und ihren funkelnden braunen Augen war das hübscheste Mädchen, das er in seinem ganzen Leben gesehen hatte.

»Wir freuen uns wirklich schon *riesig* auf deinen Vortrag, Naru«, neckte sie ihn.

»Ja, ja«, murrte Naru. »Da denkt man kurz mal an wichtigere Dinge, wie zum Beispiel an Schlaf.«

»Frag doch deinen Vater, wenn du Hilfe brauchst«, schlug Raffa vor. »Der war bestimmt schon in Syndrakos.«

»Ja, Elos war doch fast überall«, sagte Timu.

»Aber Vater hat Wichtigeres zu tun, als Schulaufsätze für Naru zu schreiben«, sagte Ada.

»Als ob ...«, schnaubte Naru. »Was macht er denn schon groß, außer seine zwanzigbändigen Memoiren zu verfassen?«

»Nichts. Aber das ist wichtiger als dein Schulaufsatz.«

»Mag sein. Zum Glück hast du nichts Wichtigeres zu tun.«

»Pff«, machte Ada.

»Wem willst du hier was vormachen?«, fragte Ilda. »Wir wissen doch, dass dir so was Spaß macht.«

»Streberin, Streberin«, rief Timu und fing sich dafür von Ada einen Klaps auf den Hinterkopf ein. Dadurch gerieten seine sehr ordentlich gekämmten braunen Haare durcheinander. Das war ihm eigentlich ziemlich schnuppe. Es war nur so, dass seine Mutter ihm zu Hause nun wieder die Haare kämmen würde, und das nervte ihn. Er wünschte sich, einen so unzähmbaren Lockenkopf zu haben wie sein Bruder Raffa. Bei dem hatte Mutter Arden schon vor Jahren aufgegeben.

»Treffen wir uns später bei den toten Bäumen zum Klettern?«, fragte Naru. »Vielleicht sehen wir ja wieder ein paar Erdaffen!«

»Geht leider nicht«, sagte Ilda. »Mama hat den Dorfvorsteher zum Kuchenessen eingeladen. Wir sollen alle dabeisitzen, möglichst viel lächeln und möglichst wenig sprechen.«

»Bahnt sich da was an?«, fragte Ada.

»Küsschen, Küsschen?«, scherzte Naru und fing sich einen Klaps von Ilda ein.

»Und wenn schon?«, fragte sie.

Naru pflückte sich im Vorbeigehen einen Apfel vom letzten Baum der Streuobstwiese und biss hinein. Sie hatten den Rand des eigentlichen Dorfkerns erreicht. Das erste Haus gehörte dem Holzfäller Ronald Hagen. Er legte viel Wert darauf, dass sein Heim immer in Schuss war. Bei ihm quietschte keine Tür, klemmte kein Schubfach, und natürlich tropfte es auch nicht durchs Dach. Hagen saß mit Brot, Tomaten und Käse an einem Tisch vor seinem Haus und machte Mittagspause.

»Schönen guten Tag, ihr Racker!«, rief er, als die Kinder an ihm vorbeiliefen.

»Guten Tag, Herr Hagen!«, grüßten die Kinder zurück.

»Bestell deiner Mutter einen schönen Gruß von mir, Ilda!«

»Mach ich.«

»Ihre Tomaten sind ganz großartig!«

»Aber nicht, dass der Dorfvorsteher eifersüchtig wird«, flüsterte Naru, als sie ein paar Schritte weiter waren.

Ilda lachte und sagte: »Was kann ich dafür, dass das halbe Dorf in meine Mutter verliebt ist.«

»Sla eis erjüng raw, raw eis stimmtbe os schönderwun eiw ud«, sagte Naru.

Ada blickte ihren Bruder augenrollend an.

»Ihr immer mit eurer doofen Geheimsprache«, sagte Ilda.

Am Dorfbrunnen angekommen, kreischte Raffa plötzlich. Er drehte sich im Kreis und deutete immer wieder auf einen Aushang. Die anderen folgten seinem Blick. Dann fingen sie auch an, vor Freude herumzutollen. Timu, der ebenfalls fröhlich kreischend auf und ab hüpfte, fragte irgendwann: »Was ist eigentlich los?« Er konnte nämlich noch nicht lesen.

»Ein Jahrmarkt!«, rief Ilda. »Mit Schaustellern und Spektakel!«

»Flüsterer, ein Wandelwesen und der stärkste Mensch der Welt!«, las Raffa vor.

»Wann?«, fragte Timu. »Wo?«

»Heute Abend schon«, sagte sein großer Bruder. »In Rabenfurt!«

Timu strahlte, denn Rabenfurt, so viel wusste sogar er, war nur eine Stunde Fußmarsch von Friedhofen entfernt. Man musste einfach der alten imperialen Kopfsteinpflasterstraße folgen, die hier am Brunnenplatz begann. Es sprach Bände über Macht und Reichweite des ehemaligen Kaiserreichs, dass es überhaupt eine Straße nach Friedhofen gab. Ebenso vielsagend fand es Naru, dass der kaiserliche Straßenbaumeister, einmal in Friedhofen angekommen, anscheinend beschlossen hatte, dass es sich ab hier nun doch nicht mehr lohne, eine Straße zu bauen.

»Wir müssen unbedingt zu diesem Spektakel«, sagte Ada.

Naru murrte: »Du kennst doch Vater ...«

»Zu gefährlich«, seufzten die Zwillinge.

»Ihr müsst mitkommen!«, rief Ilda. »Ich rede mit Mama. Sie kann sehr überzeugend sein, wenn sie will.«

»Der Dorfvorsteher findet sie auch sehr überzeugend«, sagte Timu und fing sich noch einen Klaps ein. Diesmal von seiner großen Schwester.

»Wir haben übrigens gehört, dass er die Schule schließen will«, sagte Raffa. »Friedhofen fehlt es an Geld.«

»Was?«, rief Naru. »Das klingt ja nach einer ganz fantastischen Idee. Ich bin großer Unterstützer des Dorfvorstehers Emmett Freling!«

»Trottel«, sagte Ada. »Das hieße nur, dass wir dann jeden Tag nach Rabenfurt und zurück laufen müssten.«

»Ich war schon immer ein Gegner des Vorstehers Freling!«, sagte Naru. »Dieser Nichtsnutz!«

Die Ardens lachten, dann bogen sie nach rechts zum Hof ihrer Mutter ab, während Ada und Naru weiter in Richtung See schlenderten.

Als sie am Laden des Kräuterhändlers vorbeikamen, hielt Naru seine Schwester am Arm fest: »Lass uns Feuerdrops für Vater kaufen. Du weißt schon. Schön Wetter machen, damit er uns auf den Jahrmarkt lässt.«

»Gute Idee.«

»Ich hab kein Geld.«

Ada schnaubte. »Das hätte ich mir denken können.«

Im kleinen Laden des Kräuterhändlers war nicht viel los. Nur Anselm Kiruk, der Seelenhüter des Dorfes, war vor den Kindern an der Reihe. Wie alle seiner Zunft trug er den Schädel kahl rasiert, denn auf den Hinterkopf hatte man ihm während der Einführung in die Mysterien ein weiteres Gesicht tätowiert. Dieses zweite Gesicht hatte er den Kindern zugewandt. Ada erinnerte sich dunkel, dass die Fratze böse Geister davon abhalten sollte, den Seelenhüter hinterrücks zu überfallen, und es mochte sogar funktionieren, denn zumindest Ada fand die Tätowierung wirklich sehr abschreckend. Wie immer trug Kiruk seinen schwarzen Umhang mit den vielen goldenen Verzierungen. Ada sah die beiden Monde, die man als Jespas Augen bezeichnete. Außerdem viele kleinere Gestirne, die im Licht glitzerten wie ihre Vorbilder, die Sterne, in der Nacht.

»Und ein Fläschchen *Traumlos* hätte ich gerne noch«, sagte der Seelenhüter gerade.

»Sehr gerne«, erwiderte Titus Grünspecht und strich sich über seinen kleinen grauen Ziegenbart. »Aber obwohl mein *Traumlos* das beste in den Verlorenen Provinzen ist, muss ich Sie warnen, dass es in der Nacht der Träume nichts ausrichten kann. Heute muss jeder mit den Träumen leben, die Manuna einem schenkt.«

»Natürlich, natürlich. Ich baue auf ihre Gnade.«

Der Seelenhüter reichte dem Händler ein paar Münzen und zog weiter. Ada trat vor.

»Einmal Feuerdrops bitte«, sagte sie.

Titus Grünspecht schaute die Zwillinge skeptisch an. »Meine

Feuerdrops sind nichts für kleine Kinder«, sagte er. »Die sind verflucht scharf. Die schärfsten, die man legal kaufen kann. Aber wie wär's mit Grünspechts Grünen? Die schmecken wunderbar minzig.«

»Wir wollen Feuerdrops!«, sagte Ada. »Für Vater.«

»Ach so! Verstehe.«

»Und wir sind keine kleinen Kinder«, beschwerte sich Naru.

»Das ist aber Pech«, sagte Titus Grünspecht. »Kleine Kinder bekommen von mir nämlich immer zwei unglaublich leckere Himbeerbonbons geschenkt.«

»Also so alt sind wir ja gar nicht«, sagte Ada.

Titus Grünspecht lächelte. Er reichte ihr die Tüte Feuerdrops und ein Himbeerbonbon.

Dann blickte er Naru spöttisch an. »Möchte der junge Herr auch eins, oder ist er zu alt dafür?«

Demonstrativ nahm Naru einen Feuerdrops aus Adas Tüte und steckte ihn sich in den Mund. Der Kräuterhändler fing an zu lachen. Ada grinste. Narus Gesicht war einfach zu köstlich.

»Ga ... ga ... gar nicht scharf ...«, stammelte er und kämpfte mit den Tränen. Es fühlte sich an, als hätte er ein glühendes Stück Kohle im Mund.

»Hier, Kleiner«, sagte der Kräuterhändler und gab Naru ein weißes Bonbon. »Joghurtdrops. Nehmen die Schärfe raus.«

»Ge ... ge ... geht schon«, sagte Naru trotzig, nahm aber dennoch das angebotene Bonbon.

Ada bezahlte. »Schönen Tag noch.«

»Ebenfalls!«, sagte der Kräuterhändler. »Und habt ihr gesehen, dass der Jahrmarkt nach Rabenfurt kommt?«

Ada nickte. Naru wünschte sich nur, dass der Mann aufhören würde zu plappern, damit sie endlich gehen und er dieses verfluchte Bonbon unbemerkt wieder loswerden konnte.

»Es gibt sogar ein Spektakel!«, sagte der Kräuterhändler. »Wisst ihr, ich habe ja in jungen Jahren selbst mal auf einem Jahrmarkt gearbeitet.«

Naru knuffte seine Schwester und versuchte, ihr zu verstehen zu geben, dass er weiterwollte. Was Ada auch durchaus verstand, weswegen sie sagte: »Das ist ja sehr spannend, Herr Grünspecht. Was haben Sie denn da gemacht? Bitte erzählen Sie uns mehr. Ich bin mir sicher, dass auch Naru wirklich an Einzelheiten interessiert ist.«

Naru grummelte mit Tränen in den Augen.

»Nun ja«, sagte Titus Grünspecht. »Ihr wisst doch, dass allerhand Magie mit Kräutern und Tränken zu tun hat. Und ich war eben der beste ...«

Jetzt zerrte Naru seine Schwester förmlich vom Fleck. Der Kräuterhändler, der den Grund für Narus Eile wohl längst erraten hatte, lachte amüsiert. »Macht's gut! Und grüßt euren Vater!«

»Auf Wiedersehen!«, rief Ada.

Naru zog seine Schwester mit sich und stieß fast mit Oma Martens zusammen, die gerade den Laden betrat. Die grauhaarige Marlene Martens mit den vielen Falten und dem Tortenbäuchlein war die freundlichste alte Dame im ganzen Dorf. Ihre niedliche Stupsnase war so klein, dass sie kaum die dicke Brille halten konnte. Ob sie wirklich eine Oma war, wusste niemand. Sie hatte noch nie Verwandtschaft zu Besuch gehabt. Trotzdem wurde sie von allen Oma Martens genannt.

»Nanu, Naru? Warum so stürmisch?«, fragte sie und lächelte.

»Ni ... ni ... nichts«, stammelte Naru, der immer noch den Feuerdrops im Mund hatte. »Alles spitze.«

»Ada, Liebes«, sagte Oma Martens. »Würdest du nachher zum Bäcker gehen und mir ein Honigtörtchen kaufen? Heute tun mir meine Beine so schrecklich weh.«

»Na klar«, sagte Ada. Es war nicht das erste Mal, dass Oma Martens die Beine so schrecklich wehtaten.

Die alte Dame drückte ihr drei Münzen in die Hand.

»Ihr dürft euch auch welche kaufen.«

»Vielen Dank!«

»Kommt doch am Nachmittag zum Tee vorbei, um ...«

»... um Punkt vier Uhr«, ergänzte Ada. »Weiß ich doch.«

»Und, Naru«, sagte Frau Martens. »Du siehst gar nicht gut aus. Falls dich eine Erkältung erwischt hat, dann kann ich dir Feuerdrops empfehlen. Die helfen hervorragend.«

»Mir ... mir ... mir geht's gut, danke.« Naru zerrte seine Schwester weiter. »Jetzt komm schon.«

Kaum waren sie wieder auf der Straße und außer Sichtweite des Kräuterhändlers, da spuckte er das schreckliche, garstige, verhasste Bonbon auf den Boden und zertrat die kleine Stichflamme, die daraufhin entstand. Schnell steckte er sich den Joghurtdrops in den Mund und seufzte erleichtert.

»Fabelhafte Aktion«, sagte Ada grinsend.

»Vielen Dank«, sagte ihr Bruder und verbeugte sich.

***

»Nein. Auf gar keinen Fall«, sagte Elos kurze Zeit später mit Nachdruck. Er stand am Ofen und schnippelte Kartoffeln in einen Topf voll heißem Wasser. Dabei trug er eine modisch äußerst fragwürdige Schürze.

»Bitte, bitte, bitte!«, rief Ada. »Es gibt da sogar Zauberei!«

»Ich kann auch zaubern«, sagte Elos. »Schaut her!«

Er zeigte seine leere Hand, griff an Adas Ohr und zog scheinbar einen Kartoffelschnitz daraus hervor.

Seine Tochter rollte mit den Augen. »Da gibt es echte Zauberei!«, sagte sie. »Nicht nur deine billigen Taschenspielertricks.«

»Hier passiert sonst nie was«, beschwerte sich Naru. »Und jetzt ist einmal was los, und du verbietest uns hinzugehen!«

»Es ist viel zu ...«, begann Elos.

»… *gefährlich*«, seufzten die Zwillinge.

»Aber wir sind jung«, sagte Ada. »Wir wollen was erleben!«

»Früher warst du nicht so ein Langweiler«, murrte Naru.

»Früher?«, fragte Elos scharf und fixierte seinen Sohn. »Du meinst vor der Geschichte, bei der ihr fast von einem Nachtmagier mit Haut und Haaren verbrannt worden wärt? Ja, mag sein, dass mich das nachhaltig beeindruckt hat.«

»Du gehst ja noch nicht mal ins Dorf!«, murrte Naru. »Du guckst immer nur auf den See oder schreibst deine Memoiren! Für dich ist das vielleicht erfüllend …«

»Es ist meine oberste Aufgabe, für eure Sicherheit zu sorgen und …«

»Aber es ist doch nur ein Jahrmarkt!«, rief Naru.

»Vergiss es«, sagte Ada. Trotzdem reichte sie ihrem Vater die Papiertüte mit den Feuerdrops.

Elos musste lächeln. »Vielen Dank, Kindchen. Doch die Antwort lautet trotzdem Nein.« Er nahm sich ein Bonbon und steckte es in den Mund. »Außerdem sind Feuerdrops nichts für Kinder«, sagte er. »Aber das hast du wahrscheinlich selbst gemerkt, nicht wahr, Naru?«

»Woher …?«, fing Naru an, unterbrach sich jedoch selbst. Es war nicht immer einfach mit einem Spurenfinder als Vater. Wahrscheinlich war die Tüte verräterisch verknittert oder sonst irgendein Blödsinn.

»Die Ardens kommen auch mit …«, machte Ada einen letzten Versuch.

»Also dürfen wir?«, fragte Naru.

Elos atmete tief ein. »Auf gar keinen Fall«, sagte er seufzend, »geht ihr da alleine hin.«

Die Augen der Kinder begannen zu leuchten.

»Du kommst mit?«, fragte Ada begeistert.

»Aber ihr bleibt immer in meiner Nähe«, verlangte Elos. »Und ihr macht keinen Unsinn. Auf diesen Jahrmärkten treiben sich allerhand zwielichtige Gestalten herum.«

»Du meinst, wie das eine Mal, als du den Homunkulus überführt hast«, fragte Naru, »der den Schatz des Undrin geklaut und sich dann unter den Schaustellern versteckt hatte?«

Sein Vater seufzte. »Ich sollte meine Aufzeichnungen des Nachts wegschließen.«

***

Nach dem Mittagessen las Ada ein Buch über den Aufstieg und die Herrschaft der Königin Iria, während Naru aus dem Kopf ein Porträt von Ilda in sein Skizzenbuch zeichnete. Ab und zu schielte Ada hinüber. Ihr Bruder war, das musste sie zugeben, nicht untalentiert. Als die Standuhr halb vier verkündete, ließen sie alles stehen und liegen und liefen zusammen zur Bäckerei. Der Trampelpfad ins Dorf war ausnahmsweise kaum matschig, denn es hatte seit längerer Zeit nicht geregnet. Ada schwenkte vergnügt einen kleinen Weidenkorb hin und her. Ihr Bruder machte Luftsprünge.

In der Bäckerei trafen sie auf den Schmied Matthis Bjarnson. Der kräftige Mann wartete auf seine Bestellung.

»Na, ihr seid ja blendend gelaunt«, sagte er.

»Es ist wegen heute Abend!«, erklärte Naru.

»Sagt bloß, euer Vater hat euch erlaubt, den Jahrmarkt zu besuchen?«

»Gehen Sie auch?«, fragte Ada.

»Aber natürlich!«

Naru bemerkte, dass an Bjarnsons rechter Hand zwei Finger mit einem neuen, sauberen Verband geschient waren. Auch hatte er tiefe schwarze Ringe unter den Augen. Anscheinend schlief er nicht besonders gut.

»Haben Sie sich schon wieder auf den Finger gehauen?«, fragte Ada mitleidig.

Der Schmied seufzte. »Nun ja. Ich war noch nie der Geschickteste. Vielleicht sollte ich den Beruf wechseln.« Er lächelte matt.

Bäckermeister Odo Winter schnitt ein Brot entzwei und reichte dem Schmied den halben Laib. Sein langes hellblondes Haar steckte standesgemäß unter einer weißen Bäckermütze. Er hatte das Geschäft vor Kurzem von seiner Mutter übernommen. Aber noch hatte sich wenig verändert, außer dass die alte Dame fehlte. Wie immer stand Odos hübsche Schwester Amalia an einem Tisch neben dem Backofen und knetete Teig. Sie war im sechsten Monat schwanger, was man ihr aber noch kaum ansah. Ihr Mann, der Gerber, war mal wieder in die Hauptstadt gereist, wo er für seine Felle einen besseren Preis bekam.

»Wie steht's mit der Bezahlung?«, fragte der Bäcker.

Gezwungen lächelnd hob der Schmied seine verletzte Hand.

»Also wieder mal anschreiben«, seufzte Amalia.

»Das wäre nett«, sagte Bjarnson und verschwand mit der unverletzten Hand grüßend aus dem Laden. Naru blickte sehnsüchtig auf all die Leckereien, die in der Bäckerei auslagen. Es gab Apfel-, Birnen-, Pflaumen-, Salz- und Zwiebelkuchen und natürlich Oma Martens' Lieblingsleckerei.

»Wir hätten gerne drei Honigtörtchen«, sagte Ada.

»Eine Lieferung für die alte Dame, wie?« Odo Winter blickte auf die Uhr und lächelte. »Dann müsst ihr euch aber beeilen. Es ist schon fast vier!«

***

Oma Martens wohnte etwas abgelegen am Waldrand. Der Weg dorthin führte die Zwillinge vorbei an Feldern mit bunten Kürbissen und Weiden mit zotteligen Wollkühen. Die ganze Zeit sangen die Kinder gut gelaunt ein Spottlied, das sie von den Ardens gelernt hatten.

»König Fredlaff, der Breite,
ist andauernd pleite!
Er hat zu viele Rösser,
baut zu viele Schlösser.
Doch er zahlt sie nich,
zahlen tun du und ich.

Prinzessin Henrietta
war schon mal adretta!
Isst leider zu viel Torte,
passt nicht mehr durch die Pforte,
drum baut Fred für sein'n Spross,
ein noch größ'res Schloss.«

Oma Martens stand vor ihrem Haus mit der schönen Terrasse und fütterte eine Familie Erdaffen mit Resten von Obst und Gemüse. Die Tiere ähnelten ihren durch die Bäume kletternden Verwandten, nur glichen die Augen denen einer Katze und die Vorderpfoten sahen aus wie die eines Maulwurfes. Als die Kinder näher kamen, huschten die Erdaffen schnell davon.

»Oh«, rief Ada. »Der kleine war ja so niedlich. Vater sagt, wir sind auf irgendeine Art mit ihnen verwandt.«

»Du vielleicht«, spottete Naru.

Oma Martens drehte sich zu den Kindern um. »Das war aber ein garstiges Lied, das ihr da gesungen habt«, sagte sie.

»Wieso?«, fragte Naru.

»Na, was glaubt ihr denn, wie ich mich bei solchen Worten fühle?« Sie streichelte über ihr Bäuchlein. »Ich esse doch auch zu viel Torte!«

»Ich, äh, na also, das ist doch nur ein Lied …«, stammelte Ada.

»Sogar der Dorfvorsteher singt es«, verteidigte sich Naru.

»Von dem haben wir es ja!«

»Also eigentlich haben wir's von Ilda …«

»… aber die hat's vom Dorfvorsteher«, ergänzte Ada.

»So, so«, sagte Oma Martens. »Der Dorfvorsteher! Na, der kann mir eh gestohlen bleiben.«

Wie zur Entschuldigung streckte ihr Ada den kleinen Weidenkorb mit den Honigtörtchen entgegen.

Die alte Dame lächelte erfreut. »Vielen Dank, Ada Liebes«, sagte sie und öffnete ihre Haustür.

Naru räusperte sich, schließlich war er ja auch mit beim Bäcker gewesen.

»Willst du ein Feuerdrops?«, fragte Oma Martens. »Die helfen am besten, wenn man heiser ist.«

Naru schüttelte entschieden den Kopf.

»Ebenfalls gut gegen eine Erkältung hilft nackt schlafen«, sagte die alte Dame. »Dann kann der Körper auslüften. Ich schlafe immer nackt.«

Naru sagte nichts. Er guckte nur. Das war eindeutig eine Information über Oma Martens, die er nicht unbedingt gebraucht hatte. Und die Wirksamkeit ihres Therapievorschlags fand er überdies äußerst fragwürdig. Zumal er ja gar nicht krank war. Naru blickte zu seiner Schwester. Die zuckte nur mit den Schultern. Alte Leute sagten oft komische Sachen.

Oma Martens war derweil ins Haus gegangen. »Aber kommt doch rein, kommt rein!«, rief sie.

Die Kinder folgten ihr. Im Eingangsbereich hing ein großer ovaler Spiegel an der Wand. Die Zwillinge konnten nicht anders, als jedes Mal innezuhalten und sich darin zu betrachten. In ihrem Haus gab es so etwas nicht.

»Findest du, die kurzen Haare stehen mir?«, fragte Naru.

»Mit langen warst du hübscher«, neckte ihn seine Schwester. Sie schubste ihn vom Spiegel weg, und beide nahmen am runden Tisch in der guten Stube Platz. Oma Martens verschwand in ihrer Küche und kam mit Tee für sich sowie warmer Milch für die Kinder zurück. Sie setzte sich ebenfalls auf einen der gepolsterten Stühle. Dann schauten alle auf eine Uhr. Tatsächlich schauten alle auf eine andere Uhr, denn in der guten Stube hingen mehr als ein Dutzend. Jeder hat seine eigenen Schrullen, dachte Ada. Vor allem alte Leute natürlich. Die Zwillinge warteten darauf, dass der große Zeiger die zwölf erreichte, damit es endlich vier Uhr war. Denn Oma Martens trank jeden Nachmittag um Punkt vier ihren Tee. Manche im Dorf vermuteten sogar, dass sie auch jeden Morgen um Punkt vier Uhr ihren Tee trank. Aber das war natürlich Unsinn und zeigte nur, was die Leute in Friedhofen für einen Blödsinn tratschten.

»Was haben Sie denn gegen den Dorfvorsteher?«, fragte Ada, mehr um die Wartezeit zu überbrücken als aus wirklichem Interesse.

»Ach«, sagte Oma Martens und winkte ab. »Es ist nur so, dass er wohl plant, den Wald hier am Rand von Friedhofen zur Abholzung freizugeben. Aber da geh ich doch so gerne spazieren. Und was soll aus meinen Erdäffchen werden?«

»Gehen Sie eigentlich auch zum Jahrmarkt nach Rabenfurt?«, fragte Naru, um das Gespräch auf das einzige Thema zu bringen, das ihn im Moment interessierte. »Es gibt sogar ein Spektakel mit Artisten und Magie!«

»Oh nein, nein, nein«, sagte Oma Martens. »Solche Veranstaltungen sind nichts für mich. Da werden Menschen vorgeführt wie Tiere. Ich finde ...«

Aber weiter kam die alte Dame nicht, denn es gongten, schrillten, klingelten und kuckuckten alle ihre Uhren gleichzeitig.

Ada zuckte erschrocken zusammen, obwohl sie es schon so oft miterlebt hatte. Oma Martens lachte.

»Wisst ihr«, sagte sie und trank ihren ersten Schluck Tee, »es ist wichtig, dass man eine gewisse Routine im Leben hat! Tee um Punkt vier. Das hat schon meine Mutter so gemacht.«

Naru biss gierig in sein Honigtörtchen und goss einen Schluck warme Milch hinterher. »Ziemlich lecker«, schmatzte er. »Auf jeden Fall besser als Feuerdrops.«

»Aber gegen eine Erkältung gibt es nichts Besseres«, sagte Oma Martens. Nachdem sie ihren Tee getrunken hatte, nahm sie einen Bissen von ihrem Törtchen und verzog augenblicklich das Gesicht. »Also ich weiß ja nicht, aber ich finde, es schmeckt nicht mehr so gut, seit der Sohn die Bäckerei übernommen hat. Oder was meint ihr?«

»Ich find's lecker«, sagte Ada mit vollem Mund.

Oma Martens zuckte mit den Schultern und gab dem Törtchen eine zweite Chance. Es schien dann doch essbar, jedenfalls ließ sie kaum einen Krümel davon übrig.

Danach fragte die alte Dame: »Liest du mir noch ein bisschen vor, Ada Liebes?«

»Na klar«, sagte Ada und holte das dicke Buch der Götter aus dem Regal. Naru kramte seine Zeichensachen hervor. Er war an den antiken Geschichten über Dämonen, Monster und Götter erstaunlicherweise kaum interessiert. Das lag weniger am Inhalt des alten Wälzers als an seinem schwerfälligen Stil. Während Ada vorlas, wie die oberste Göttin Jespa den Feuerdämon Zerus in den Drachenberg verbannte und so der erste Vulkan entstand, saß Naru am Tisch und malte Oma Martens mit einem Törtchen auf dem Kopf.

DER JAHRMARKT

Elos von Bergen war ein Mann, der zu seinem Wort stand. Jedenfalls solange er keinen guten Grund hatte, es nicht zu tun. Und das nagende Gefühl, dass sich auf dem Jahrmarkt etwas Schlimmes ereignen könnte, etwas, das sich seiner Kontrolle entzog – zu viele Menschen, zu viele Möglichkeiten –, war zu vage. Es reichte nicht, um sein den Kindern gegebenes Versprechen zu brechen. Sie würden noch heute zum Jahrmarkt gehen.

Der Fußmarsch nach Rabenfurt dauerte eine knappe Stunde, und sie hatten verabredet, ihn gemeinsam mit der Familie Arden zurückzulegen. Darum standen sie nun am frühen Abend an der Weggabelung im Osten Friedhofens und warteten. Denn auf die Ardens musste man immer warten. Gelangweilt blickte sich Naru um. Direkt vor ihm traf der Trampelpfad zum Schönen See auf den Feldweg zum Arden-Hof. Der Mais zu seiner Linken war noch nicht abgeerntet. Zu seiner Rechten säumten Apfelbäume den Weg. Wie gerne wollte er auf einen davon klettern, denn Klettern war sein liebster Zeitvertreib. Aber er hatte Angst, seine feinen Klamotten schmutzig zu machen, und das, wo er doch quasi gleich zum ersten Mal mit Ilda ausging. Man musste sich nur die anderen wegdenken.

Ada stand neben ihm und zählte ihre Münzen. Die Zwillinge hatten alles Geld eingesteckt, das sie sich in letzter Zeit durch verschiedene Hilfsarbeiten verdient und noch nicht für Zimtbrötchen wieder ausgegeben hatten.

»Ich habe fünfzehn Henriettas«, sagte Ada. »Und sogar einen goldenen Fredlaff!«

Ganz unbescheiden benannten die Herrscher von Dreibrücken

die Münzen des Landes nach sich selbst. Dreiunddreißig Henriettas waren so viel wert wie ein Fredlaff, weil die Prinzessin geboren wurde, als ihr Vater dreiunddreißig Jahre alt war. Wie oft hatte sich Naru in der Schule schon gewünscht, Fredlaff hätte seine Tochter mit hundert Jahren bekommen oder wenigstens im Alter von dreißig. Jedenfalls sorgte diese königliche Schrulle für allerhand Kopfzerbrechen auf den Märkten und in den Klassenzimmern des Landes.

»Wie viel hast du?«, fragte Ada.

»Sag ich nicht«, erwiderte Naru. In seiner Tasche hatte er neun Henriettas und drei Knöpfe.

»Und du?«, fragte Ada ihren Vater. »Wie viel hast du?«

»Genug«, sagte Elos.

Seit er die Spur der von Herzog Harling entführten Prinzessin Henrietta gefunden und dadurch vielleicht einen Krieg zwischen Dreibrücken und Syndrakos verhindert hatte, bekam er seine Fredlaffs nämlich vom Herrscher selbst. Eine königliche Rente. Ungemein praktisch für Elos. Nur die Zwillinge hatten diese schon oft verflucht. Ohne Fredlaffs Fredlaffs hätte sich Elos nämlich kaum nach Friedhofen zurückziehen können, um dort auszutesten, wie viel Langeweile Kinder ertragen konnten, bevor sie mit dem Kopf gegen die Wand liefen.

Plötzlich knallte ein kleiner Apfel gegen Narus Rücken. Das konnte nur eins bedeuten. Er wich schnell zur Seite aus, und der nächste kleine Apfel traf Elos' Hinterteil.

Ilda, die gerade aus dem Feldweg kam und bis eben noch von den hohen Maispflanzen verdeckt gewesen war, hielt sich erschrocken die Hand vor den Mund. »Oh! Entschuldigung, Herr von Bergen!«, rief sie. »Ich wollte Naru treffen.«

»Davon gehe ich aus, Kindchen«, sagte Elos und rieb sich die schmerzende Stelle. »Du hast einen kräftigen Wurf.«

»Es tut mir wirklich …«, begann Ilda, da traf sie ein Apfel an der Schulter.

»Hab ich dich!«, rief Naru triumphierend.

Timu und Raffa kamen lachend herbeigerannt. Sie bückten sich schon nach Äpfeln.

»Kinder, hört auf mit dem Blödsinn!«, rief eine strenge Frauenstimme. »Sonst drehen wir gleich wieder um.«

Mutter Arden erschien, und sofort ließen die Kinder die Äpfel fallen. Außer Naru, der sie in die Tasche seiner Jacke steckte, und Timu, der hineinbiss, sein Gesicht verzog und den sauren Apfel wieder ausspuckte.

Wie immer zog Rebecca Arden alle Blicke auf sich. Man hatte das Gefühl, selbst die Tiere glotzten sie an. Die selbstbewusste Bäuerin war die bei Weitem schönste Frau des ganzen Dorfes, und es war kein Wunder, dass ihr alle Junggesellen den Hof machten. Es war ebenfalls kein Wunder, dass Ilda so hübsch war, dachte Naru.

»Rebecca«, sagte Elos. »Wo hast du deinen Verehrer gelassen?«

»Hier bin ich!«, rief der Dorfvorsteher fröhlich. Er war ein adretter Mann Anfang vierzig mit feinen Gesichtszügen und einem schelmischen Lächeln. Sein noch kaum grauer Vollbart war auf sorgfältige Weise genauso sorgfältig gestutzt, dass man nicht merken sollte, wie viel Sorgfalt er darauf verwendete. Gleiches galt für seine schwarzen Haare. Seine Hände waren weich und gepflegt. Er pflückte auf der Wiese eine blaue Kornblume.

»Darf ich?«, fragte er, und nachdem Rebecca nickte, steckte er ihr die Blume ins Haar. Sie ließ es mit einem Lächeln über sich ergehen. Rebecca Arden war eine Bauerswitwe, die mit beiden Beinen auf dem Boden stand. Emmett Frelings romantische Anwandlungen fand sie offensichtlich dennoch auf amüsante Weise schmeichelhaft. Er behandelte sie wie eine Dame vom Hof, nicht wie eine mit Hof.

»Die Blume passt perfekt zu Ihrem Kleid, gnädige Frau«, sagte Emmett mit übertriebener Galanterie.

»Wir wollen los!«, quengelte Ada und zog Elos mit sich.

Vom Brunnenplatz an folgten sie der imperialen Straße nach Rabenfurt. Auf Höhe des alten Wachturms begegneten sie der Heilerin Felicitas, die mit ihrem Ochsenkarren unterwegs war. Wie immer trug sie ihre braunen Haare in einem straffen Dutt, was ihrem Gesicht etwas Strenges gab, selbst wenn sie mal gute Laune hatte, was so gut wie nie vorkam.

»Guten Abend, Frau Stellvertreterin«, sagte Emmett Freling. »Geht's auch zum Jahrmarkt?«

»Nun ja«, sagte Felicitas grimmig, »da der Jahrmarkt nicht zu uns nach Friedhofen kommt, muss ich wohl nach Rabenfurz.«

»Rabenfurz«, wiederholte Timu lachend und fing sich einen strengen Blick von seiner Mutter ein.

»Ich würde ja hoffen, dass du in offizieller Mission unterwegs

bist«, sagte Felicitas zu Emmett, »aber augenscheinlich ist das nicht der Fall.«

»Ich wünsche dir auch einen schönen Abend«, erwiderte der Dorfvorsteher lächelnd.

»Und die alte Straße könntest du auch mal reparieren lassen. Überall Löcher!«

Als die Heilerin außer Hörweite war, fragte Ada: »Warum ist die denn so ausgesprochen schlecht drauf?«

»Oh, wisst ihr das nicht?«, fragte Rebecca. »Felicitas reicht es nicht, stellvertretende Dorfvorsteherin zu sein.«

»Sie wäre gerne Dorfvorsteherin anstelle des Dorfvorstehers«, sagte Ilda.

»Sie hält mich für unfähig«, ergänzte Emmett nach einer klei-

nen Pause, »und behauptet, dass sie den Jahrmarkt und all seine guten Geschäfte nach Friedhofen hätte bringen können.«

»Als ob«, murrte Naru.

***

Nach einer knappen Stunde erreichten sie endlich den Stadtrand von Rabenfurt. Erste Holzhütten begannen die Straße zu säumen. Je weiter sie sich dem Zentrum näherten, desto mehr wurden diese von Steinhäusern abgelöst. Als sie schließlich auf dem großen Marktplatz ankamen, staunten die Kinder nicht schlecht. So überfüllt hatten sie Rabenfurt noch nie gesehen.

»Wo kommen nur die ganzen Leute her?«, wunderte sich Ilda.

In der Mitte des Platzes stand ein Reiterdenkmal für die berühmte Königin Iria. Die Großmutter von Fredlaff dem Zweiten

hatte Dreibrücken erfolgreich durch die Unabhängigkeitskriege geführt. Zum Dank dafür wurde sie nun jeden Tag von Rabenfurts Raben angekackt. Die schwarzen Vögel saßen auf Kopf und Schultern der Königin und krächzten die Schaulustigen furchtlos an.

Die Gruppe aus Friedhofen stöberte über den Markt. Überall war reges Treiben. Es gab unzählige Stände voller Tand sowie große Zelte mit blubbernden Suppen und saufendem Volk.

Plötzlich stieß Raffa einen lauten Schrei aus. Er deutete auf eine Bude, die aussah wie ein Mund mit herausgestreckter roter Zunge.

»Da gibt es Zungenzeichen!«, rief er und rannte los. Die anderen Kinder liefen hinterher.

»Schön zusammenbleiben!«, mahnte Elos seufzend und folgte ihnen.

Hinter der Theke in Zungenform stand eine kräftige Frau mit Glasauge.

»Wie geht das?«, fragte Timu die Verkäuferin.

»Nun, junger Mann, das ist ganz einfach. Du streckst deine Zunge raus, ich lege dir so einen kleinen essbaren Schwamm darauf, und wenn er sich aufgelöst hat, dann hast du ein Zeichen auf deiner Zunge.«

»Darf ich, darf ich, darf ich?«, bettelte Timu.

»Wie lange bleibt dieses Zeichen denn auf der Zunge?«, fragte Rebecca skeptisch.

»Nun ja«, sagte die Verkäuferin. »So im Schnitt fünf Minuten bis acht Tage.«

Rebecca zog die Augenbrauen hoch. »Acht Tage?«

»Bitte, bitte, bitte ... dürfen wir?«, bettelte nun auch Raffa.

»Eine Runde Zungenzeichen für alle!«, rief Emmett. »Ich bezahle!«

Die Kinder johlten begeistert. Rebecca seufzte.

Timu streckte zuerst seine Zunge raus und bekam ein kleines Schwämmchen daraufgelegt.

Als er sein Zeichen gleich danach präsentierte, musste er feststellen, dass man nicht so einfach auf die eigene Zunge gucken kann.

»Waff hab iff? Waff hab iff?«, fragte er mit aus dem Mund hängender Zunge.

»Einen Kackhaufen«, sagte Raffa.

»Waff?«, rief Timu entgeistert.

»Einen ekligen braunen Kackhaufen«, sagte Ilda.

Rebecca guckte wieder sehr streng. »Du hast ein Pferd. Ein schwarzes. So wie wir eines haben«, sagte sie zu ihrem kleinen Sohn. »Lass dich nicht veralbern.«

Timu streckte seinen Geschwistern die Zunge raus. »Bäh!«, sagte er. »Ihr seid selber Kackhaufen!«

Wie ein Edelmann ließ Naru Ilda mit etwas zu großer Geste den Vortritt. Ihr folgend streckten auch die anderen Kinder die Zungen raus und bekamen ein kleines Schwämmchen daraufgelegt. Es kribbelte leicht, als sich das Ding auf Adas Zunge auflöste. Schwach schmeckte es nach Zitrone. Noch bevor sich die Kinder ihre Zungenzeichen präsentieren konnten, sagte Emmett: »Und jetzt wir!«

»Wie bitte?«, fragte Rebecca.

»Na, komm schon«, sagte Emmett. »Ich fange auch an!« Er streckte seine Zunge raus, und die Verkäuferin legte ein Schwämmchen darauf.

Rebecca verdrehte die Augen.

»Sei keine Spielverderberin, Mama!«, verlangte Ilda.

Also streckte Rebecca ihre Zunge raus.

Nun schob Naru seinen Vater nach vorne.

»Oh, nein, nein!«, sagte Elos. »Dafür bin ich viel zu ...«

»Langweilig?«, fragte Naru.

»Genau das Wort, das ich gesucht habe«, sagte Elos und ließ sich auch von Ada nicht überreden.

»Na gut, wer will als Erstes zeigen?«, fragte Naru.

»Immer der, der fragt«, sagte seine Schwester.

»Nee. Ich nicht! Ich glaube euch nämlich kein Wort.«

Die Verkäuferin reichte Naru einen Handspiegel, er nahm ihn und schaute sich seine Zunge an. Darauf sah er ein halbes Herz. Sofort zog er seine Zunge zurück. Ada prustete los. Dann fragte sie sich erschrocken, was auf ihrer Zunge zu sehen war, und riss Naru den Spiegel aus der Hand. Aber ihr Zeichen war einfach ein aufgeschlagenes Buch. Erleichtert streckte sie allen die Zunge raus.

»Die Streberin mal wieder«, sagte Raffa.

Jetzt war Ilda an der Reihe. Auf ihrer Zunge war die andere Hälfte des Herzens. Schnell zog sie ihre Zunge wieder zurück, doch es war zu spät. Ihre Geschwister und Ada hatten es gesehen. Timu und Raffa begannen sofort zu singen: »Ilda und Naru küssen immerzu! Eieiei, was seh ich da? Ein verliebtes Ehepaar! Noch ein Kuss, dann ist Schluss, weil die Braut nach Hause muss!«

Ilda und Naru waren hochrot geworden. Selbst die Erwachsenen lachten.

»Bestimmt träumen sie heute Nacht voneinander«, spottete Ada.

»Haltet alle die Klappe«, sagte Ilda und gab Timu einen Klaps auf den Hinterkopf.

»Aua!«, rief Timu. »Warum immer ich?«

Raffa lachte und nahm seiner Schwester den Spiegel ab. Er streckte seine Zunge raus. Jetzt fingen die anderen an zu lachen. Auf Raffas Zunge war ein Kackhaufen. Ein ekliger brauner Kackhaufen. Geschockt zog Raffa die Zunge zurück und hielt sich die Hand vor den Mund.

»Und die Zeichen halten manchmal acht Tage?«, fragte Rebecca etwas entsetzt.

»Im Schnitt«, sagte die Verkäuferin und streckte ihre Zunge heraus. Darauf sah man deutlich ein schwarz-weißes Stinktier. »Meins ist schon zwei Jahre alt.«

»Jespa, hilf! Kann man die nicht irgendwie abwaschen?«

Die Verkäuferin lachte laut und sagte: »Nein, meine Dame!«

Rebecca selbst hatte eine Rose auf der Zunge.

»Natürlich!«, sagte Emmett. »Wie passend. Was habe ich? Und wehe, es sagt einer von euch: einen Kackhaufen!«

Er ging in die Knie und streckte seine Zunge raus, damit Timu sein Zeichen sehen konnte.

Die Augen des Kleinen blitzten begeistert. »Wow! Du hast einen Drachen! Das ist ja Wahnsinn!«

Für einen ganz kurzen Moment schien Emmett überrascht. Dann lachte er. »Da bin ich aber froh! Auf jeden Fall besser als ein Kackhaufen.«

»Lasst mich doch alle in Ruhe«, murrte Raffa.

»Nimm's nicht so schwer«, sagte Ada, während sie weiterschlenderten. »Die Zeichen haben nichts mit uns zu tun. Das ist doch nur Zufall.«

»Na ja«, murmelte Elos.

Ada verstand, dass anscheinend mehr dahintersteckte. Sie fragte aber nicht sofort nach, um Raffa nicht noch trauriger zu machen. Stattdessen ließ sie sich im Trubel etwas zurückfallen und erkundigte sich leise: »Wenn es kein Zufall ist, was dann?«

»Nun«, sagte Elos, »ich glaube, die Verkäuferin ist eine sehr gute Menschenkennerin. Wenn sie nicht gar eine Sensa ist.«

»Du meinst, sie kann Gefühle spüren?«, fragte Ada.

»Etwas vereinfacht ausgedrückt, ja.«

»Wahrscheinlich kann sie die Gefühle mit ihrem Glasauge sehen«, vermutete Naru.

»Äh ja«, sagte Elos. »Möglich. Aber doch eher unwahrscheinlich.«

Dann wurden die Zwillinge von einem Kind abgelenkt, das johlend an ihnen vorbei durch die Luft wirbelte und schließlich in einem großen Heuhaufen landete.

Raffa zog seine Geschwister sofort zu einer langen Schlange. Ada und Naru liefen hinterher. Wirbelwind war eine der beliebtesten Attraktionen bei Kindern.

»Was passiert hier?«, fragte Timu.

»Siehst du die Frau im weißen Gewand?«, fragte Ada.

»Die aussieht, als hätte sie sich ein schmutziges Bettlaken übergeworfen?«

»Ja. Das ist eine Windflüsterin. Mit ihrer Kraft lässt sie die Kinder durch die Luft wirbeln. Davon hab ich in einem Buch gelesen.«

»Ist das nicht gefährlich?«, fragte Rebecca.

»Aber Mama, deswegen liegen hier doch überall Heuballen«, sagte Ilda.

»Eben das gibt mir ja zu denken. Wenn es ungefährlich wäre, bräuchte man keine Heuballen.«

»Ach was. Das macht riesigen Spaß!«, sagte Emmett. »Ich habe das als Kind geliebt. Ich lade euch ein!«

»Nein, *ich* werde dieses Mal bezahlen«, sagte Elos mit dieser natürlichen Autorität, die jede weitere Diskussion überflüssig macht. Ada und Naru wussten, dass ihr Vater niemandem etwas schuldig sein wollte.

Endlich waren sie an der Reihe.

»Ihr seid eine Gruppe, ja?«, fragte die Windflüsterin. »Wollt ihr alleine oder zusammen rumwirbeln?«

»Zusammen«, sagte Ada, und die anderen vier nickten zustimmend. Sie stiegen auf die Treppe aus kleinen Heuballen. Die Flüsterin fragte: »Bereit?«, schien aber nicht wirklich an einer

Antwort interessiert, denn kaum hatte sie gefragt, wurden die Kinder auch schon vom Wirbelwind erfasst. Sie kreischten freudig, als sie von der unsichtbaren Kraft umhergeschleudert wurden. Ada versuchte, die Flüsterin im Blick zu behalten. Diese murmelte unverständliche Worte und bewegte ihre Hände auf eine Weise, die Ada völlig fremd war. Raffa wedelte mit seinen Armen und tat so, als könnte er fliegen. Timu schloss die Augen und überließ sich ganz dem Wind. Naru stürzte als Erster in den Heuhaufen. Ilda war die Zweite und landete direkt auf ihm. Schnell lösten sie sich voneinander, und wieder hatten sie hochrote Köpfe. Auch die anderen fielen mehr oder weniger sanft ins Heu. Die meisten weniger. Trotzdem rief Timu danach: »Das war ja voll der Knaller!«

Die Kinder rappelten sich auf und machten der nächsten Gruppe Platz. Dann zupften sie sich das Heu aus der Kleidung.

Emmett, der sich während der Wirbelei davongestohlen hatte, kam schwer beladen zurück. »Ich habe uns was zu trinken besorgt!«, sagte er und reichte je einen Krug an Elos und die drei Damen. Alle tranken gierig. Der lange Marsch nach Rabenfurt hatte sie durstig gemacht.

»Was ist das für ein Zeug?«, fragte Ada und erkannte ihre eigene Stimme nicht wieder. Sie war viel tiefer als sonst.

Elos verdrehte seine Augen. »Stimmonade«, piepste er.

»Oh, Emmett! Du Schuft«, sagte Rebecca und klang so, als würde sie sich die Nase zuhalten.

Ilda prustete vor Lachen, und ein Teil ihrer Stimmonade landete auf Emmetts Hemd.

»Das hast du verdient«, näselte Rebecca.

»Entschuldigung, Entschuldigung«, sagte Ilda, aber als sie ihre eigene Stimme hörte, die wie die einer sprechenden Ziege klang, musste sie nur noch mehr lachen.

»Ich will, ich will!«, rief Timu und entriss Ada ihren Krug.

»Kinder, hört auf mit dem Blödsinn!«, schimpfte der kleine Junge kurz darauf mit tiefer Stimme. »Sonst drehen wir gleich wieder um.«

Naru schnappte sich Ildas Krug und den von Elos, trank aus beiden und rief mit piepsiger Ziegenstimme: »Ich bin Ada! Und ich bin die Beste in der Schule!«

Ada knuffte ihren Bruder.

»Willst du auch?«, fragte Rebecca mit nasaler Stimme ihren mittleren Sohn.

»Nein danke«, sagte Raffa. »Mir reicht der Kackhaufen auf der Zunge.«

Emmett lachte. »Eure Stimmen sind bald wieder normal.«

»Das hoffe ich«, piepste Elos. »Für dich.«

Emmett trank einen Schluck aus jedem Krug und begann mit reichlich komischer Stimme zu singen:

»König Fredlaff, der Breite,
ist andauernd pleite!«

Weiter kam er nicht, weil er selbst lachen musste. Die Kinder konnten sich gar nicht mehr einkriegen, und sogar bei Rebecca und Elos mischte sich ein kleines Lächeln in ihre leicht genervten Gesichtsausdrücke.

***

Eine Weile schlenderten sie weiter an den Ständen entlang, als sie plötzlich, ganz in der Nähe, Applaus aufbranden hörten. Um eine hölzerne Bühne in Form eines Oktagons hatte sich eine Menschenmenge verteilt.

»Da vorne passiert was!«, rief Naru aufgeregt und lief los.

»Bleibt zusammen!«, piepste Elos. »Bleibt doch bitte bei uns.«

Aber die anderen Kinder rannten schon hinter Naru her.

Eine laute, quäkende Stimme verschaffte sich Gehör: »Sehr verehrtes Publikum! Kommen Sie ran! Treten Sie näher!«

Die Kinder drängten sich an den erwachsenen Schaulustigen vorbei, um etwas sehen zu können. Auf der Bühne lag ein kleiner Felsbrocken, und darauf stand ein Zwerg mit schwarzem Zylinder. Er rief: »Kommen Sie! Hier sehen Sie eine Sensation!«

»Ein echter Zwerg!«, sagte Naru begeistert mit seiner hohen Ziegenstimme. »Wie der aus deinen Aufzeichnungen. Einer von den Ewigen Bergen.«

»Ja«, piepste Elos. »Aber mit Zylinder.«

»Ich präsentiere Ihnen die stärkste Frau der Welt!«, rief der Zwerg. »Hier ist Ursa, die Unzerbrechliche!«

Eine sehr große, muskulöse Frau hievte sich auf die Bühne. Sie trug nichts außer einem geschnürten ledernen Wams und einem Lederschurz. Beides wurde von einem massiven Gürtel mit einem protzig gearbeiteten Bärenkopf am richtigen Platz gehalten. Ihr halblanges schwarzes Haar hatte sie zu einem Pferdeschwanz gebunden. Sie streckte ihre flache Hand aus, der Zwerg stellte sich mit einem Bein darauf, und sie stemmte ihn mit einem Arm in die Höhe, als würde er weniger wiegen als ein Hühnerküken.

»Ist unter euch ein Mutiger, der es wagt, gegen Ursa zu kämpfen?«, rief der Zwerg von oben.

Begeistert verlangte die Menge nach einem Herausforderer, wobei auffällig war, dass jeder einen Herausforderer *sehen*, aber keiner der Herausforderer *sein* wollte.

Ursa setzte den Zwerg wieder auf den Felsbrocken.

»Dem Sieger winken Ruhm und Ehre!«, verkündete er.

»Sonst nichts?«, rief Emmett lachend. Seine Stimme war schon wieder fast normal.

Ada bemerkte, dass nicht weit entfernt eine andere Gruppe aus Friedhofen stand. Darunter der Holzfäller, der Schmied und der

Kräuterhändler. Sie begannen zu tuscheln, und Matthis Bjarnson zeigte mit seinen verbundenen Fingern auf Emmett.

»Ich war noch nicht fertig!«, rief der Zwerg. »Dem Sieger winken Ruhm und Ehre und einhundert goldene Fredlaffs!« Er löste einen Lederbeutel von seinem Gürtel, griff hinein und präsentierte einige Goldmünzen.

Ein Raunen ging durch die Menge.

»Einhundert Fredlaffs«, sagte Naru zu seiner Schwester. »Dann hätte ich sehr viel mehr als du.«

»Also, verehrte Damen und Herren von Rabenfurt. Wer wagt es, Ursa, die Unzerbrechliche, herauszufordern?«

Timu nahm einen Schluck aus seinem Krug. »Ich!«, rief er mit tiefer Stimme und trat vor. »Ich kämpfe mit ihr.«

Alle Umstehenden blickten zu ihm, und als sie sahen, dass es nur ein kleiner Junge war, der offensichtlich Stimmonade getrunken hatte, war das Gelächter groß.

»Das hättest du wohl gerne«, sagte Rebecca und zog ihren grinsenden Sohn wieder zurück.

Ursa stampfte mit ihren dicken Beinen auf den Boden. Die ganze Bühne erzitterte, und das Gelächter verstummte.

»Gibt es also keinen mutigen Menschen in ganz Rabenfurt?«, rief der Zwerg. Er deutete auf den kräftigen Holzfäller aus Friedhofen. »Was ist mit dir, hm?«

»Ich?«, fragte Ronald Hagen.

»Du musst sie nur zu Fall bringen ...«

»Oh, nein, nein. Dafür bin ich viel zu alt.«

»Und in deiner Jugend, da hättest du sie mit links besiegt, oder was?«, spottete Emmett.

»Der mit der großen Klappe«, rief der Holzfäller. »Unser Dorfvorsteher soll mit ihr kämpfen.«

Seit die beiden Männer gleichzeitig um Rebeccas Gunst gebuhlt hatten, verband sie eine tiefe und herzliche Abneigung.

Der Zwerg wandte sich an Emmett. »So, so. Dorfvorsteher ist der freche Herr.«

»Ja«, sagte Timu mit immer noch tiefer Stimme. »Er ist der Dorfvorsteher von Friedhofen.«

Der Zwerg schien wenig beeindruckt. »Dann zeig doch mal, ob du diesen Titel verdienst, Dorfvorsteher von Friedhofen! Bring Ursa zu Fall. Kämpfe!«

»Oh, nein, nein«, sagte Emmett. »Dafür bin ich viel zu ... schlau.« Er wandte sich ab. »Kommt, wir gehen weiter.«

»Gute Entscheidung«, lobte Elos.

»Schlau nennt er sich, der Dorfvorsteher von Friedhofen«, rief der Zwerg. »Aber ist er nicht eigentlich nur ein Feigling?«

Rebecca nahm Emmetts Hand und begleitete ihn weg von der Bühne.

»So eine schöne Frau hätte einen mutigeren Mann verdient«, höhnte der Holzfäller.

Emmett blieb stehen.

»Kleiner Schisser!«, brummte Ursa.

Emmett drehte sich langsam um. Erst warf er dem Holzfäller einen tödlichen Blick zu, dann wandte er sich an die starke Frau. »Wie hast du mich genannt?«

»Schis-ser!«, wiederholte Ursa lauter.

»Emmett, bitte nicht«, bat Rebecca.

Aber ihr Verehrer löste sich aus ihrem Griff. Er zog seinen Umhang aus und reichte ihn Ilda. »Halt mal kurz. Wird nicht lange dauern.«

»Wir haben einen Herausforderer!«, rief der Zwerg begeistert.

»Tss, Männer ...«, seufzte Rebecca genervt und warf dem Holzfäller einen vorwurfsvollen Blick zu.

Emmett schwang sich elegant auf die Bühne. Er zwinkerte Rebecca zu. Sie rollte mit den Augen.

Der Zwerg sprang unterdessen vom Felsbrocken. Ursa nahm

den großen Stein in die Hände und hob ihn in die Luft. Sie betrachtete ihn eine Weile und schlug ihn sich dann, zum Entsetzen des Publikums, gegen die eigene Stirn. Der Fels zerbrach in mehrere Stücke. Ein kleineres davon nahm sie in den Mund, als wäre es ein Honigtörtchen, und kaute darauf herum, bis sie grobe Sandkörner ins Publikum spuckte.

»Ups«, sagte Emmett. Der Hochmut verschwand aus seinem Gesicht.

Nun nahm der Zwerg seinen Zylinder ab und lief am Rand der Bühne entlang. Er rief:

»Zusehen kostet für Männer, Frauen und Kinder
je eine Henrietta in den Zylinder!«

»Um miterleben zu dürfen, wie der Angeber Dresche bekommt, gebe ich auch gerne zwei«, sagte der Holzfäller und lachte.

Als der Zwerg mit seiner Sammlung zufrieden war, ging er an den Rand der Bühne. Er zog ein Tuch zur Seite und präsentierte Emmett eine Reihe von stumpfen Waffen: »Wähle!«

Emmett nahm sich einen langen Stab. Im Prinzip ein Speer ohne Spitze. Fragend blickte er zu Ursa.

»Brauche keine Waffe!«, brummte diese nur.

»Das war ein Fehler«, sagte Emmett und griff an. Sein Hieb kam so schnell, dass Ada ihn fast nicht sehen konnte. Aber Ursa blockte ihn einfach mit ihrem Arm, und der Speer zerbrach in zwei Teile. Emmett guckte dumm. Das Publikum johlte. Ursa schnappte sich Emmett mit ihrem anderen Arm, hob ihn in die Luft, als wäre er ein kleines Kind, und warf ihn von der Bühne in die erstaunte Menge, wo ihn Rebecca und Elos mehr schlecht als recht auffingen.

»Das war ein kurzer Kampf!«, rief der Zwerg. »Gibt es noch einen Herausforderer?«

Emmett rappelte sich auf. »Ich bin noch nicht fertig!«

»Emmett, du musst mir nichts beweisen«, sagte Rebecca.

»Ich muss nicht«, erwiderte er und lächelte, »aber ich möchte gerne.«

»Wie willst du sie besiegen?«, fragte Ilda leise.

»Das kann ich nicht«, flüsterte Emmett. »Sie muss sich selbst besiegen.«

Er kletterte zurück auf die Bühne, bückte sich nach seinen Speerhälften und hielt nun in jeder Hand eine Waffe. Diesmal griff er nicht an, sondern wartete, bis Ursa ausholte. Die starke Frau hatte unglaubliche Kraft, aber Emmett war schneller. Er wich aus, stand plötzlich hinter Ursa und pikste sie mit beiden Stöcken in die Seite.

Ursa brüllte wütend. Wieder und wieder griff sie an, aber Emmett wirbelte herum, war schon längst nicht mehr dort, wo Ursa hinschlug, und piesackte sie mit seinen Waffen.

»Erstaunlich ...«, bemerkte Elos. »Der Tanz der zwei Schwerter ... Das habe ich nicht mehr gesehen seit ...«, aber er fuhr nicht fort.

»Er will sie wütend machen!«, sagte Naru, als der Dorfvorsteher nach einer weiteren Finte an Ursas Pferdeschwanz zog. Naru benutzte nämlich dieselbe Taktik, wenn er seine Schwester wütend machen wollte.

Falls das wirklich Emmetts Ziel war, schien es zu funktionieren. Ursa prügelte um sich, schnaufte und brüllte vor Wut. Mit beiden Armen schlug sie auf Emmett ein, aber dieser rollte sich weg. Der Schlag traf die Bühne mit solcher Wucht, dass er ein Loch in den Brettern hinterließ.

»Ich habe euch einen Kampf versprochen«, rief der Zwerg, »aber leider scheint der Herausforderer lieber tanzen zu wollen!«

Ada bemerkte, dass Emmett, der sich wieder aufgerichtet hatte, nun genau zwischen der untergehenden Sonne und Ursa stand. Sein Schatten fiel auf ihr Gesicht.

»Kann den ganzen Tag so weitergehen«, sagte Emmett leicht außer Atem. »Am besten, du gibst auf.«

Ursa lachte. Sie rannte direkt auf ihn zu, aber Emmett duckte sich. Die starke Frau blinzelte, als ihr die Sonne plötzlich ins Gesicht schien. Geschwind hatte sich Emmett nach vorn bewegt und warf der blindlings vorwärtsstürmenden Ursa seine Stöcke zwischen die Beine. Beide zerbrachen, doch Ursa war ins Taumeln gekommen. Es bedurfte nur noch eines Tritts in ihren Hintern, damit sie der Länge nach auf die Bühne fiel. Die Menge jubelte begeistert. Emmett verbeugte sich mit theatralischer Geste. Ursa rappelte sich auf. Ihr Gesicht war von Hass verzerrt.

Äußerst missmutig reichte der Zwerg Emmett den Beutel voller Fredlaffs. »Erstick dran ...«, murmelte er leise.

Emmett lachte nur. Er reckte den Beutel voll Gold in die Höhe, und die Menge johlte wieder. Nur der Holzfäller war ziemlich still.

Emmett blickte ihn an. »Was ist mit dir, Ronald? Willst du auch noch eins auf die Mütze? Ich bin gerade in Geberlaune.« Er machte ein paar schnelle Schläge in die Luft.

Der Holzfäller verzog keine Miene. »Eines Tages bringe ich den angeberischen Kerl um«, murrte er nur.

»Du weißt, wo ich wohne!«, rief Emmett grinsend. Er sprang leichtfüßig von der Bühne, trat zu den Seinen und strahlte Rebecca an.

»Du bist ein Trottel«, sagte sie, erlaubte ihm dann aber, ihre Hand zu küssen, als wäre sie eine feine Dame.

Ada bemerkte, wie sich der Holzfäller verärgert aus der Menge entfernte. Diese beiden würden im Leben keine Freunde werden, dachte sie.

Ilda gab Emmett mit einem ironischen Knicks seinen Umhang zurück. »Ihr Gewand, edler Ritter.«

Der Dorfvorsteher hatte ein großes Grinsen auf dem Gesicht.

»Ich gratuliere«, sagte Elos. »Bei Gelegenheit musst du mir erzählen, wo du gelernt hast, so zu kämpfen.«

»Mir auch!«, rief Timu. »Mir auch! Du musst mir auch *beibringen*, so zu kämpfen.«

Emmetts Lächeln verschwand. »Ja«, sagte er nur. »Bei Gelegenheit.«

DAS SPEKTAKEL

Nach dem Kampf verteilte sich die Menschenmenge wieder zwischen den Buden. Ada und Naru wurden vom Strom mitgerissen und strandeten an einigen Verkaufsständen mit Krimskrams. Es gab seltsame Hüte, raffinierte Taschenuhren, rätselhafte Runensteine und Strümpfe, die angeblich niemals stanken. Es gab Käfige mit Rattenechsen, gezinkte Würfel und alte Zauberbücher, die keiner mehr lesen konnte. Plötzlich bemerkten die Zwillinge, dass die anderen nicht mehr in ihrer Nähe waren. Sie blickten in alle Richtungen, aber da war kein bekanntes Gesicht weit und breit. Um sie herum war nur ein Drücken und Schieben. Sie waren zu klein, um über die Menge zu spähen. Alles, was sie sahen, waren Schuhe, Hosen, Röcke, Mäntel.

»Vater!«, rief Naru. »Vater!«

»Du Esel!«, sagte Ada. »Was glaubst du, wie viele Väter hier rumlaufen?«

»Elos!«, rief Naru. »Elos von Bergen!«

Aber seine Stimme trug nicht weit. Es war viel zu viel Trubel auf dem Jahrmarkt.

Ada nahm die Hand ihres Bruders.

Naru guckte irritiert.

»Willst du, dass wir uns auch noch verlieren?«, fragte seine Schwester. Naru verstand. Auch mitten unter vielen Menschen konnte man sich nämlich allein fühlen.

Sie wichen zur Seite, um der Menge nicht im Weg zu stehen, und wurden gegen den Stand eines Trödlers gedrückt.

»Was machen wir jetzt?«, fragte Ada.

»Wir machen das Beste daraus«, sagte Naru, der bereits die

Auslage des Trödlers inspizierte. »Wir kaufen uns Krimskrams, ohne dass Vater uns über die Schulter guckt und die ganze Zeit meckert, dass wir nur Schrott kaufen.«

Und das taten sie dann auch. Sie schlenderten von Stand zu Stand und kauften, was auch immer ihnen ins Auge fiel und billig war. Als Naru länger bei einem Stand mit Zeichenutensilien stöberte, begann sich Ada zu langweilen.

»Du musst mir was leihen«, bat Naru. »Schau doch, was es hier alles gibt! Federn! Edelstes Papier! Zaubertinte!«

Ada reichte ihm seufzend ihren kleinen Münzbeutel mit den Henriettas, nahm den goldenen Fredlaff aber vorher heraus und steckte ihn in ihre Jackentasche. Während Naru einkaufte, blickte sie sich um. Als sich im Drängen und Schieben der Menge eine Lücke auftat, sah sie einen kleinen Jungen, der heulend mitten im Weg stand.

»Timu!«, rief sie. »Timu!«

Der Jüngste der Ardens musste auch von den anderen getrennt worden sein. Er hörte sie nicht, darum lief Ada los, knuffte sich durch die Menge und erreichte bald ihren kleinen Freund. Timu hatte sie immer noch nicht bemerkt. Völlig verzweifelt stand er da und weinte. Ada ging vor ihm leicht in die Knie. »Timu!«, sagte sie. »Ich bin's, Ada. Alles gut. Es wird alles gut.«

Erleichtert fiel ihr Timu um den Hals. »Ich hab die anderen verloren«, schluchzte er.

»Ich weiß«, sagte Ada. »Ich weiß. Aber jetzt haben wir uns ja gefunden. Gib mir deine Hand.«

Timu reichte Ada seine rechte Hand und wischte sich mit der linken die Tränen aus dem Gesicht.

»Komm, wir suchen erst mal Naru«, sagte Ada.

Sie ging zurück zum Stand mit dem Zeichenkram, aber ihr Bruder war nicht mehr da. Ada fluchte leise. Sie zog Timu mit sich.

»Naru!«, rief sie und gab sich allergrößte Mühe, nicht verzweifelt zu klingen. »Elos?« Sie spürte Panik in sich aufsteigen, wollte Timu aber nicht noch mehr Angst machen, als er eh schon hatte. »Elos!«, schrie sie, so laut sie konnte. »Rebecca!«

»Mama!«, rief Timu. »Mama!«

Es war hoffnungslos. Sie mussten erst mal aus diesem Gewusel heraus. Ada nahm Timu auf ihren Rücken und versuchte, sich zum Ausgang durchzukämpfen. Sie lief lange gegen den Strom, bis sie den Rand des Jahrmarkts erreichte und sich die Stände endlich lichteten. Ada trat in eine menschenleere Seitengasse, setzte Timu ab und schnappte nach Luft. Ein schiefes Haus beugte sich über sie, als wolle es die Kinder gleich verschlucken. Nichts an diesem Ort kam Ada bekannt vor. Es war nicht der Ausgang, durch den sie hereingekommen waren. Die Hütten waren schäbiger und die Straße schmutzig.

»Wo sind wir?«, fragte Timu.

»Ich ... ich weiß es nicht.«

In diesem Teil von Rabenfurt war Ada noch nie gewesen. Immerhin gab es hier deutlich weniger Menschen. Kurz dachte sie, dass sie im Getümmel auch noch ihren Münzbeutel verloren hätte, da fiel ihr wieder ein, dass sie ihn ihrem Bruder geliehen hatte. Sie zog den goldenen Fredlaff aus ihrer Jackentasche. Er war noch da, und Ada steckte ihn schnell wieder weg.

Sie atmete tief durch und wollte Timu gerade wieder auf ihren Rücken nehmen, als sich ihnen eine gebückte Gestalt in einem schwarzen Kapuzenumhang näherte.

»Hallo, kleines Mädchen«, raunte der Mann und entblößte seine wenigen, verfaulten Zähne in einem fiesen Grinsen.

Ada schreckte zurück und stieß gegen das schiefe Haus. Hinter ihr ging es nicht weiter.

»Hast du etwa Angst?«, fragte der Mann. »Ich will dir doch nur helfen ...«

Ada sah unter der Kapuze ein eingefallenes Gesicht mit dicken schwarzen Augenringen.

»Du brauchst keine Angst zu haben, kleines Mädchen.«

»Verschwinden Sie«, sagte Ada, aber irgendwie klang ihre Stimme gar nicht so furchtlos und entschlossen, wie sie es sich gewünscht hätte. Ganz im Gegenteil. Timu drückte sich an sie. Er zitterte.

Der Mann kam noch näher. Seine Augenlider zuckten. Ada konnte seinen schlechten Atem riechen, als er sagte: »Ich habe da etwas, das dir die Angst nehmen kann. Es macht dich glücklich.«

Aus seinem Umhang kam eine knochige Hand, darin hielt er ein winziges Fläschchen mit goldgelber Flüssigkeit. »Hast du schon mal Nektar probiert?«

»Lassen Sie uns in Ruhe«, flehte Ada.

»Ich schenk dir ein bisschen was«, sagte der Mann und entkorkte das Fläschchen. »Komm, mach den Mund auf!« Er griff nach Adas Gesicht, sie schrie, und in diesem Moment traf eine Faust den Mann auf die Schläfe. Er taumelte und fiel auf den Boden.

Ada blickte auf. Sie sah Emmett, der mit finsterem Gesicht auf die garstige Gestalt blickte.

»Bleib liegen!«, brüllte er. »Oder ich prügele dir die Nase ins Arschloch.«

Ada hielt Timu erschrocken die Ohren zu. Noch nie hatte sie Emmett so sprechen hören.

»Ich wollte doch nur«, winselte der Mann und versuchte sich aufzurappeln.

Emmett machte einen Schritt nach vorn und trat dem Kerl gegen die Rippen. Ada zuckte zusammen.

»Liegen bleiben, habe ich gesagt!«, rief Emmett. »Gesindel wie du macht mich krank!«

Er wollte wieder zutreten, doch Ada zog ihn zurück. Sie war

wirklich dankbar, dass Emmett aufgetaucht war, aber seine unkontrollierte Wut machte ihr Angst. Er war kaum wiederzuerkennen.

»Bitte«, sagte Ada. »Lass uns die anderen suchen.«

Mit einem Mal schien Emmett wie aus einem bösen Traum erwacht.

»Es tut mir leid«, sagte er und schüttelte den Kopf. »Es tut mir leid.«

Er hob seinen Fuß, der Mann am Boden zuckte zusammen, aber Emmett trat mit seinem Stiefel nur auf das Nektarfläschchen, welches klirrend zersprang. Der Kerl mit den verfaulten Zähnen funkelte ihn böse an, sagte aber nichts mehr.

Emmett nahm Timu auf den Arm und Ada an die Hand. »Kommt«, sagte er. »Ich habe mit den anderen ausgemacht, dass wir uns am Reiterdenkmal wiedertreffen.« Er lief los.

»Was wollte der gruselige Mann von uns?«, fragte Timu. »Was ist Nektar?«

Emmett seufzte. »Teufelszeug.«

Nach einer Weile fügte er hinzu: »Es ist ein Zaubertrank, eine Droge. Sie macht dich glücklich. Und übermütig. Nach nur einem kleinen Schluck hältst du dich ein paar Stunden lang für einen Gott. Jemanden, dem alles erlaubt ist. Aber einige Menschen verlieren komplett die Kontrolle über sich. Und es macht süchtig. Du willst immer mehr davon. Würdest alles dafür geben. Wenn du mich fragst, ist es eine Krankheit, die diese Welt befallen hat und die man mit allen Mitteln bekämpfen muss. Lasst in Jespas Namen bloß die Finger davon!«

***

Elos und Naru trafen als Letzte beim Reiterdenkmal ein. Die Erleichterung war groß. Endlich waren alle wieder beisammen. Elos und Rebecca sparten sich sogar die strengen Worte, sahen sie doch, wie aufgelöst vor allem Ada und Timu waren. Nur wollte Elos natürlich nach Hause gehen. Er hatte immer noch dieses ungute Gefühl, dass etwas wirklich Schlimmes passieren könnte. Aber die Kinder weigerten sich, den Jahrmarkt zu verlassen, ohne das große Spektakel gesehen zu haben.

»Es gibt sogar ein Wandelwesen!«, rief Raffa, als ob das ein unwiderlegbares Argument dafür wäre, auf dem Jahrmarkt zu bleiben.

Und weil auch Ada und Timu nicht nach Hause wollten, ließ sich der Spurenfinder überreden zu bleiben. Ein paar gegrillte Maiskolben später waren alle wieder bei guter Laune.

Elos seufzte nur, als die Kinder ihm zeigten, für welch billigen Kram sie ihre hart verdienten Henriettas ausgegeben hatten.

Ada hatte zahlreiche bemalte Steine mit angeblich mächtigen Runen erstanden, die Elos sofort als stinknormale Sladonische Buchstaben entlarvte. Das Sladonische Reich war die einzige der Verlorenen Provinzen, die ihre eigene Sprache behalten hatte. In allen anderen hatte sich, wie in Dreibrücken, die Sprache des alten Kaiserreichs durchgesetzt.

»Und warum zum Henker hast du Kohle gekauft, Junge?«, fragte Emmett lachend. »Heizt dein Vater nicht genug?«

»Das sind Stifte!«, sagte Naru.

Seine weitere Beute war eine Taschenuhr, die wohl nur zum Zeitpunkt des Verkaufs die korrekte Uhrzeit angezeigt hatte.

»Ich habe versucht, sie zurückzugeben«, murrte er, »aber der Verkäufer war nicht mehr zu finden.«

»Na, so was«, sagte Elos.

»Und das Schlimmste ist, dass der Trottel den Quatsch von meinem Geld gekauft hat«, schimpfte Ada.

»Du hast es mir geliehen!«, sagte Naru.

»Aber doch nicht für Schrott!«

»Streitet euch nicht«, sagte Elos. »Ihr habt beide Schrott gekauft. Und was ist das da überhaupt für ein Blödsinn in deiner Hand?«

»Das ist ein Hut aus Holz«, sagte Naru. »Den habe ich für dich erstanden.«

»Oh«, sagte Elos verlegen. »Er ist ... äh, ganz reizend. Vielen Dank.«

Er nahm den Holzhut und setzte ihn auf seinen Kopf. Und obwohl der Spurenfinder sich alle Mühe gab, es zu verbergen, stand deutlich in seinem Gesicht geschrieben, wie unbequem und schwer der Hut war. Er lächelte Naru an.

»Was hältst du davon?«, fragte er. »Ich kaufe euch eine Taschenuhr, die funktioniert, und dafür nimmst du den Hut wieder zurück.«

Das Angebot war zu gut, als dass Naru lange gekränkt sein konnte. Die Ardens guckten etwas verdrossen. Ihre Mutter bekam ja leider keine großzügige Rente von König Fredlaff höchstpersönlich.

Ada bemerkte das und sagte: »*Ihr* könnt den Holzhut haben!«

»Ey!«, rief Naru.

»Pff«, machte Ilda. »Den könnt ihr behalten.«

»Ich nehm ihn«, sagte Timu und riss Naru das hässliche Ding aus der Hand. »Besser als nichts.«

Er setzte ihn auf, und sein kompletter Kopf verschwand darin.

»Ganz schön dunkel geworden«, sagte er.

»Passt ja«, meinte Raffa. »Holzhut auf Holzkopf.«

Mit dem Kopf voran rammte Timu den Holzhut in Raffas Seite.

»Aua!«

»Ich find ihn voll gut«, sagte Timu.

***

Eine Stunde nach Sonnenuntergang begann das große Spektakel. Beide Monde standen am Himmel und halfen den Schaulustigen, den Weg zum nahe gelegenen Rabenfurter Amphitheater zu finden. Wobei Ada meinte, dass Amphitheater ein zu schillerndes Wort war. Man hätte es auch »großes, gemächlich abfallendes Loch im Boden« nennen können. Die alten Leute in Rabenfurt behaupteten, dass das Theater ein Geschenk der Göttin Jespa wäre, denn es sei entstanden, als eines Nachts etwas von den Sternen auf die Erde gefallen sei.

Der Eintritt zum Spektakel kostete vier Henriettas für Erwachsene und zwei für Kinder. Die kleine Gruppe aus Friedhofen hatte sich früh Plätze gesichert und saß ganz vorne.

»Ich hoffe, das lohnt sich«, sagte Emmett gut gelaunt.

Narus Finger spielten mit der Kette der neuen Taschenuhr, die sein Vater wie versprochen gekauft hatte.

»Mach sie nicht kaputt«, sagte Ada. »Sie gehört zur Hälfte mir.«

Naru kam nicht dazu zu antworten, denn in der Mitte der von unzähligen Fackeln erhellten Arena gab es einen lauten Knall, und aus einer Rauchwolke trat der Direktor des Spektakels hervor. Es war der Zwerg, der auch schon den Kampf mit der starken Ursa geleitet hatte.

»Heute ist die Nacht der Träume ...«, rief er, »aber Manunas nächtliche Illusionen werden trist und fad wirken im Vergleich zu dem, was ich Ihnen jetzt präsentiere! Ich übertreibe nicht, wenn ich verspreche, dass Ihnen die fantastischste Stunde Ihres Lebens bevorsteht! Ich zeige Ihnen Sensationen, von denen Sie noch Ihren Enkeln erzählen werden.«

»Hör auf damit, dein Spektakel anzupreisen«, rief ein stämmiger Mann mit vielen Haaren im Gesicht. »Wir haben schon bezahlt!«

Der Direktor lächelte gezwungen.

Naru hatte sein Skizzenbuch und die neuen Kohlestifte hervorgeholt. Er begann, den Zwerg zu zeichnen. Ada bestaunte ein wenig neidisch sein Werk.

»Begrüßen Sie die erste Attraktion des heutigen Spektakels!«, rief der Direktor. »Hier ist Lyliana, die Blumenflüsterin!«

Eine Elfe mit wenig Kleidung auf ihrer grünen Haut betrat unter dem Applaus des Publikums die Arena. Ursa, die Unzerbrechliche, saß am Rand und schlug mit ihren Fäusten auf eine große Pauke.

Die Elfe beugte sich zu Boden und begann mit zarter Stimme zu flüstern. Aus dem Boden brach ein grüner Keimling. Er wuchs rasch in die Höhe und wurde zu einer großen Sonnenblume.

Das Publikum klatschte.

»So jemanden könnte ich auf meinem Hof gebrauchen«, sagte Rebecca.

Lyliana begann wieder zu flüstern, und neben der Sonnenblume wuchs eine rote Rose in die Höhe.

Es gab vereinzelten Applaus im Publikum, aber die große Begeisterung blieb aus.

Die Elfe pflückte die Rose und reichte sie Naru.

»Hier, junger Herr«, sagte sie lächelnd. »Für deine Freundin.«

Ilda, die »zufälligerweise« neben Naru saß, wurde so rot wie die Rose.

Naru stammelte: »Äh ... also ... äh ... meine was ...?«

Die anderen Kinder kicherten.

Emmett rettete Naru, indem er ihm die Rose aus der Hand nahm und sie Rebecca reichte. Naru schaute sehr lange verlegen auf seine Schuhe.

Lyliana war zurück in der Mitte der Arena, flüsterte erneut, und ein kleiner Ring aus rosaroten Tulpen wuchs um die Sonnenblume.

»Sehr hübsch«, sagte Ada.

»Sehr peinlich«, murrte Naru.

»Sehr langweilig«, murmelte Timu.

»Ja, haben die nichts Spannenderes?«, fragte Raffa.

»Ehrlich, lass sie doch«, sagte Ilda schnippisch. »Mach's erst mal besser.«

Lyliana flüsterte erneut, doch ein Zwischenrufer unterbrach sie.

»Wir wollen das Wandelwesen sehen!«

»Ja! Was ist mit dem Wandelwesen?«, rief noch jemand.

Der Kräuterhändler saß ganz in der Nähe der Zwillinge. Ada hörte, wie er zum Schmied sagte: »Ich habe ja mal auf einem richtigen Spektakel gearbeitet. Dagegen ist das hier ein Witz, sage ich dir. Ein Witz!«

Elos drehte sich nach der bekannten Stimme um und nickte den beiden kurz zu. Der Zwerg erschien wieder in einer kleinen Rauchwolke. Mit einer Geste scheuchte er Lyliana aus der Arena.

»Wenn ich einfach so irgendwo in einer Rauchwolke auftauchen könnte«, sagte Timu grinsend, »dann würde ich bestimmt Ilda und Naru beim Knutschen unter den toten Bäumen erwischen.«

Ilda schlug ihrem Bruder von oben auf den Holzhut. Hinter den Kulissen herrschte hektische Betriebsamkeit. Der Zwerg hatte offensichtlich kurzfristig das Programm geändert. Er lächelte, oder er versuchte es, was ihm nicht gut stand.

»Hier jagt eine Sensation die nächste!«, behauptete er. »Selbst die Götter würden staunen, wären sie heute unter uns. Machen Sie sich bereit ...«

»Die Plakate haben ein Wandelwesen versprochen!«, rief die Heilerin Felicitas, die sich das Spektakel ebenfalls nicht entgehen ließ.

»Unser Wandelwesen«, sagte der Zwerg und machte eine kleine dramatische Pause, »ist leider vor zwei Wochen von uns gegangen.«

Die Menge buhte.

»Ich will meine Henriettas zurück!«, rief eine junge Frau hinter Ada.

»Geduld, meine Damen und Herren, Geduld! Sie haben ja noch gar nichts gesehen! Ich präsentiere Ihnen die Meister der Naturgewalten! Bewundern Sie Ermira, die Windflüsterin!«

Mit einem Knall verschwand der Zwerg wieder in einer Rauchwolke. Ein Wirbelwind stob durch den Qualm, und auf dem Wind ritt eine Frau im weißen Gewand.

»Da ist die Flüsterin vom Rumwirbeln wieder«, rief Timu aufgeregt.

Ermira ließ sich von ihrem Wirbelwind in die Höhe tragen, bis sie eine ganze Körperlänge über dem Boden der Arena schwebte. Dann stieß sie ihre Hände nach vorn, und eine Böe fuhr durchs Publikum, die Männern und Frauen die Hüte von den Köpfen riss – so sie nicht aus Holz waren, natürlich. Die Menschen lachten überrascht, bückten sich nach ihren Hüten und applaudierten. Sanft ließ sich Ermira zu Boden sinken.

Jetzt schleppte Ursa ein riesiges Fass voll Wasser in die Arena. Ermira beschwor einen neuen Wirbelwind, auf dem ein Mann in blauem Gewand in die Arena geflogen kam. Er war um die vierzig, und sein leicht ergrauter Vollbart gab ihm eine gewisse Erhabenheit.

»Mein hochverehrtes Publikum«, rief der Zwerg. »Hier ist für Sie – Yuval, der Wasserflüsterer!«

Yuval begann, kompliziert klingende Beschwörungen zu murmeln, und das Wasser erhob sich aus dem Fass. Es formte sich zu einer einzelnen weiblichen Figur. Tränen liefen der Frau aus den Augen, und zu ihren Füßen begann sich das Wasser zu sammeln. Daraus stieg eine männliche Figur empor. Die beiden Abbilder vereinigten sich, und das Wasser verschwand wieder im Fass.

Ada war begeistert. »Das war die Legende von Jespa und Akilar«, sagte sie zu ihrem Bruder.

»Weiß ich doch«, sagte Naru, was nicht ganz der Wahrheit entsprach.

Der Flüsterer verbeugte sich, und das Publikum applaudierte frenetisch. Schließlich trug Ursa einen großen Marmorblock in die Arena. Ein alter Mann ganz in Grau folgte ihr auf dem Fuße.

»Und hier kommt Askja, der Steinflüsterer!«, rief der Zwerg.

Der Alte begann, um den Marmor herumzulaufen, er streichelte ihn und flüsterte dabei. Ada hörte konzentriert hin, konnte aber keines der Worte verstehen. Es war eine ihr ganz und gar unbekannte Sprache. Der Stein allerdings schien den Flüsterer zu verstehen, denn er begann sich zu verformen. Es entstand ein Wesen, ein Mensch, eine Frau, eine Göttin. Aus dem Marmorblock wurde eine Statue. Ada erkannte eindeutig Yuma, die Schöpferin und Schutzgöttin aller Menschen. Stolz trug sie ihr Schild und das Füllhorn voll Nahrung. Yuma hatte einen besonderen Platz im Herzen vieler Gläubigen, war sie doch als Einzige der Unsterblichen den Menschen immer wohlgesinnt. Der Steinflüsterer war zufrieden mit seinem Werk und verbeugte sich.

Noch während er unter dem huldvollen Applaus der Menge die Arena verließ, erschien Ursa erneut. Sie schleppte eine große Menge Brennholz und Zunder herbei, welche sie zu einem Scheiterhaufen auftürmte.

Dann knallte es wieder laut, eine Rauchwolke entstand, und aus ihr heraus trat der Zwerg. In seiner Hand hielt er eine Fackel.

»Das Unglaublichste kommt erst noch!«, rief er. »Seien Sie gespannt. Denn wir haben unter uns eine Frau, die der Feuerdämon Zerus mit der Gabe der Unversehrtheit gesegnet hat!«

Ursa kippte eine Flüssigkeit aus einem kleinen Fass über den Scheiterhaufen.

Emmett runzelte skeptisch seine Stirn. »Was soll das denn?«, murrte er. »Wollen Sie eine Hexe verbrennen?«

»Verehrtes Publikum ...«, rief der Zwerg.

Eine Frau in einem roten Umhang betrat die Arena. Sie war

groß und schlank. Viel mehr konnte man nicht erkennen, denn ihr Gesicht lag im Schatten einer Kapuze.

»Ich präsentiere Ihnen Saphira, die Feuerläuferin! Sie wird sich mitten in die Flammen stellen!«

Der Zwerg warf seine Fackel auf den Scheiterhaufen, der schnell aufloderte und innerhalb von Sekunden lichterloh brannte. Der letzte Rest Dunkelheit wich aus der Mitte der Arena. Ada musste blinzeln, so hell strahlte das Feuer.

»Also, es tut mir leid«, sagte Emmett und stand auf. »Das ist nichts für mich.« Er kratzte sich am Hinterkopf. »Ich möchte mich nicht derart am Leid anderer Leute ergötzen.«

»Waaas? Aber dann verpasst du ja den spannendsten Teil!«, rief ihm Timu hinterher. Doch der Dorfvorsteher war nicht umzustimmen.

»Ihr findet mich beim Reiterdenkmal«, sagte er nur und hob eine Hand zum Abschied.

Die Frau in Rot beobachtete mit düsterem Blick, wie einer ihrer Zuschauer vorzeitig das Amphitheater verließ. Sie nahm es wohl als persönliche Beleidigung. Der Rest des Publikums aber war begeistert, und so zog sie ihre Kapuze ab und lächelte. Die Menschen begannen rhythmisch zu klatschen. Saphira schloss ihre Augen und näherte sich langsam dem Feuer.

Naru war ganz darauf konzentriert, die Frau zu zeichnen. Diese ging noch einen Schritt nach vorn und stand nun inmitten der Flammen.

»Ich mag gar nicht hinsehen«, sagte Ada. »Das tut doch bestimmt furchtbar weh.«

»Sie ist eine Feuerläuferin«, beruhigte Elos seine Tochter. »Die Flammen können ihr nichts anhaben.«

»Wow«, staunte Timu, »das will ich auch mal machen!«

»Auf gar keinen Fall«, sagte Rebecca.

Inzwischen brannten auch die Kleider der Frau lichterloh. Sie drehte sich um die eigene Achse. Das Publikum war gebannt vor Schrecken und Faszination. Eine kaum erträglich lange Zeit stand die Frau in den Flammen. Dann endlich erschien der Wasserflüsterer wieder. Yuval beschwor das Wasser im großen Bottich, und es stieg in die Luft. Eine kleine Regenwolke bildete sich. Ermira, die Windflüsterin blies die Wolke über den Scheiterhaufen. Der Mann in Blau warf sich auf die Erde, und mit einem hörbaren Platschen ließ die Wolke all ihr Wasser auf einmal los.

Die Feuerläuferin stand nackt im Rauch des gelöschten Scheiterhaufens. Das Wasser verdampfte förmlich auf ihrer heißen Haut. Ihre roten Haare wirkten fast so, als würden sie noch brennen. Naru fand sie wunderschön. Also fast so schön wie Ilda. Der Zwerg tauchte mit einem Knall neben Saphira auf und reichte ihr einen neuen roten Umhang.

Unter dem begeisterten Jubel des Publikums verließen die Artisten die Arena. Der Wasserflüsterer stützte die Feuerläuferin dabei.

»Das war un-glaub-lich!«, rief Timu begeistert.

»Haha, du hast doch bestimmt gar nichts gesehen unter deinem Holzhut«, sagte Ilda und grinste.

»Quatsch! Ich habe alles gesehen!«

Sogar Elos lächelte.

Ada stupste ihren Vater. »Du hast ja gute Laune.«

»Hat es dir doch ein wenig Spaß gemacht?«, fragte Naru.

»Ich bin einfach guter Stimmung«, erklärte Elos, »weil sich meine düsteren Ahnungen als ausgemachter Unsinn erwiesen haben. Es ist nichts wirklich Schlimmes passiert. Ich muss meine Schäfchen nur noch sicher nach Hause bringen. Das sollte eigentlich kein Problem sein, oder was meint ihr?«

»Ach, man weiß nie«, sagte Naru und grinste.

***

Auf dem Rückweg fiel Naru auf, dass er sein Skizzenbuch im Amphitheater vergessen hatte. Weil er fürchtete, sein Vater könnte ihm verbieten umzukehren, beschloss er, lieber gar nicht erst zu fragen. In einem unbeobachteten Moment ließ er sich von der Gruppe zurückfallen und lief schnell zurück.

Die Arena war jetzt menschenleer bis auf die wunderschöne Blumenflüsterin, die in der Mitte umherlief und blaue Rosen wachsen ließ. Als sie Naru erblickte, winkte sie ihn lächelnd zu sich. Er trat auf sie zu, aber da ließ die Elfe einen Baum aus dem Boden sprießen, der sie in die Höhe hob. Doch Naru war nicht umsonst der beste Kletterer in ganz Friedhofen. Er schwang sich von Ast zu Ast, als gelte die Schwerkraft nur für andere, aber nicht für ihn. Schnell erreichte er die Blumenflüsterin in der Baumkrone.

»Liebster«, sagte sie.

Überrascht blickte ihr Naru ins Gesicht. Aber es war gar nicht die Blumenflüsterin.

»Oh, Ilda! Du bist es«, rief er.

Ilda lachte und warf ihre Haare zurück. »Ja, ich bin es!«

Dann nahm sie ihn bei der Hand und sprang vom Baum. Doch sie fielen nicht. Sie konnten fliegen. Zusammen schwebten sie in die Lüfte bis hinein in die Wolken.

»Oh, Naru! Mein Liebster. Knutsch, knutsch, knutsch. Küsschen, Küsschen!«

Naru war irritiert. Irgendetwas war falsch. Warum sprach Ilda plötzlich mit der quäkenden Stimme seiner Schwester? Das konnte nur eins bedeuten. Er träumte. Naru öffnete die Augen.

Ada stand neben seinem Bett mit offensichtlicher Schadenfreude. »Du hast im Schlaf gesprochen«, sagte sie.

Naru warf ihr sein Kissen ins Gesicht. Halb war sein Geist noch mit Ilda in den Lüften. Am Morgen nach der Nacht der Träume brauchten die Menschen stets ein wenig länger als sonst, um im Wachsein anzukommen. Naru schüttelte und streckte sich. Er schaute aus dem Fenster. Am ersten Ferientag nieselte es. War ja klar. Aber ein süßer Duft stieg von unten in Narus Nase und besserte seine Laune erheblich. Es roch nach Kakao.

Elos war nämlich ausnahmsweise als Erster wach geworden. Er hatte die Kinder schlafen lassen, da sie erschöpft waren vom Jahrmarkt. Außerdem hatten sie ja seit heute Ernteferien, aber nichts zu ernten, da ihr Vater, wie er zu sagen pflegte, nur die Felder des Geistes beackerte. Der Spurenfinder hatte Brennholz aufgeschichtet und den Rest seines Feuerdrops hineingespuckt. Er hatte Honigbrote geschmiert und Kakao gekocht. Der Duft lockte die Kinder aus ihrem Zimmer. Wären Bergtrolle die Treppe hinabgetrampelt, hätten sie dabei schwerlich mehr Lärm machen können als die Zwillinge.

Sie ließen sich am Tisch nieder, und Naru begann sofort zu essen. Ada aber seufzte nur. Jetzt, wo er sie genauer in Augenschein nahm, fand Naru, dass seine Schwester etwas mitgenommen aussah. Ein Umstand, der natürlich auch ihrem Vater nicht verborgen geblieben war.

»Was ist denn los, Kindchen?«, fragte er. »Wo drückt der Schuh?«

»Ach, ich hatte einen Albtraum«, murmelte Ada.

»Ich wette, sie hat geträumt, dass sie in der Schule eine Zwei bekommen hat«, sagte Naru.

»Und wenn?«

»Es gibt Schlimmeres als eine Zwei«, sagte Elos.

»Auf jeden Fall«, bestätigte Ada. »Zum Beispiel eine Drei.« Sie machte eine kleine Pause. »Dann wäre ich fast so schlecht wie Naru.«

Ihr Bruder streckte ihr die Zunge raus. In Wahrheit hatte Ada einen viel schlimmeren Albtraum gehabt. Aber davon wollte sie nicht erzählen, da sie ihn am liebsten sofort vergessen hätte. Sie war nachts im Dunkeln auf einem unbekannten Friedhof gewesen. Ganz allein. Ihr Vater und Naru hatten sie dort zurückgelassen. Sie wusste nicht, warum. Sie wusste nur, dass die Finsternis an diesem Ort nichts war, das die Sonne hätte vertreiben können. Sie war geradezu greifbar und nahm immer wieder neue, schreckliche Formen an. Ada wollte von diesem furchtbaren Ort fliehen. Aber sie lag nur steif und starr da und konnte sich einfach nicht bewegen. Sie schüttelte sich, um das Gefühl der Verlorenheit loszuwerden. Es war nur ein dummer Traum gewesen.

»Du musst echt mal ein wenig lockerer werden«, sagte ihr Bruder. »Die Schule ist nicht so wichtig, wie du immer tust.«

Ada schnaubte. »An deiner Stelle würde ich gleich heute den Aufsatz über Syndrakos schreiben«, sagte sie. »Dann bist du ihn los.«

»Da am Ende sowieso du ihn schreiben wirst, kannst *du* das gerne schon heute machen«, entgegnete ihr Bruder mit frechem Grinsen.

»Na, na«, sagte Elos nur.

»Was denn?«, sagte Naru. »Das macht ihr doch Spaß.«

»Ja, aber *du* sollst ja etwas dabei lernen«, sagte Ada.

»*Ich* lerne ja was dabei«, erwiderte Naru, »nämlich wie ich Leute finde, die mir die Arbeit abnehmen.«

»Das ist in der Tat ein brauchbares Talent«, musste Elos zugeben.

»Willst nicht du meinen Aufsatz schreiben?«, fragte Naru seinen Vater. »Du warst doch schon mal in Syndrakos.«

»So?«, fragte Elos. »Woher wisst ihr das denn?«

»Na, du hast Prinzessin Henrietta befreit«, sagte Ada.

»Und außerdem hast du mal einen diebischen Kobold über die Grenze verfolgt«, sagte Naru. »Steht jedenfalls in deinen Aufzeichnungen! In Band vierzehn, um genau zu sein.«

»Ich wünschte, du würdest deine Schulbücher genauso aufmerksam lesen wie meine geheimen Erinnerungen.«

Naru blickte auf die neue Taschenuhr. Es war bereits kurz nach acht. An einem Schultag hätten sie schon aus dem Haus sein müssen. Eigentlich unmenschlich, wenn man mal darüber nachdachte. Naru sah auch keinerlei praktischen Nutzen dahinter. Es war, man konnte es nicht anders sagen, schlicht gemeine und bösartige Kinderquälerei. Er war froh, heute nicht vor die Tür zu müssen, denn der Regen draußen wurde immer heftiger.

»Was hast du denn geträumt?«, fragte Ada ihren Vater.

»Ich ... ähm ...« Elos suchte nach den richtigen Worten. »Ich träumte, dass ich meinen einzigen ungelösten Fall aufgeklärt habe.«

»Das klingt nach einem schönen Traum«, meinte Naru.

»Nun ja«, sagte Elos. »Mehr oder weniger.«

»Wieso haben deine Memoiren eigentlich keinen dreizehnten Band?«, fragte Naru. »Bist du etwa abergläubisch? Oder hast du den versteckt, weil da dein ungelöster Fall drinsteht? Ist er dir peinlich?«

»Nein«, sagte Elos. »Es ist nur so ...«

Er unterbrach sich, weil er Geräusche vor der Tür hörte. Ohne anzuklopfen, platzte Ronald Hagen ins Haus. Als er die Tür aufriss, blitzte es hinter ihm. Gleich darauf grollte der Donner. Es war, als wolle die Wettergöttin Rays höchstpersönlich dem Auftritt des Holzfällers Dramatik verleihen. Er musste gerannt sein, denn sein Gesicht glühte rot, obwohl seine Haare, Kleidung und Schuhe nass vom kalten Regen waren.

»Na, hoppla«, sagte Elos. »Was ist Ihnen denn widerfahren? Sie sehen aus, als wäre Nekran persönlich hinter Ihnen her.«

»Ein Toter«, keuchte der Holzfäller, »ein Toter am Waldrand!«

Die Kinder horchten auf. Der Schalk verschwand aus Elos' Gesicht.

Ronald Hagen schien kaum Luft zu bekommen. »Blu ... Blut ... überall Blut«, stammelte er.

»Guter Mann, beruhigen Sie sich!«, sagte Elos.

»Aber er ist tot«, rief der Holzfäller. »Er ist tot.«

»Das habe ich verstanden.«

»Ein Toter?«, fragte Naru aufgeregt.

»Am Waldrand«, sagte der Holzfäller erschöpft. »Er liegt am Waldrand.«

»Ja, das habe ich Ihrem dramatischen Auftritt entnommen«, sagte Elos. »Es liegt ein Toter am Waldrand.«

»Ich habe ihn gefunden«, sagte der Holzfäller keuchend. »Am Waldrand im Norden. Tot!« Wie zum Beweis präsentierte er seine Hände, die voll Blut waren.

Elos seufzte. »Ich verstehe, dass Sie zu mir gekommen sind«, sagte er. »Doch ich bin überhaupt nicht zuständig.«

»Aber Sie sind doch Spurensucher!«, rief der Holzfäller.

»Spurenfinder!«, korrigierte ihn Elos, ganz ohne nachzudenken.

»Eben! Sehen Sie?«

»Jedoch bin ich außer Dienst. Und wie gesagt gar nicht zuständig. Bitte wenden Sie sich an den Dorfvorsteher.«

»Aber der Tote«, sagte der Holzfäller mit weit aufgerissenen Augen, »ist der Dorfvorsteher!«

DER TOTE AM WALDRAND

Die Kinder waren zu geschockt, um zu sprechen. Emmett Freling sollte tot sein? Wie war das möglich? Es musste sich um einen Irrtum handeln. Aber warum hatte der Holzfäller so viel Blut an den Händen gehabt? War Emmett gar erschlagen worden? Von einem Mord in Friedhofen hatte man seit Generationen nicht gehört.

Elos hatte den Holzfäller zurück zum Toten geschickt, um Wache zu stehen. Auch der wilden Tiere wegen. So ein Leichnam am Waldrand bleibt nicht lange ohne hungrige Besucher. Der Spurenfinder selbst kramte unter der Treppe in einer verstaubten Truhe, in der er seine Utensilien eingelagert hatte.

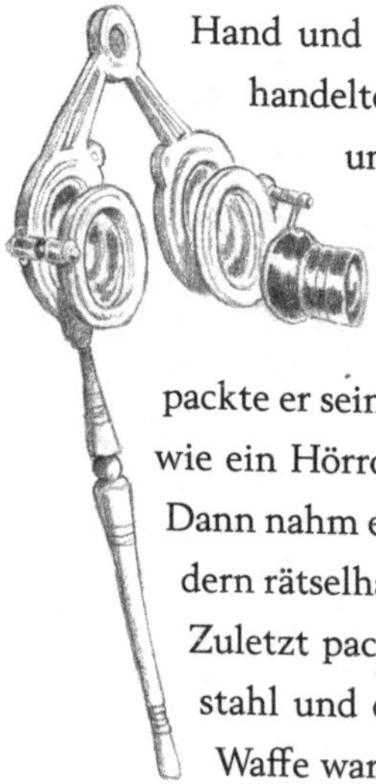

»Wie habe ich gehofft, dass ich das ganze Zeug nie mehr brauchen würde«, murrte er. Er nahm das Glotzoskop in die Hand und begutachtete es. Bei dem seltsamen Gerät handelte es sich um eine Art Brille mit zahlreichen unterschiedlich starken Vergrößerungsgläsern, die man alle einzeln ausklappen konnte. Er steckte es in eine große Ledertasche mit präzise gefertigten Innenfächern. Dazu packte er seinen berühmten Schnüffeltrichter. Dieser war wie ein Hörrohr geformt, nur doppelt und für die Nase. Dann nahm er noch sein Lieblingswerkzeug, ein den Kindern rätselhaftes Metallding, das er Schdip getauft hatte. Zuletzt packte er seine kleine Armbrust aus Zwergenstahl und die in Lähmgift getauchten Pfeile ein. Die Waffe war kaum größer als eine Hand mit gespreizten Fingern.

Als er mit Ledertasche, Hut und Mantel zur Tür trat, standen Ada und Naru schon bereit.

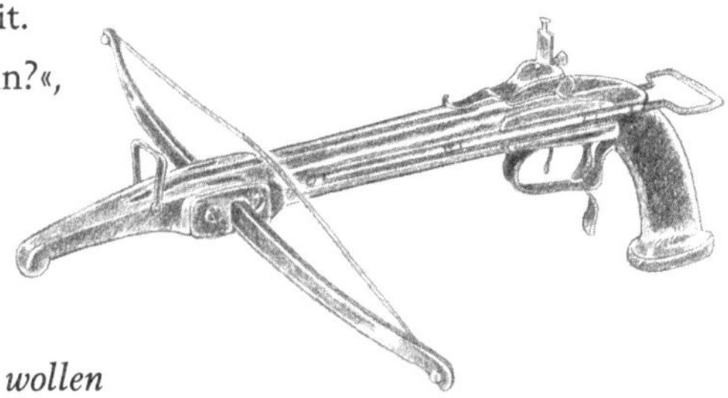

»Wo wollt ihr denn hin?«, fragte ihr Vater.

»Wir wollen mit!«, sagte Naru.

»Ja, das dachte ich mir«, erwiderte Elos. »Nur sind *wollen* und *dürfen* zwei Paar Schuhe, nicht wahr? Ihr bleibt schön zu Hause.«

»Aber wir können dir helfen!«, rief Ada. »Wie wir dir zum Beispiel bei dem Fall mit dem doppelten Schornsteinfeger geholfen haben.«

»Du meinst, als ihr aus Versehen die Leiter umgekippt habt und ich in den Misthaufen hinter dem Manuna-Tempel gefallen bin?«, fragte Elos stirnrunzelnd. »Stimmt, das war eine große Hilfe.«

»Na gut, das war vielleicht nicht das beste Beispiel.«

»Bei der Waldhexe haben wir geholfen!«, versuchte es Naru. »Da hatte Ada die Idee, die Kekskrümel auszulegen, um die kreischenden Vögel wegzulocken.«

»Das war eine gute Idee«, sagte Elos, »und sie hätte vielleicht sogar funktioniert, wenn ihr nicht den Großteil der Kekse auf dem Weg gegessen hättet.«

»Und was ist mit dem Fall des betrogenen Betrügers?«, fragte Ada. »Da hatte Naru eine detaillierte Zeichnung des Seemanns gemacht, der um deine Hilfe gebeten hat, dich aber eigentlich nur übers Ohr hauen wollte. Die war doch sehr nützlich.«

»Ja, die wäre nützlich gewesen«, erwiderte Elos, »wenn er sie nicht verbummelt hätte.«

»Aber wenn ich nicht zu viele halb vergammelte Kirschen gegessen hätte«, sagte Naru, »und keinen Brechdurchfall bekommen hätte, dann hätten wir geschlafen und nicht mitbekommen, dass der Nachtmagier unser Haus angezündet hat.«

»Na gut. Das war in der Tat hilfreich, auch wenn ich, so muss ich zugeben, den Nutzen deiner Unvernunft im ersten Augenblick verkannt habe.«

»Und außerdem …«, begann Ada einen letzten Versuch.

»Schluss jetzt!«, rief Elos. »Es ist zu gefährlich! Ihr bleibt hier.«

Er verließ das Haus und warf die Tür hinter sich zu.

»Aaaalso …«, sagte Ada lang gezogen. »Sind wir brave Kinder? Bleiben wir hier?«

Die Tür öffnete sich plötzlich wieder, und Elos sagte: »Ja!«

Dann warf er die Tür erneut zu und eilte davon.

Ada und Naru blickten ihm durchs Fenster hinterher. Er nahm den Trampelpfad ins Dorf.

»Aaaalso …«, begann Naru.

»Es wäre unverantwortlich, ihn allein gehen zu lassen«, fuhr Ada fort. »Er wird sicherlich unsere Hilfe brauchen.«

»Meine Meinung.«

»Hierzubleiben wäre garstig von uns.«

»Also das Gegenteil von brav«, bestätigte Naru.

»Da wir brav sind«, schlussfolgerte Ada, »müssen wir ihm folgen!«

»Wir haben gar keine andere Wahl.«

Ada öffnete die Tür. »Zu Hause zu bleiben, wäre schändlich«, flüsterte sie.

»Weit unter unserer Würde«, erwiderte Naru.

Ada deutete zum Wasserlauf. »Lass uns am Flotbach entlanggehen. Auf dem Trampelpfad haben wir zu wenig Deckung.«

Naru folgte ihr. Der Regen war nur noch ein Nieseln, aber der Boden immer noch sehr feucht. Die Nässe drang durch ihre Stiefel. Die Zwillinge waren jedoch so aufgeregt, dass sie die Kälte nicht spürten.

»Dass es geregnet hat, wird Vater nicht gefallen«, sagte Naru.

Ada nickte. Regen war der Feind aller Spurensucher.

Die Kinder rannten, um vor ihrem Vater am Waldrand zu sein und sich dort verstecken zu können. Aber als sie die Böschung vom Bach nach oben krochen, hörten sie schon Elos' Stimme. Auch der Spurenfinder hatte sich beeilt. Schnell duckten sich die Zwillinge hinter ein paar hohe Sträucher. Ada bemerkte abgeknickte Halme in ihrer Nähe.

»Tatsache«, sagte ihr Vater gerade. »Es ist Emmett.« Er senkte seinen Kopf und schüttelte ihn traurig.

Naru richtete sich ein wenig auf und linste durch das Grünzeug. Er sah einen Körper, der vor dem Waldrand auf dem nassen Boden lag.

»Es ist wirklich Emmett!«, flüsterte er schockiert.

Ada versuchte, ihren Bruder wieder nach unten zu ziehen, aber Naru weigerte sich. Er wollte sehen, was vor sich ging.

Elos beugte sich hinunter und fühlte Emmetts Puls. Dann seufzte er.

»Ich ... ich ... ich hab ihn so gefunden«, stammelte der Holzfäller. »Also nicht genau so. Er lag auf dem Bauch, mit dem Gesicht im Dreck, und da habe ich ihn umgedreht ...«

»Und als Sie ihn gefunden haben«, fragte Elos, »hat er da noch gelebt?«

Der Holzfäller sah ihn geschockt an. »Ich ... ich schwöre, ich habe nichts ... wirklich nichts ... damit zu tun. Ich habe ihn nicht umgebracht!«

»Ich wollte wissen, ob er noch geatmet hat. Nicht, ob Sie ihn umgebracht haben«, erklärte Elos. »Aber interessant, dass Sie sich selbst verdächtig finden.«

»Verdächtig? Ich? Also, ich meine, vielleicht hat ihn ja einfach der Schlag getroffen. Oder sein Herz hat ausgesetzt.«

»Nun«, sagte der Spurenfinder. »Einen natürlichen Tod können wir vermutlich ausschließen.« Er deutete auf die große blutige Wunde auf Emmetts Brust. »Oder was meinst du, Naru?«

Elos hatte sich nicht mal zu ihnen umgedreht. Manchmal war es ein Unglück, einen Spurenfinder zum Vater zu haben.

Naru kam hinter den Sträuchern vor. »Woher wusstest du, dass ich da bin?«, fragte er.

»Bis eben hatte ich es nur vermutet«, antwortete Elos und drehte sich zu seinem Sohn um. »Den Geräuschen nach zu urteilen, hätte es auch ein Elefant beim Versteckspielen sein können.«

Naru murrte: »Ada ist auch hier.«

Seine Schwester kam nun ebenfalls hervor und knuffte ihn.

»Das ist mir klar«, seufzte Elos. »Wo der Stinkstiefel ist, da müffelt es auch.«

Ada hörte gar nicht richtig zu. Ihr Blick war von Elos zu Emmett gewandert. Entsetzt schlug sie sich die Hände vor den Mund.

»Kommt her, kommt her«, sagte Elos und drückte die Kinder an sich. »Das nächste Mal hört ihr bitte auf mich, wenn ich sage, dass ihr zu Hause bleiben sollt.«

»Wer würde denn so etwas tun?«, fragte Ada geschockt.

Elos seufzte tief. »Ich weiß es nicht«, sagte er. Dann blickte er Ronald Hagen ins Gesicht. »Noch nicht.«

»Kann ich denn irgendetwas tun?«, fragte der Holzfäller.

»Holen Sie den Seelenhüter«, sagte Elos.

Ronald Hagen nickte und lief eilig zurück ins Dorf.

»Wo fangen wir an?«, wollte Naru wissen.

»Wir?«, fragte Elos einigermaßen verblüfft. »Wir fangen gar nirgends an. Ihr geht brav zurück nach Hause. Es war garstig und unverantwortlich, dass ihr nicht gehört habt. Weit unter eurer Würde.«

»Schändlich ...«, sagten Ada und Naru mit gesenkten Köpfen, rührten sich aber nicht vom Fleck.

Elos bückte sich und untersuchte den Leichnam.

Die Kinder überwanden ihren ersten Schock und blickten sich um. Der Tote lag einfach so da. Mitten auf dem Weg. Als gehörte er hier hin. Dabei war er doch furchtbar fehl am Platz. Ganz in seiner Nähe, halb im Gras, sah Naru ein kunstvoll gearbeitetes Kurzschwert.

»Vater«, sagte er und deutete auf die Waffe, »glaubst du, dass er damit …?«

»Nein«, sagte Elos, ohne von dem Toten aufzublicken. »Die Wunde ist zu breit für ein Schwert.«

»Auch zu breit für eine Axt?«, fragte Ada.

Naru drehte sich um.

Seine Schwester zeigte auf einen Baumstumpf am Wegesrand. Im Holz steckte eine Axt. Elos kam herbei, nahm das Glotzoskop aus seiner Tasche und begann, die Axt zu inspizieren, ohne sie aus dem Stamm zu ziehen.

»Kein Blut«, sagte Naru, der ebenfalls hinzugetreten war.

»Vielleicht hat der Regen es weggewaschen«, sagte Ada.

»Hm«, machte Elos.

»Aber schaut doch!« Ada zeigte auf einen Fleck am Schaft. »Da ist noch Blut!«

Elos besah sich die Stelle genauer.

»Und was denkst du?«, fragte seine Tochter.

»Geht nach Hause«, sagte ihr Vater nur. Dann lief er zurück zur Leiche und untersuchte mit dem Glotzoskop Emmetts Hände. »Dreck unter den Fingernägeln …«, murmelte er. »Interessant.«

Die Kinder entfernten sich ein paar Schritte.

»Denkst du, was ich denke?«, flüsterte Ada.

»Ich glaube schon«, flüsterte Naru.

»Es war bestimmt …«, begann Ada.

»… ein Monster mit axtartigen Klauen!«, ergänzte Naru.

»Nein, du Trottel, es war der Holzfäller!«, sagte Ada.

»Geht nach Hause«, brummte ihr Vater.

Ada ignorierte ihn. »Aber da ist Blut an der Axt!«, sagte sie zu ihrem Bruder. »Und Ronald Hagen hat doch gestern selbst gesagt, dass er Emmett eines Tages umbringen wird!«

»Wie doof wäre das denn?«, fragte Naru. »Ich glaube nicht, dass viele Mörder vor der Tat ihre Absichten herausposaunen.«

»Du würdest dich wundern«, sagte Elos. »Unterschätze nie die Dummheit der Menschen. Euch zum Beispiel habe ich jetzt schon dreimal gesagt, dass ihr nach Hause gehen sollt.«

»Aber Ada hat gerade voll Angst«, sagte Naru. »Sie will nicht allein zu Hause sein.«

»*Du* hast Angst!«, entgegnete Ada, um geschickt davon abzulenken, dass ihr die Vorstellung, jetzt allein zu Hause zu sein, wirklich unbehaglich war.

Elos seufzte. »Deine Schwester soll ja nicht allein nach Hause. Ihr sollt *beide* nach Hause!«, sagte er mit Nachdruck.

»Aber wir wollen doch auch mal Spurenfinder werden«, versuchte es Ada weiter. »Das geht nur, wenn du uns was beibringst.«

»Wir haben sogar schon unsere eigene Geheimsprache entwickelt!«, verkündete Naru stolz. »Osel tsi neei senadoof.«

Ada kicherte. Da sie eingeweiht war, konnte sie verstehen, was ihr Bruder gesagt hatte, nämlich: »Elos ist eine Doofnase!«

»Riw nenkön garso neei chespraheimge elnwickent«, fuhr Naru fort, »eid Osel tchin enstehver nnak!«

Ada nickte ihrem Bruder zu zum Zeichen, dass sie alles verstanden hatte. Er hatte gesagt: »Wir können sogar eine Geheimsprache entwickeln, die Elos nicht verstehen kann.«

»Nun, den Beweis seid ihr noch schuldig, ihr Doofnasen«, sagte ihr Vater allerdings.

»Wie konntest du das so schnell entschlüsseln?«, fragte Naru baff.

»Wegen Adas Gekicher davon ausgehend, dass du mit einer

kleinen Beleidigung begonnen hast, vermutete ich, dass das erste Wort mein Name ist. Sobald man dies denkt, ist es augenfällig, dass ihr bei mehrsilbigen Wörtern die Silben umstellt und die einsilbigen Wörter umdreht, wobei ihr Laute wie CH aus Gründen der leichteren Aussprache zusammenlasst. Nekei chesprabeimge, run nie spielderkin.«

Die Zwillinge gaben sich aber noch nicht geschlagen. Sie griffen zu ihrer schärfsten Waffe. Sie machten große Augen und sagten: »Bitte, bitte, bitte ...«

Elos seufzte. »Falls ich euch in meiner unendlichen Güte erlaube hierzubleiben ...«, begann er.

Die Gesichter der Kinder hellten sich auf.

»... ich sagte, falls! Dann möchte ich, dass ihr mucksmäuschenstill seid!«

Die Zwillinge nickten eifrig. Dann taten sie so, als würden sie ihre Münder mit unsichtbaren Schlüsseln verschließen und reichten diese ehrerbietig ihrem Vater. Elos nahm sie und steckte sie in seine Tasche.

Kaum hatte er das getan, machte Ada den Mund schon wieder auf. »Also, was sollen wir tun?«

»Wenn ihr unbedingt helfen wollt«, sagte Elos, »dann – in Jespas Namen – geht zu Marlene Martens' Haus und fragt die alte Dame, ob sie etwas von dem nächtlichen Kampf mitbekommen hat.«

Die Kinder liefen los.

Hinter ihnen murmelte Elos: »Das werde ich noch bereuen.«

Auf dem sehr kurzen Weg vom Tatort zu Oma Martens' Haus wischte sich Ada eine Träne aus dem Auge.

»Sei tapfer«, sagte Naru, sichtlich bemüht, gefasster zu wirken als seine Schwester. »Er ist nicht der erste Tote, den wir gesehen haben.«

»Aber die anderen kannten wir nicht wirklich«, klagte Ada. »Sie waren irgendwie Teil von Vaters Arbeit. Ich hatte mir nie überlegt, dass sie Freunde hatten, Bekannte, dass sie verliebt waren ...«

Naru schwieg. Auch ihm kam es komisch vor, dass die Vögel so fröhlich zwitscherten. Als wäre nichts passiert. Nach ein paar Schritten sagte er: »Ich würde auch nach Rabenfurt zur Schule laufen, wenn er dafür noch am Leben wäre.«

»Es ist so merkwürdig«, murmelte Ada. »Gestern hat er uns allen noch Stimmonade gekauft und ...« Sie unterbrach sich und deutete auf Oma Martens' Haus. Die Tür stand offen. Ada wurde eiskalt. Sie hatte eine böse Vorahnung. Die alte Dame ließ ihre Tür nie offen stehen, denn so gerne sie die Erdaffen mochte, im Haus wollte sie diese nicht haben.

»Oma Martens!«, rief Ada. »Hören Sie mich?« Es kam keine Antwort. Ihr Herz begann wie verrückt zu klopfen.

Naru näherte sich der offenen Tür.

»Was machst du?«, fragte Ada erschrocken. Sie wollte keinen Schritt weitergehen.

»Ich tue, was Vater gesagt hat, dass wir tun sollen. Ich gehe zu Oma Martens' Haus!«

»Aber was, wenn da jemand anderes drin ist?«

»Nekran höchstpersönlich, oder wer?« Naru klopfte dreimal laut gegen den Türrahmen, dann trat er ins Haus.

Ada seufzte und folgte ihm.

SPURENSUCHE

In Oma Martens' Haus herrschte eine bedrückende Stille. Das Ticken der Uhren machte diese noch gespenstischer. Der große Spiegel im Eingangsbereich war gesplittert. Wachsam wagten sich die Kinder weiter vor. Ada gruselte es. Naru tat so mutig, aber sie wusste, dass er ihr nur etwas vorspielte. Der Tisch im Wohnzimmer war umgekippt. Zwei Uhren lagen kaputt auf dem Boden. Sie waren um kurz nach drei stehen geblieben. Die anderen Uhren hingen noch an den Wänden und tickten vor sich hin. Es war halb neun. Naru zog die neue Taschenuhr hervor. Sie zeigte halb zehn.

»Verdammt«, sagte er.

»Was ist?«

»Das doofe Ding geht schon wieder eine ganze Stunde falsch.«

»Wenn du meine neue Uhr kaputt gemacht hast ...«, drohte Ada.

»Das ist nicht deine ...«

Ada wollte gerade die Taschenuhr an sich reißen, da nahm sie hinter sich eine Bewegung wahr. Gleich darauf huschte etwas zwischen den Beinen der Kinder hindurch. Beide schrien wie verrückt und fielen sich in die Arme. Ein kleines Tier rannte zur offenen Tür hinaus.

»Es war nur eine Ratte!«, hauchte Ada erleichtert. »Nur eine Ratte!«

»Weiß ich doch«, sagte Naru und ließ seine Schwester los. »Weiß ich doch.«

Nach einer Weile fügte er noch hinzu: »Ich hab nur geschrien, weil du geschrien hast.«

»Ich hab nicht geschrien«, behauptete Ada.

»Einigen wir uns darauf, dass keiner von uns geschrien hat«, schlug ihr Bruder vor.

»Einverstanden.«

Gleich darauf preschte Elos ins Haus. »Kinder!«, rief er besorgt. »Kinder! Wo seid ihr?«

»Wir sind hier!«, rief Ada. »Hier!«

Elos stürmte ins Wohnzimmer. »Was ist passiert?«, fragte er völlig außer Atem.

»Nichts«, antworteten die Zwillinge.

»Nichts?«, fragte ihr Vater verblüfft. Er stützte seine Arme auf die Schenkel und schnappte nach Luft. »Warum habt ihr dann so geschrien?«

»Wir haben nicht geschrien«, sagte Naru.

Elos seufzte und verdrehte die Augen. »Verstehe«, sagte er und richtete sich wieder auf. »Dann bin ich auch nicht panisch ins Haus gestürmt.« Er blickte sich im Wohnzimmer um.

»Was ist hier passiert?«, fragte Ada.

»Ich weiß es nicht. Vielleicht ein Kampf. Habt ihr Frau Martens gefunden?«

»Nein. Nur eine Ratte«, sagte Ada.

»Oma Martens ist verschwunden«, berichtete Naru.

»Merkwürdig«, murmelte Elos. »Äußerst merkwürdig.« Er begann, das Haus nach Spuren zu durchsuchen. Den Kindern erteilte er dabei eine wichtige Aufgabe: »Stört mich nicht!«

»Was würde dich denn stören?«, fragte Ada.

»Unnötige Nachfragen.«

»Anders gefragt«, erkundigte sich Naru, »was würde dich *nicht* stören?«

»Ihr dürft atmen.«

Also atmeten die Kinder.

»Atmet leiser«, brummte ihr Vater.

»Dürfen wir draußen atmen?«, fragte Naru.

»Sehr gerne.«

***

Bei Emmetts Leiche hatte sich in der Zwischenzeit eine kleine Gruppe eingefunden. Als die Kinder näher kamen, erkannten sie den Holzfäller, den Schmied, den Kräuterhändler und den Bäcker. Die Nachricht vom Tod des Dorfvorstehers hatte sich schnell verbreitet.

Anselm Kiruk, der Seelenhüter, stand in seinem schwarzen Umhang neben der Leiche und murmelte in leisem Singsang: »Jespa, Göttin der Götter, nimm die Seele deines Dieners Emmett Freling und gewähre ihm ein Fortleben in deinen heiligen Gärten. Nekran, dunkler Herrscher über das Totenfeuer, verschone seine Seele und vergebe, was vergeben werden muss. Yuma, Mutter aller Menschen, geleite ihn sicher ...«

Felicitas, die Heilerin, kniete neben Emmett. Sie schüttelte seufzend den Kopf und schloss ihm die Augen.

Ada und Naru hatten die Gruppe fast erreicht, da hörten sie schnelle Schritte hinter sich. Rebecca rannte auf sie zu.

»Was ist passiert?«, fragte sie die Zwillinge fassungslos. »Was ist denn nur passiert? Ist es wirklich Emmett?«

»Ja«, sagte Ada. »Es tut mir schrecklich leid.«

»Mir auch«, murmelte Naru, aber Rebecca hörte schon gar nicht mehr hin. Sie kniete sich neben die Leiche.

»Emmett«, schluchzte sie. »Oh, Emmett ...« Als sie die große Wunde auf seiner Brust sah, verhärteten sich ihre Gesichtszüge. Sie stand auf. »Wer hat das getan?!«, rief sie wütend.

»So hab ich ihn gefunden, Rebecca«, bekundete der Holzfäller. »Ich ... ich ... ich hab nichts damit zu tun. Ich bin gleich zum Spurensucher.«

Felicitas erhob sich. »Ich bin mir sicher, der Hieb hat Emmett

sofort getötet«, sagte die Heilerin. »Ich konnte leider nichts mehr für ihn tun.«

»*Leider* …«, zischte Rebecca. »Als ob du dich nicht freuen würdest, dass er tot ist.«

»Ich?«, rief Felicitas empört. »Ich rette Leben! Ich nehme sie nicht!«

»Jetzt beruhigt euch doch!«, bat der Seelenhüter.

»Aller Wahrscheinlichkeit nach war der Mörder ein Fremder!«, sagte der Schmied. »Jemand, der gesehen hat, wie der Dorfvorsteher die goldenen Fredlaffs gewann.«

»Was ist mit Jorgen?«, fragte der Kräuterhändler. »Der alte Saufkopf ist doch immer knapp bei Kasse.«

»Würde mich nicht wundern, wenn der Zwerg sein Geld selbst zurückgeholt hat«, mutmaßte der Schmied. »Diese Art Gesindel braucht doch dauernd Geld.«

»Du musst reden, Matthis!«, spottete die Heilerin.

»Wie bitte?«, erwiderte der Schmied. Sein rechtes Augenlid zuckte zweimal. »Wenn hier einer verdächtig ist, dann ja wohl Ronald!«

»Ich war es nicht!«, rief der Holzfäller verzweifelt.

»Und Ihre Axt steckt hier rein zufällig in einem Baumstumpf neben dem Toten?«, fragte Ada.

Ronald Hagen blickte auf seine Axt im Baumstumpf, als sähe er sie zum ersten Mal. »Ich, ich ... ich hab sie hier hineingeschlagen, bevor ich zum Spurensucher gelaufen bin. Wollte nicht mit der Axt rennen!«

»Am Schaft ist Blut!«, sagte Ada.

»Hört ihr!«, rief der Schmied. »Am Schaft ist Blut!«

Der Holzfäller war ganz verwirrt. »Also ... Ich hab die Axt fallen gelassen, als ich ihn gefunden habe und ...«

»Du meinst wohl, nachdem du ihn erschlagen hast«, rief der Schmied.

»Nein, nein. Ich hab sie fallen gelassen, hab ihn umgedreht, und da war alles voller Blut, und als ich die Axt dann wieder aufgehoben und in den Baumstumpf geschlagen habe, da muss das Blut ...«

»Wieso eigentlich warst du bei Gewitter im Wald?«, fragte Rebecca.

»Was? Ich ... als ich los bin, da hatte es nur genieselt!«

»Ich stand gestern neben dir«, unterbrach ihn der Schmied, »als du gesagt hast, du würdest den Kerl eines Tages umbringen.«

»Und deine Hände sind wortwörtlich mit Blut befleckt!«, pflichtete der Bäcker bei.

»Aber doch nur, weil ich ihn umgedreht habe ...«

»Die Schneide ist sauber!«, sagte Naru, doch keiner hörte auf ihn.

»Es ist schon eine Krux«, stellte der Kräuterhändler fest. »Hier haben wir ein Problem, das eigentlich der Dorfvorsteher lösen müsste, aber der Dorfvorsteher ...«

Felicitas trat vor. »Ronald Hagen«, sagte sie mit Pathos, »kraft des mir vom König verliehenen Amtes als nunmehr amtierende

Dorfvorsteherin verhafte ich dich wegen Mordes an Emmett Freling.« Sie wandte sich an die Umstehenden. »Bindet ihn!«

»Was? Nein!«, rief der Holzfäller verzweifelt.

Der Schmied ging auf ihn zu.

»Fass mich an, Bjarnson, und ich breche dir deine restlichen Finger«, zischte Ronald Hagen. Aber die Umstehenden kamen dem Schmied zu Hilfe. Während des Gerangels rief der Holzfäller: »Ja, ich konnte ihn nicht leiden. Aber wer konnte das schon.«

»Ich konnte ihn leiden«, sagte Rebecca scharf.

Der Holzfäller war stark, doch gegen die Übermacht chancenlos. Matthis Bjarnson trat ihm von hinten in eine Kniekehle, und er ging zu Boden. Schon war der Kräuterhändler über ihm und band ihm die Hände auf den Rücken.

Nun wurde es Naru zu viel. »Aber es ist kein Blut an der Schneide!«, rief er. »Wenn Herr Hagen den Dorfvorsteher wirklich mit seiner Axt erschlagen hätte, dann müsste doch Blut an der Schneide sein. Nicht am Schaft!«

»Er hat es abgewischt!«, erwiderte der Schmied.

Naru schüttelte den Kopf und sagte: »Er hat das Blut abgewischt, die Waffe dann aber am Tatort gelassen?«

»Was ist denn deine Vermutung?«, fragte Felicitas. »Wenn es nicht Ronald war, wer war es dann?«

Naru spürte die Blicke aller Anwesenden auf sich. »Nun, ich weiß es natürlich nicht genau«, sagte er und machte eine kurze Pause, »aber es könnte zum Beispiel auch ein Monster mit axtartigen Klauen gewesen sein.«

Ada schlug sich mit der flachen Hand gegen die Stirn. »Peinlich ...«, murmelte sie.

Vereinzelt lachten die Leute trotz der grausigen Szenerie.

»Sperrt Ronald in die Zelle im alten Wachturm«, befahl die Dorfvorsteherin.

»Ihr macht einen Fehler!«, rief der Holzfäller. »Einen schweren Fehler. Ich habe den Mord sogar gemeldet!«

In seiner Verzweiflung blickte er zu Elos, der Oma Martens' Haus wieder verlassen hatte, zurückgekommen war und den Streit wohl schon länger beobachtete.

»Ich bin unschuldig! Sagen Sie's Ihnen, Spurensucher!«, rief er. »Bitte!«

»Spurenfinder«, korrigierte Elos. »Spuren suchen kann ja jeder, wie wir gerade gesehen haben ...«

»Sie haben jemand anderen im Verdacht?«, fragte Felicitas.

Elos überlegte. »Nein«, sagte er dann. »Nehmen Sie ihn mit.«

Felicitas nickte zufrieden.

Naru wunderte sich sehr über seinen Vater, aber augenscheinlich verfolgte er irgendeinen Plan, und Naru hatte nicht das Bedürfnis, seine Worte öffentlich infrage zu stellen. Also entfernten sich die Dorfleute, in ihrer Mitte der zeternde Gefangene.

»Und vielleicht«, rief Elos der Heilerin hinterher, »sollten Sie einen Suchtrupp zusammenstellen. *Kraft des Ihnen vom König verliehenen Amtes als nunmehr amtierende Dorfvorsteherin.* Frau Martens ist nämlich unter besorgniserregenden Umständen verschwunden.«

Felicitas machte erstaunt den Mund auf, überlegte vielleicht, ob sie auf den leichten Spott reagieren sollte, der in der Wiederholung ihrer etwas zu gestelzten Formulierung mitgeschwungen hatte, schloss ihn dann aber wieder, ohne etwas zu sagen. Die Nachricht von Oma Martens' Verschwinden war eine zu große Überraschung. Sie schickte die Männer mit dem Gefangenen zum Wachturm und begab sich selbst auf den Weg zum Haus der alten Dame.

Elos wandte sich ab und ging zurück zur Leiche.

»Also glaubst du doch, dass es der Holzfäller war?«, fragte Ada mit Genugtuung.

Elos schüttelte den Kopf. »Natürlich nicht.«

»Aber warum hast du dann nicht verhindert, dass der Holzfäller eingesperrt wird, wenn er unschuldig ist?«

»Es schadet nicht, wenn sich der echte Mörder in falscher Sicherheit wiegt«, antwortete Elos. »Und vielleicht wird eine Nacht im alten Wachturm Ronald Hagen lehren, keine Morddrohungen mehr auszustoßen.«

»Verhaften wir dann jetzt den echten Mörder?«, wollte Naru wissen.

»Wir verhaften gar niemanden«, entgegnete Elos. »Wir sind ja nicht die Stadtwache von Rabenfurt. Wir sind keine Gesetzeshüter. Ihr seid nur Spurensucher.«

»Wir sind keine Spurensucher«, sagte Naru. »Wir sind Spurenfinder.«

»Spuren suchen kann ja jeder«, sagte Ada.

»Auf das Finden kommt es an«, ergänzte Naru.

»Genau. Deswegen sagte ich ja auch, dass *ihr* Spurensucher seid«, erklärte Elos.

»Und wo fangen wir an zu ... finden?«, fragte Ada.

»Nun, zuerst müssen wir herausbekommen, was in der Nacht alles passiert ist.«

Elos ging auf Rebecca zu. Sie beobachtete traurig, wie Anselm Kiruk mithilfe des Kräuterhändlers ihren toten Verehrer auf seinen Ochsenkarren hievte.

»Wir verhören Rebecca?«, fragte Ada leise. »Glaubst du wirklich, sie hat etwas mit dem Mord zu tun?«

»Nein, natürlich nicht«, widersprach Elos. »Im Gegenteil.«

»Ihr vertraust du am meisten«, sagte Naru.

»Korrekt. Wir wollen unsere Vermutungen auf ein möglichst stabiles Fundament bauen.«

»Verstehe«, flüsterte Ada.

Der Spurenfinder bückte sich und hob das kunstvoll gearbeitete Schwert auf, das noch am Wegesrand lag. Er inspizierte die Stelle, an der die Klinge auf die Parierstange traf. Die Kinder traten hinzu. Da war ein Zeichen. Ein Schwert auf einem Amboss. Und darunter die Buchstaben A und W.

»Hm«, machte Elos nur. Dann senkte er das Schwert und ging auf den Ochsenkarren zu. Die Zwillinge folgten ihm.

»Und denkt daran«, flüsterte der Spurenfinder. »Ich rede, ihr schweigt.«

Die Kinder nickten eifrig.

Als Rebecca aufblickte, sagte Ada sofort: »Wie lange warst du gestern noch mit Emmett zusammen?«

»Wir verdächtigen dich nicht«, ergänzte Naru schnell. »Wir wollen nur unsere Vermutungen auf ein möglichst stabiles Fundament bauen.«

Elos seufzte und legte das Schwert zu Emmett auf den Karren. »Würdest du das in Verwahrung nehmen?«, fragte er.

Rebecca nickte nur.

Ada hörte hinter sich Schritte, die schnell näher kamen. Sie wandte sich um und sah Rebeccas Kinder, die direkt auf den Ochsenkarren des Seelenhüters zurannten. Ilda hatte verweinte Augen, Raffa wirkte völlig geschockt, und Timu verstand offensichtlich gar nicht, was los war.

»Ada, Naru ... haltet sie auf«, bat Elos. »Das ist kein Anblick für Kinder.«

Die Zwillinge liefen ihren Freunden entgegen.

»Ist es wahr?«, fragte Ilda.

Statt zu antworten, nahm Naru sie in die Arme. Ilda schluchzte.

»Ilda und Naru ...«, begann Timu zu singen.

Raffa gab ihm einen Klaps auf den Hinterkopf. »Nicht jetzt, Dummkopf«, flüsterte er.

Ilda löste sich von Naru und wischte sich die Tränen aus den Augen. »Und er wurde wirklich ermordet?«, fragte sie.

»Ja. Aber wir versuchen, den Mörder zu fangen«, sagte Naru.

»Ihr müsst uns alles erzählen, was ihr gestern Abend noch mitbekommen habt«, bat Ada.

»Es war anderthalb Stunden vor Mitternacht, als wir wieder in Friedhofen angekommen sind«, erzählte Raffa. »Aber das wisst ihr ja. Emmett ist noch ein Stück mit uns gegangen, und dann ...« Er zögerte.

»Sag schon: Was ist dann passiert?« fragte Naru.

»Emmett hat uns zu unserem Hof begleitet«, erzählte Ilda. »Viel mehr wissen wir nicht. Mama hat uns sofort ins Haus geschickt.«

»Aber wir haben durchs Küchenfenster beobachtet, wie sie sich geküsst haben«, sagte Raffa.

»Ich konnte nix sehen«, beschwerte sich Timu. »Als mich Ilda hochgehoben hat, war es schon vorbei.«

»Sie sprachen noch kurz, aber wir konnten nicht verstehen, was sie gesagt haben«, fuhr Ilda fort.

»Emmett hat, glaube ich, von Leberwurst gesprochen ...«, sagte Raffa.

»Leberwurst?«, fragte Ada verwundert.

»Hört nicht auf ihn«, sagte Ilda. »Raffa glaubt, dass er Lippenlesen kann, aber er ist ...« Den Rest ihres Satzes sprach sie stumm.

»Ich bin überhaupt kein Schwachkopf!«, sagte Raffa.

»Doch. Ich habe nämlich gesagt, dass du eine dumme Leberwurst bist.«

»Und du bist das da«, sagte Raffa, streckte die Zunge raus und deutete darauf. Der Kackhaufen war noch kein bisschen verblasst.

Ilda ignorierte ihren Bruder und erzählte weiter: »Jedenfalls ist Emmett dann gegangen, und Mama ist ins Haus und hat uns geschimpft, dass wir nicht am Küchenfenster spionieren sollen.«

»Dabei standen wir schon gar nicht mehr dort«, sagte Timu.

Der Ochsenkarren des Seelenhüters zuckelte an ihnen vorbei. Die Kinder konnten nicht anders, als hinzusehen, aber Emmetts Leichnam war von schwarzen Tüchern bedeckt. Sie sahen nur das Schwert, das an seiner Seite lag. Rebecca rief ihre Kinder zu sich, und gemessenen Schrittes folgten sie dem Seelenhüter. Elos blieb bei den Zwillingen stehen. »Nun denn«, sagte er. »Stellen wir dem Mörder eine Falle.«

DIE FALLE

Der Spurenfinder machte eine allumfassende Geste, die den Tatort, den Baumstumpf mit der Axt, den Waldrand und Oma Martens' Haus einschloss.

»Also«, fragte er, »wer war es?«

»Der Holzfäller!«, rief Ada. Sie gab nicht auf.

»Es war nicht der Holzfäller«, sagte ihr Vater. »Da bin ich mir fast sicher.«

»Ich glaube ...«, begann Naru.

»Es war sehr wahrscheinlich auch kein Monster mit axtartigen Klauen«, unterbrach ihn Elos.

»Weißt du denn schon, wer es war?«, fragte Ada.

»Natürlich nicht. Aber ich habe einen Verdacht.«

»Der Holzfäller?«, versuchte es Ada ein letztes Mal.

»Mit der blutlosen Axt?«, fragte Elos. »Ich glaube nicht. Was wäre denn sein Motiv?«

»Er ist in Rebecca verliebt«, antwortete Naru.

»Eifersucht. Neid. Na gut. Immer ein brauchbarer Grund für einen Mord.«

»Was ist mit dem Mann, den Emmett auf dem Jahrmarkt zusammengeschlagen hat?«, fragte Ada. »Er ist aus dem Nichts völlig ausgerastet. So habe ich ihn noch nie erlebt.« Unwillkürlich schüttelte sie sich.

»Hm«, machte Elos. »Vielleicht gibt es einen Zusammenhang. Naru, hast du deine Zeichensachen dabei?«

»Immer!«, sagte sein Sohn.

»Kindchen, beschreib deinem Bruder, wie der Mann aussah!«

Naru setzte sich ins Gras, bereit, den gruseligen Kerl in sein

Skizzenbuch zu zeichnen. Ada beschrieb das eingefallene Gesicht mit den dicken schwarzen Augenringen, die verfaulten Zähne und das fiese Grinsen. Auf dem Papier entstand Strich für Strich ein Abbild des grässlichen Kerls. Dass ihr Bruder dieses unverschämte künstlerische Talent hatte und sie kaum einen geraden Strich hinbekam, hatte Ada schon immer geärgert. Zu gerne hätte sie ihn ein wenig geschubst. Aber das war kindisch und in der aktuellen Situation absolut nicht angemessen. Als ihr Vater seinen Blick kurz in die Ferne schweifen ließ, schubste sie ihren Bruder trotzdem. Nur ganz leicht. Fuß gegen Ellenbogen.

»Hey!«, rief Naru. »Lass das.«

»Wen verdächtigt ihr noch?«, fragte Elos.

»Jorgen, den Suffkopf«, antwortete Ada.

»Den Schäfer? Weswegen?«

»Diebstahl«, mutmaßte Naru. »Vielleicht wollte er Emmett die hundert Fredlaffs klauen.«

»Aha«, sagte Elos. »Und woher wusste Jorgen von dem Geld?«

»Vielleicht war er auch auf dem Jahrmarkt?«

»Habt ihr ihn gesehen?«

»Nein«, gab Naru zu. »Aber es waren so viele Menschen dort.«

»Wahrscheinlich war Jorgen bei seiner Herde«, sagte Ada. »Und wie jeden Abend besoffen.«

»Wir haben also keinerlei Hinweise, dass Jorgen überhaupt von den Fredlaffs wusste«, sagte Elos. »Ganz zu schweigen davon, dass ich es für fast ausgeschlossen halte, dass Jorgen einen Kampf gegen Emmett gewonnen hätte. Ihr habt gesehen, wie der Dorfvorsteher mit Ursa umgesprungen ist. Wir haben also keinen Verdacht gegen den Schäfer, sondern nur ein Vorurteil.«

»Ich habe auch nicht wirklich geglaubt, dass es Jorgen war«, sagte Ada. Murmelnd fügte sie hinzu: »Ich glaube, es war der Holzfäller.«

»Aber Habsucht ist kein schlechtes Motiv«, sagte Elos. »Wo sind die hundert Fredlaffs? Hm? Wurden sie geklaut?«

Die Kinder zuckten mit den Schultern.

»Rebecca hat Emmett noch in der Nacht geraten, das Gold zu verstecken«, erzählte Elos. »Hat er es getan?«

»Woher sollen wir das wissen?«, fragte Naru.

»Nun«, antwortete Elos. »Es gibt Indizien. Spuren.« Mehr sagte er nicht.

Eine kurze Zeit standen sie schweigend nebeneinander und ließen ihre Blicke über den Tatort schweifen.

»Glaubst du eigentlich, Emmetts Tod und Oma Martens' Verschwinden stehen in einem Zusammenhang?«, fragte Ada schließlich.

»Es könnte Zufall sein«, sagte Elos. »Andererseits ... Jahrzehntelang passiert hier weniger als im Schlafzimmer eines Eunuchen, und dann geschehen in einer Nacht gleich zwei Verbrechen, die nichts miteinander zu tun haben?«

»Unwahrscheinlich«, sagte Naru.

»Du sagst es. Und wenn ein Zusammenhang besteht, dann müssen wir uns beeilen, um Frau Martens möglichst schnell zu finden. Am besten noch lebendig.«

»Das wäre am allerbesten«, sagte Ada mit großen Augen. »Die arme Oma. Ich hoffe, es ist ihr nichts Schlimmes zugestoßen.«

»Vielleicht ist sie ja die Mörderin!«, spekulierte Naru.

Ada haute ihren Bruder gegen den Oberarm. »Du bist so ein Trottel!«

»In der Tat«, sagte Elos.

Felicitas kam aus Oma Martens' Haus. Elos und die Zwillinge gingen ihr entgegen. Die Heilerin war blass und machte ein unglückliches Gesicht. So hatte sie sich ihren ersten Tag als Dorfvorsteherin gewiss nicht vorgestellt.

»Was ist hier nur passiert?«, fragte sie den Spurenfinder ratlos.

»Nun, was ist Ihre erste Vermutung?«, entgegnete Elos.

»Oma Martens hat das Verbrechen gesehen und wurde darum aus dem Weg geschafft«, sagte die Heilerin.

»Möglich«, sagte Elos.

»Ich werde einen Suchtrupp zusammenstellen, der die Gegend durchforstet.«

»Tun Sie das.«

»Haben Sie eine Idee, wo wir nach ihr suchen sollen?«

»Ich hatte gehofft, dass Sie mir weiterhelfen könnten ...«

»Ich?«, fragte Felicitas überrascht. »Sie wollen doch nicht etwa nahelegen, dass ich in irgendeiner Form an diesem Verbrechen beteiligt war.«

»Ein Motiv hätten Sie«, sagte Naru.

»Ruhe«, zischte Elos, wandte sich an Felicitas und sagte dann lächelnd: »Ein Motiv hätten Sie.«

»Wie bitte?«, empörte sich Felicitas. »Des Amtes wegen? Ich muss gestehen, dass ich meinen Wunsch schon bereue. Ganz sicher hätte ich dafür keinen Mord begangen.«

»Das wäre in der Tat übertrieben.«

»Ich kann Ihnen alles erzählen: wann ich gestern Nacht wo war. Ich habe nichts zu verheimlichen.«

»Jeder hat etwas zu verheimlichen«, widersprach Elos. »Aber ich interessiere mich gar nicht für Ihr Nachtleben. Ich habe mich nur gefragt, wie sich unser lieber Schmied seine Finger gebrochen hat. Sie haben sich um die Verletzung gekümmert, nehme ich an?«

»Ja«, sagte Felicitas mürrisch.

»Vermutlich hat er nicht wirklich mit einem Hammer draufgeschlagen.«

»Nein«, sagte Felicitas. Nach kurzem Zögern ergänzte sie: »Jemand hat sie ihm gebrochen.«

***

Der Spurenfinder und die Zwillinge eilten zurück ins Dorf. Zahlreiche Fragen brannten Ada unter den Nägeln. Wer hatte dem Schmied die Finger gebrochen? Warum? Und was hatte das mit dem Mord an Emmett zu tun? Ihr Vater aber schien nicht in der Stimmung, Fragen zu beantworten. Gerade als sie ihn trotzdem löchern wollte, platzte es aus Naru heraus: »Warum hat jemand ...?«

Aber Elos sagte nur: »Nicht jetzt.« Etwas sanfter fügte er hinzu: »Später. Beobachtet. Denkt nach. Vielleicht kommt ihr selbst drauf.«

Sie machten vor dem Haus des Schmieds halt, das sicherlich schon bessere Zeiten gesehen hatte. Die Fensterläden hingen schief in den Angeln, und im Garten blühte das Unkraut.

Der Spurenfinder klopfte an die Tür. Es dauerte eine ganze Weile, bis Matthis Bjarnson öffnete.

»Was wollt ihr?«, fragte er mit finsterer Miene. Die Tür hatte er nur einen Spaltbreit geöffnet. Seine geschiente Hand lag auf dem Türrahmen. Der Verband war schmutzig, die Ringe unter seinen Augen tief.

»Keine Sorge, mein Guter«, beschwichtigte Elos. »Wir versuchen nur, den Tathergang zu rekonstruieren. Und Sie waren doch gestern mit dem mutmaßlichen Täter, also dem Holzfäller auf dem Jahrmarkt, nicht wahr?«

»Ja, das stimmt«, erwiderte Bjarnson. Seine Laune schien sich zu bessern. »Na, kommen Sie rein.«

Die Zwillinge und Elos folgten dem Schmied in dessen Wohn- und Schlafraum. Die Einrichtung war schlicht und größtenteils aus billigem Holz. Neben der Feuerstelle tropfte es vom feuchten Dach in einen Eimer.

Kaum hatte der Schmied die Tür geschlossen, fing er an zu reden. »Also Ronald und ich waren nicht zusammen auf dem Jahrmarkt. Wir haben uns nur zufällig dort getroffen. Ich hätte nie gedacht, dass er ... Aber da sieht man es mal wieder. Man kann einen Menschen nie wirklich kennen.«

»Nicht mal sich selbst«, sagte Elos.

»Wie meinen?«

»Nichts, nichts. Ich meine nur, auch Herr Hagen hätte sich sicher nicht für einen Mörder gehalten, hätte man ihn gestern gefragt.«

»Bestimmt nicht.«

»Oder für einen Dieb ...«

»Einen Dieb?« Bjarnson schien überrascht.

»Nun, der Mörder hat Emmett doch bestimmt wegen der hundert Fredlaffs erschlagen. Glauben Sie nicht?«

»Ja ... also das ist gut möglich ... Ich weiß es natürlich nicht. Kann sein. Fragen Sie doch Ronald.«

»Haben Sie den Jahrmarkt zur selben Zeit verlassen wie er?«, wollte Elos wissen.

»Nein. Ich glaube, Ronald hat sich nicht mal das Spektakel mit den Flüsterern angesehen. Mächtig schlechte Laune hatte er, weil ihn der Dorfvorsteher so verspottet hat. Bei diesem Kampf mit der starken Frau.«

»Ist Ihnen vielleicht etwas Merkwürdiges aufgefallen an diesem Abend?«, fragte Elos.

»Na ja«, sagte Bjarnson, »auf dem Weg nach Hause, als ich mal austreten musste, also den Darm entleeren, Sie verstehen schon, da bin ich ins Gebüsch gegangen, und ich habe ja manchmal etwas Verstopfung und ...«

Elos winkte ab. »Details können wichtig sein, aber dieses ist es nicht!«

»... jedenfalls sind da zwei flüsternde Gestalten an mir vorbeigeschlichen. Eine war sehr klein. Ich glaube, es könnte der Zwerg gewesen sein.«

»Interessant ...«

»Und kurz danach kam noch jemand auf ganz leisen Sohlen. Ich habe ihn fast nicht gehört.«

»Hm«, machte Elos. »Sagen Sie mal, das ist jetzt vielleicht eine merkwürdige Frage, aber was haben Sie heute Nacht geträumt?«

»Wie bitte?«, fragte der Schmied verblüfft. »Was geht Sie das an? Ich habe nichts geträumt! Gar nichts.«

»Verzeihen Sie«, sagte Elos. »Manchmal geht meine Neugier mit mir durch, und ich stelle ungehörige Fragen. Berufskrankheit.« Er zauberte ein freundliches Lächeln auf sein Gesicht. »Wir lassen Sie auch gleich wieder in Ruhe, aber es war ein sehr anstrengender Morgen und unser Frühstück wurde zur Unzeit unterbrochen. Hätten Sie vielleicht ein Glas Wasser für mich und die Kinder?«

Der Schmied nickte nur. Kaum hatte er den Raum verlassen, da erhob sich Elos.

»Wer behauptet, in der Nacht der Träume nichts geträumt zu haben?«, fragte er die Kinder.

»Ein Lügner«, sagte Ada.

»Ein Lügner mit wenig Fantasie.«

Der Spurenfinder holte den Schnüffeltrichter aus seiner Tasche und hielt ihn sich an die Nase. Er schnupperte durchs Zimmer auf der Suche nach etwas Ungewöhnlichem. Auch die Kinder stöberten leise herum, guckten unter Möbel, suchten nach losen Dielen, fanden aber nichts, was ihre Aufmerksamkeit erregt hätte. Elos schlich zum Bett des Schmieds und sog durch den Schnüffeltrichter die Luft ein.

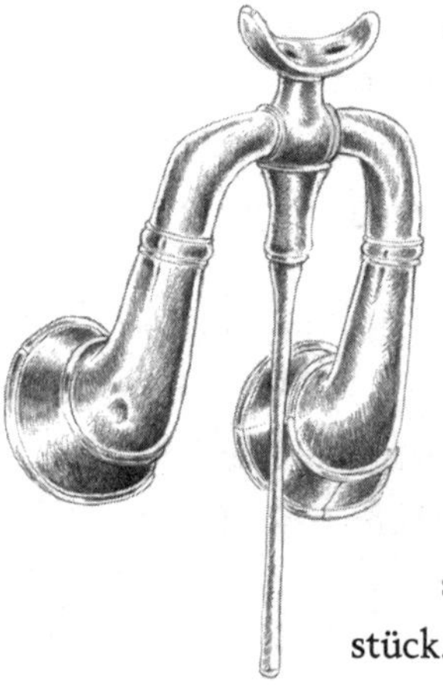

»Brötchen«, murmelte er. »Höchst interessant.«

»Brötchen sind eine ausgezeichnete Idee«, sagte Naru. »Mir fehlt auch das halbe Frühstück.«

Aber schon hörten sie Schritte vor der Tür.

»Leise«, zischte Elos nur. Schnell setzten sich alle wieder. Gerade als die Tür aufging, ließ der Spurenfinder den Schnüffeltrichter in seiner Tasche verschwinden.

Der Schmied trat herein mit einem Krug Wasser und drei schäbigen Tonschüsseln.

»Hab keine Gläser«, murrte er. »Meine Mutter hatte mal welche. Sogar aus Kristall, aber ...« Er sprach nicht weiter.

»Die Schüsseln sind gut genug für uns«, sagte Elos. »Haben Sie Dank!«

***

Sie verließen Matthis Bjarnsons Heim. Elos ging auf eine große Eiche zu, die knapp hundert Schritte von der Schmiede entfernt ihre mächtigen Äste in den Himmel streckte. Als sie dort ankamen, sagte er leise: »Ich möchte, dass ihr zum Bäcker geht.«

»Beste Idee des Tages«, meinte Naru.

»Dürfen wir Zimtbrötchen kaufen?«, fragte Ada.

»Kauft, was ihr wollt«, sagte Elos. Naru machte große Augen. »Wichtig ist, dass ihr euch dabei unterhaltet«, fuhr sein Vater fort. »Und passt auf, dass euch die Bäckerin hört.«

»Der Brötchenduft im Bett!«, sagte Ada. Nun verstand sie, welchen Verdacht ihr Vater hegte. Hatten der Schmied und die Bäckerin eine heimliche Liebschaft? War Amalia Winter gar von Bjarnson schwanger? Was wohl ihr Mann, der Gerber, dazu sagen würde? Hatte Emmett von der Liebschaft gewusst und gedroht, sie publik zu machen? Hatte er deswegen sterben müssen? Wilde Theorien blühten in Adas Geist.

»Und worüber sollen wir sprechen?«, fragte Naru.

»Über den Verbleib der hundert Fredlaffs«, sagte sein Vater.

»Du weißt, wo sie sind?«

»Nein. Aber ich habe eine Vermutung, wer sie gestohlen hat.«

»Der Schmied?«, fragte Ada.

»Hm«, machte Elos. »Warum?«

»Keine Ahnung«, antwortete Naru.

»Er braucht Geld«, sagte Ada.

»Wie kommst du darauf?«

»Mit seinen gebrochenen Fingern kann er nicht vernünftig arbeiten«, vermutete Naru.

»Wer hat ihm eigentlich die Finger gebrochen?«, wollte Ada wissen.

»Hm. Gute Frage. Was glaubt ihr?«

»Vielleicht ein Monster mit ...«, begann Naru.

»Nein.«

»Er schuldet den falschen Leuten Geld«, sagte Ada. »Er konnte nicht bezahlen, und da hat man ihm als erste Warnung zwei Finger gebrochen.«

»Könnte sein. Wie kommst du drauf?«

»Er hat so tiefe Augenringe«, sagte Ada. »Wie der Mann auf dem Jahrmarkt, der mir Nektar einflößen wollte. Vielleicht ist er süchtig?«

»Woher weißt du, dass der Schmied die hundert Fredlaffs gestohlen hat?«, fragte Naru.

»Ich weiß es nicht«, sagte Elos. »Aber Folgendes haben wir beobachtet: Der sonst so reinliche Emmett hatte Erde unter den Fingernägeln. Der Verband des Schmieds war gestern sauber und ist heute schmutzig.«

»Das heißt, Emmett hat den Sack mit den Fredlaffs gestern Nacht vergraben«, sagte Ada. »Wie Rebecca es ihm empfohlen hat.«

»Vielleicht am Waldrand«, ergänzte Naru.

»Aber der Schmied hat ihn dabei beobachtet und die Goldstücke wieder ausgebuddelt«, sagte Ada.

»Doch dann hat ihn Emmett dabei erwischt, und der Schmied hat ihn ermordet?«, fragte Naru.

»Möglich.«

»Und Oma Martens hat das Ganze beobachtet und wurde deshalb beseitigt?«

»Nun ja. Nicht unmöglich.«

»Aber wo sind die Fredlaffs jetzt?«, fragte Ada.

»Das wird uns der Schmied freundlicherweise bald selbst zeigen«, sagte Elos.

Nach diesen Worten kletterte er mit einer Behändigkeit, die man ihm nicht zugetraut hätte, ins Geäst der großen Eiche. »Und jetzt husch, husch.« Er scheuchte die Kinder in Richtung der Bäckerei. »Nur verlauft euch nicht!«

Ada grinste, aber Naru rollte mit den Augen. Diesen Scherz machte ihr Vater immer wieder, dabei konnte sich keiner ernsthaft in Friedhofen verlaufen. Keiner außer natürlich Naru, dem das in der ersten Zeit zweimal passiert war, weswegen er sich jetzt wohl auf ewig diese ollen Witze anhören musste. Ehrlich gesagt, war es ihm inzwischen selbst schleierhaft, wie er sich hier hatte verlaufen können. Den Kern des Dorfes konnte man entspannt in zehn Minuten durchqueren, und zum Bäcker waren es von der Eiche aus sogar nur drei.

Ada grüßte freundlich, als die Zwillinge die Backstube betraten.

Naru hingegen kam sofort zum Punkt: »Wir hätten gerne zwei Zimtbrötchen.«

»Alle Kinder wollen Zimtbrötchen«, erwiderte der Bäcker. »Aber habt ihr auch Geld dabei?«

»Klar! Vater lädt uns ein, weil er den Fall geknackt hat«, sagte Naru.

Ada beobachtete die Bäckerin. Amalia Winter stand am Tisch neben dem Backofen und knetete Brotteig, ließ sich aber nichts anmerken.

»So, so. Er hat den Fall geknackt«, sagte der Bäcker. »Das ging aber schnell.«

»Ja! Stellen Sie sich vor, es war der Schmied«, sagte Ada. »Und er hat die hundert Fredlaffs geklaut, die der Dorfvorsteher gestern beim Kampf gewonnen hatte!«

»Aber Vater weiß, wo sie sich befinden«, ergänzte Naru. Die Bäckerin hörte neugierig zu. Falls sie aufgeregt war, hatte sie sich allerdings gut im Griff.

»Vater ist schon auf dem Weg zur Stadtwache von Rabenfurt, um ihn verhaften zu lassen«, sagte Ada.

»Unglaublich! Und das in Friedhofen ...«, staunte der Bäcker und reichte ihnen die Zimtbrötchen.

»Ja«, sagte Ada. »Wer hätte das gedacht!«

***

Die Kinder rannten zurück zur Eiche. Der Spurenfinder saß immer noch im Geäst, versteckt hinter den bunten Blättern. Ada fand, dass sie nicht schlecht klettern konnte, aber ihr Bruder kraxelte den Baum hoch wie ein Eichhörnchen.

»Macht nicht so viel Krach«, flüsterte Elos trotzdem.

»'tschuldigung«, schmatzte Naru mit vollem Mund.

»Wir haben es so gemacht, wie du es uns aufgetragen hast«, berichtete Ada.

»Die Bäckerin hat alles gehört!«, sagte Naru.

»Gut«, lobte Elos. »Aber die entscheidende Frage ist ja wohl ...« Er blickte die Zwillinge ernst an. »Habt ihr mir etwa kein Zimtbrötchen mitgebracht?«

Ada gab ihm verschämt die Hälfte ihres Brötchens ab.

Naru hingegen schob sich den Rest seiner Leckerei schnell in den Mund und sagte: »Isch 'ab leida nix mäh.«

Elos biss vom Zimtbrötchen ab. Dann nahm er sich wieder sein Glotzoskop. Er klappte die Fernlinsen vor die Augen und blickte zur Dorfstraße. Die Häuser standen nicht dicht an dicht wie in der Hauptstadt Iriandria. Warum auch? Platz gab es hier zur

Genüge. Vor den Häusern war niemand zu sehen. Alle Bewohner gingen fleißig ihren jeweiligen Beschäftigungen nach.

»Also wenn mich nicht alles täuscht«, flüsterte Elos, »dann kommt hier gleich eine furchtbar gestresste Bäckerin den Weg entlanggerannt!«

Tatsächlich sahen die Kinder schon bald eine Gestalt die Straße hinabeilen.

Der Spurenfinder aber schüttelte leicht den Kopf. »Elos von Bergen, was bist du nur für ein alter Narr«, murmelte er. »Jetzt bist du schon so alt geworden, hast so viele Spuren gefunden, und deine Gedanken sind immer noch so sehr im angeblich Gewöhnlichen verhaftet wie die des letzten Dorftrottels.«

Kurz waren Ada und Naru verwirrt, bis sie erkannten, dass gar nicht die Bäckerin die Straße entlanggelaufen kam, sondern der Bäcker. Odo Winter rannte, so schnell ihn seine kurzen Beine trugen. Die Bäckermütze hatte er sich unter den Arm geklemmt, und sein hellblondes Haar wehte hinter ihm her. Bei sich trug er einen fast leeren Mehlsack.

»Es ist wohl doch nicht Amalia, die in den Schmied verliebt ist, sondern ihr Bruder«, flüsterte Naru, aber Elos legte sich den Zeigefinger auf den Mund.

»Psst.«

Der Bäcker rannte an der Eiche vorbei und stürmte, ohne zu klopfen, ins Haus des Schmieds. Die Kinder hörten aufgeregte Stimmen, die sie jedoch nicht verstehen konnten. Elos reichte Ada die Tasche mit seinen Utensilien.

»Wenn es hart auf hart kommt«, flüsterte er, »machen wir es wie beim Fall mit der diebischen Elfe. Ihr wisst noch, da haben wir ...«

»Ja, ja«, sagte Naru.

»Wir erinnern uns«, ergänzte Ada.

»Aber wartet auf den richtigen Augenblick«, flüsterte Elos.

Nach einer kurzen Weile kam der Bäcker samt Mehlsack wieder aus der Schmiede.

»Also gut«, flüsterte Elos. »Schlagen wir zu.«

Er sprang vom Baum. Der Bäcker erschrak so sehr, als Elos direkt vor ihm auf dem Weg landete, dass er einen ordentlichen Schluckauf bekam.

»Guten Morgen, Meister Winter«, sagte der Spurenfinder.

»Was ... hicks ... was soll das?«, stammelte der Bäcker. »Ein schöner Zeit ... hicks ... vertreib ist das, sich in Bäumen zu verstecken und Passanten zu ... hicks ... erschrecken!«

»Ich wollte Sie nicht erschrecken«, beschwichtigte Elos, »aber wissen Sie, ich hatte mir gerade überlegt, dass ich gerne Eierkuchen zu Mittag hätte, und dafür bräuchte ich noch etwas Mehl, und wie es der Zufall will, laufen Sie hier mit einem Mehlsack durch die Gegend.«

»Es tut mir leid«, sagte Odo Winter und hickste. »Das Mehl ist leider unverkäuflich.«

»Sind Sie sicher?«, fragte Elos. »Ich bezahle auch einen guten Preis. Sagen wir, hundert goldene Fredlaffs?«

Der Bäcker verlor alle Farbe aus seinem Gesicht, und vor Schreck schien er seinen Schluckauf zu vergessen.

»Nun werden Sie doch nicht gleich so bleich wie das Mehl, das sich angeblich in Ihrem Sack befindet«, sagte Elos. »Andererseits verständlich, immerhin lautet die Anklage Mord. Da würde ich auch bleich werden.«

»Ich schwöre, ich habe nichts damit zu tun ... Ich wollte nur Matthis, also Herrn Bjarnson, ich meine dem Schmied, also ...«

»Jetzt geben Sie mir erst mal den Mehlsack«, sagte Elos.

Widerstandslos überreichte der Bäcker den Sack, da aber stürmte der Schmied aus seiner Bleibe.

»Was ist denn hier los?«, rief er. »Wieso belästigen Sie aufrechte Leute am helllichten Tage?«

»Ganz ruhig, guter Mann«, sagte Elos beschwichtigend. »Es würde mir nie in den Sinn kommen, aufrechte Leute zu belästigen.« Er machte eine kleine Pause. »Nur solche mit Blut an den Händen.«

Nun erbleichte auch der Schmied.

Elos griff in den Mehlsack.

»Schaut her! Ich bin ein Zauberer«, sagte er und zog den Beutel mit den hundert Fredlaffs heraus. »Ich kann Mehl in Gold verwandeln. Gebt dem König Bescheid! All seine Geldsorgen sind gelöst!«

Ohne Vorwarnung ging der Schmied auf Elos los. Mit purer Verzweiflung im Gesicht holte er aus und schlug mit seiner gesunden Hand zu, aber der Spurenfinder wich aus. Den Sack voll Gold ließ er dabei fallen. Der Bäcker stand wie erstarrt da und wusste nicht, was er tun sollte. Ein zweites Mal schlug Bjarnson zu. Elos blockte den Schlag.

»Jetzt ist der richtige Augenblick!«, rief der Spurenfinder.

Der Schmied versuchte, ihn zu packen, doch da zischte etwas aus dem Baum. Der Bäcker schrie auf und ging zu Boden. Irritiert hielt Bjarnson inne.

Naru spähte aus dem Baum herab.

»Ups«, sagte er. »Ich hab den Falschen getroffen.«

»Ach was«, sagte Ada und riss ihm die kleine Armbrust aus der Hand. Sie versuchte, so schnell sie konnte, den nächsten Lähmgiftpfeil einzulegen. »Au, verdammt«, schrie sie, als sie sich aus Versehen mit der Pfeilspitze die eigene Hand aufritzte.

Der Schmied schaute verwundert nach oben, da fiel Ada wie eine reife Birne vom Baum, direkt auf seinen Kopf, und er ging mit ihr zu Boden. Elos schlug sich mit der Hand gegen die Stirn. Gleich darauf sprang Naru aus der Eiche, einen weiteren Lähmpfeil in der Hand und pikste ihn Matthis Bjarnson einfach in den Oberarm. Dieser schrie und wollte nach Naru schlagen, aber das Gift tat schon seine Wirkung. Gelähmt fiel er zu Boden.

»Gut gemacht, Kinder«, sagte Elos lachend. »Ein wenig ungewöhnlich, aber effektiv.«

»Und dieses Mal habe ich gar nicht aus Versehen dich getroffen«, sagte Naru.

»Ich kann mich nicht bewegen«, stöhnte Ada. »Kann mal jemand bitte mein Gesicht von dem Stein nehmen?«

»Spürst du das überhaupt?«, fragte ihr Bruder.

»Ich bin gelähmt! Nicht betäubt!«

Naru lief zu seiner Schwester und drehte sie auf den Rücken. Elos hob den Sack mit den Goldmünzen vom Boden auf und steckte ihn in seine Tasche.

»Was ... was haben Sie mit uns gemacht?«, fragte der Schmied.

»Keine Sorge«, sagte Elos. »Das ist nur mein gern benutztes Lähmgift. Das Rezept war ein Geschenk einer alten Hexe, der ich einmal behilflich sein konnte. Es kommt in zwei Geschmacksrichtungen. Die Pfeile mit den roten Federn lähmen vollständig. Die mit den blauen jedoch lassen Geist und Zunge unversehrt. Ein äußerst praktisches Hilfsmittel in meiner Zunft.«

»Aber warum haben Sie auch das Mädchen gelähmt?«, fragte der Bäcker.

»Eine sehr gute Frage«, gab Elos zu und blickte Ada an, doch seine Tochter sah nicht so aus, als wollte sie etwas zum Thema beitragen.

»Die Zeugin schweigt. Es bleibt ein Rätsel«, sagte der Spurenfinder. »Wie dem auch sei. Kommen wir zu Ihnen.« Er wandte sich wieder an die gelähmten Verdächtigen. »Wen haben wir hier? Einen Mörder und seinen Gehilfen. Naru, lauf doch schon mal nach Rabenfurt und sag, sie sollen den Galgen bereit machen.«

Naru blickte seinen Vater fragend an. Meinte er das ernst?

»Na los! Beeil dich!«

Naru zuckte mit den Schultern und rannte los.

»Warten Sie! Warten Sie!«, rief der Schmied. »Rufen Sie den Jungen zurück. Ich kann alles erklären.«

»Da bin ich gespannt«, sagte Elos. »Naru!«, schrie er. »Komm zurück!«

Naru stoppte. »Ernsthaft?«, rief er und lief wieder zurück.

»Der Herr hier sagt, er könne alles erklären«, wiederholte Elos.

»Ich habe ihn nicht umgebracht! Ich schwöre es!«, rief der Schmied. »Ja, ich habe zufälligerweise beobachtet, wie Freling das Gold in seinem Garten vergraben hat, und da kam mir dieser unselige Gedanke ...«

»Dass das Gold einen anderen Besitzer verdient?«, fragte Elos.

»Ja ... na ja ... und da habe ich mich im Tempel gegenüber auf die Lauer gelegt ... Wollte warten, bis im Haus das Licht ausgeht, bis er schläft.«

»Aber das Licht ging nicht aus«, vermutete Elos.

»Nein. Ich weiß nicht, was der Dorfvorsteher in diesen nächtlichen Stunden getrieben hat, aber ins Bett gegangen ist er leider nicht. Und ich lag da, mir ist kalt geworden, und ich bin selber eingenickt. Bin erst wieder aufgewacht, als jemand an Frelings Tür klopfte.«

»Wer?«, fragte Elos mit plötzlichem Interesse.

»Es war ... eine Gestalt ... in einem dunklen Umhang.«

»Na, vielen Dank. Sehr hilfreich. Hört ihr Kinder? Der Schmied war gar nicht der Mörder. Es war ... eine Gestalt in einem dunklen Umhang.«

Ada musste sofort an den schrecklichen zahnlosen Mann auf dem Jahrmarkt denken, der ihr Nektar einflößen wollte. Auch er hatte einen dunklen Umhang getragen. Allerdings hatten viele Menschen einen dunklen Umhang. Das bewies gar nichts. Sogar Naru hatte einen dunklen Umhang.

»Die Gestalt wartete nicht, bis Freling öffnete«, fuhr der Schmied fort, »sie entfernte sich eilig, und ich war noch nicht wieder richtig wach, da war sie schon verschwunden. Fast hätte ich geglaubt, das Ganze nur geträumt zu haben, es war ja immerhin die Nacht der Träume, aber dann öffnete Freling die Tür und bückte sich.«

»Die Gestalt hatte ihm eine Nachricht hinterlassen«, riet Naru.

»Schlauer Junge«, meinte Elos. »Ein Zimtbrötchen war es wahrscheinlich nicht.«

»Es kam mir alles komisch vor«, sagte der Schmied.

»So, so.«

»Freling las den Brief, verschwand im Haus und verließ es kurz darauf wieder. Im Umhang.«

»Einem dunklen, vermute ich.«

»Nun ja, es war Nacht«, sagte Bjarnson. »Irgendwie sind nachts alle Umhänge dunkel, finden Sie nicht?«

Elos seufzte.

»Vater«, sagte Ada. »Der Mann auf dem Jahrmarkt, der mir den Nektar einflößen wollte ... Er trug einen dunklen Umhang.«

»Wie jeder Zweite hier«, sagte Naru.

»Aber nicht jeder Zweite wurde von Emmett zusammengeschlagen«, sagte Elos nachdenklich. Er kratzte sich am Kopf. »Naru, zeig ihm das Bild.«

»Ich bin noch nicht fertig«, beschwerte sich sein Sohn. »Außerdem hat Ada mich beim Zeichnen geschubst!«

»Es geht hier nicht um deine erste Ausstellung im Kunstmuseum von Iriandria! Zeig das Bild.«

»Aber die Schatten ...«

Elos guckte nur so, wie er immer guckte, wenn er fertig mit

einem Gespräch war, sein Gegenüber das aber leider nicht von allein verstanden hatte.

Also riss Naru die Zeichnung des Nektarhändlers aus seinem Skizzenbuch und zeigte sie dem Schmied.

»Kennen Sie diesen Mann?«, fragte Elos.

Der Schmied senkte seinen Blick.

»Und?«, hakte der Spurenfinder nach.

»Er verkauft Nektar. In Rabenfurt. Ist selbst sein bester Kunde«, sagte Bjarnson.

»War er die Gestalt im dunklen Umhang?«

»Ich weiß es nicht. Ich weiß es wirklich nicht.«

»Na schön. Und weiter? Was passierte als Nächstes?«

Der Schmied seufzte. »Freling verließ das Haus, und ich sah meine Chance. Mit den bloßen Händen habe ich gebuddelt und den Schatz an mich genommen. Dann bin ich nach Hause geschlichen und ... also ... es ist so, dass Odo und ich ...«

»Ja«, sagte Elos. »Ich weiß. Das ist aber Ihre Privatangelegenheit, und Sie müssen diese nicht vor mir ausbreiten.«

»Was geschieht jetzt mit uns?«, fragte der Bäcker.

»Das ist nicht meine Entscheidung«, sagte Elos. »Das wird Felicitas kraft des ihr vom König verliehenen Amtes als nunmehr amtierende Dorfvorsteherin entscheiden müssen.«

»Ich werde mich stellen«, versprach der Schmied.

»Ein lobenswertes Vorhaben«, sagte der Spurenfinder. »Allerdings kann man sich streng genommen nicht mehr stellen, wenn man schon überführt worden ist. Aber ich will da mal ein Auge zudrücken. Gehen Sie gern selbst zur Dorfvorsteherin und beichten Sie.«

»Mir ist gleich, was mit mir geschieht, aber wenn ich um eins bitten darf, lassen Sie Odo aus der Sache raus. Er wollte mir nur helfen. Er hatte nichts mit dem Diebstahl zu tun.«

»Nun ja«, sagte Elos. »Aber ein Verbrechen zu vertuschen, ist selbst ein Verbrechen, das nicht ungestraft bleiben sollte.« Er wandte sich an Ada und Naru. »Was meint ihr, Kinder? Welche Strafe verdient der Bäcker?«

»Wir wollen Zimtbrötchen!«, rief Naru.

»Umsonst!«, sagte Ada.

»Ein ganzes Jahr lang«, ergänzte Naru.

»Das scheint mir fair«, sagte Elos.

»Jeden Tag zwei Stück«, verlangte Ada.

»Drei«, sagte Elos.

»Vier!«, rief Naru.

»Für deine liebe Ilda?«, fragte Ada.

»Nein! Ich will selber zwei!«, sagte Naru.

»Drei Stück«, beharrte Elos.

»Aber dann kriegst ja du wieder keins«, sagte Naru.

»Vier Zimtbrötchen sind in Ordnung«, sagte der Bäcker, der in diesem Augenblick wohl fast jedem Vorschlag zugestimmt hätte.

»Nun denn«, sagte Elos zufrieden und klatschte in die Hände. »Ich bin froh, dass wir handelseinig geworden sind.«

Er zog die Pfeile aus Schmied und Bäcker und packte sie sorgfältig ein. Der leichte Regen, der immer wieder mit der Sonne um die Herrschaft über diesen Tag kämpfte, setzte erneut ein.

»Naru, pack mal mit an«, sagte der Spurenfinder.

Er griff Ada unter den Schultern und hob sie an. Naru nahm die Beine seiner gelähmten Schwester.

»Wahnsinn, bist du schwer«, keuchte er.

»Ich bin nicht schwer«, sagte Ada. »Du bist nur zu schwach.«

Sie liefen los.

»Aber was ist mit uns?«, rief der Schmied. »Wie lange sollen wir hier liegen?«

»Keine Sorge«, antwortete Elos. »Die Wirkung lässt in ein paar Stunden nach.«

»In ein paar Stunden?!«, riefen Schmied und Bäcker.

»Es dauert höchstens einen Tag«, sagte Elos. »Selten zwei.«

»Sie können uns doch nicht einfach ...«, begann der Schmied.

»In der Zwischenzeit entspannt euch einfach«, unterbrach ihn Elos. »Genießt die kleine Ruhepause und das schöne Wetter.«

»Aber es regnet!«, rief der Bäcker.

»Jespa wird sich etwas dabei gedacht haben«, sagte Elos und ging einfach weiter.

Zum Glück wusste Ada, dass ihr Vater den beiden nur einen weiteren Schrecken einjagen wollte. Als Naru beim Fall mit der diebischen Elfe aus Versehen Elos getroffen hatte, war dieser nach gut einer Stunde wieder auf den Beinen gewesen. Ada schaute in den Himmel.

»Eigentlich eine ganz komfortable Art der Fortbewegung«, sagte sie. »Nur regnet es mir etwas unangenehm ins Gesicht.«

»Was ist, wenn der Schmied sich nicht an sein Wort hält?«, fragte Naru. »Was, wenn er sich einfach aus dem Staub macht?«

»Oh, ich rechne fest damit«, sagte Elos.

»Wie bitte?«, fragte Ada.

»Ich an seiner Stelle würde mich nicht freiwillig ein paar Jahre ins Verlies von Rabenfurt begeben, nur weil ich nachts besoffen den Garten des Dorfvorstehers umgegraben habe.«

»Warum hast du ihm das nicht gesagt?«

»Es ist seine Entscheidung, nicht meine.«

»Aber er hat dich angegriffen«, erwiderte Naru.

»Ich bin nicht nachtragend«, sagte sein Vater. »Und selbst wenn er abhaut, wird er bestraft, oder nicht? Er verliert sein Haus und seine Werkstatt. Vielleicht gelingt es ihm, anderenorts von vorne zu beginnen. Man kann es ihm nur wünschen.«

An der Weggabelung bog Naru nach links in Richtung See ab, aber Elos ging weiter geradeaus auf den Brunnenplatz zu.

»Hey!«, rief Ada, als dermaßen an ihr gezerrt wurde. »Ich bin nur gelähmt! Ich kann immer noch was spüren!«

»Entschuldige, Kindchen«, sagte Elos.

»Wir gehen nicht nach Hause?«, fragte Naru bedauernd. Er hatte nämlich trotz des Zimtbrötchens schon ordentlichen Mittagshunger.

»Nein, nein«, seufzte Elos. »Ich fürchte, wir müssen vorher ein wenig in Emmetts Privaträumen herumschnüffeln.«

DAS VERSTECK

Entlang der alten imperialen Straße standen die prächtigeren Bauten Friedhofens. Dort befand sich auch, gegenüber dem Jespa-Tempel, das schöne Fachwerkhaus, in dem seit Generationen die Dorfvorsteher wohnten. In ebenjenem Haus hatte vor vielen, vielen Jahren die große Dichterin Deidra Harfner während ihres Besuchs in Friedhofen genächtigt und dem damaligen Dorfvorsteher seine Gastfreundschaft mit einem Haufen Spott entlohnt. Elos und Naru setzten Ada so sanft wie möglich ab und lehnten sie mit dem Rücken gegen die Tür. Diese wollte sich dem Spurenfinder nicht öffnen. Das war merkwürdig, denn verschlossene Türen waren in Friedhofen eine Seltenheit. Es war einfach nie etwas Schlimmes passiert. Bis jetzt.

Elos zog etwas kleines Metallisches aus seiner Tasche.

»Was ist das?«, fragte Naru.

»Das, äh, ist mein Schdip«, sagte sein Vater und steckte den Schdip ins Schloss.

»Was ist denn eigentlich ein Schdip?«, fragte Ada.

»Es ist eine von mir erfundene Abkürzung«, erklärte Elos. »Ein Schdip ist ein Schlüssel, der immer passt.«

Vorsichtig bewegte er den Schdip im Schloss hin und her.

»Das Ding ist ein Dietrich?«, fragte Naru.

»Du bist ein Dietrich!«, sagte Elos empört. »Mein Schdip ist kein billiger Nachschlüssel. Er ist ein loyales Werkzeug, das man mit Liebe und Gefühl behandeln muss.« Der Spurenfinder blickte seinen Sohn ernst an. »Also entschuldige dich bitte bei ihm!«

»Ernsthaft?«, fragte Naru ungläubig.

»Du sollst dich entschuldigen, Dietrich«, erklärte Ada.

»Ja, jetzt mach schon«, sagte Elos. »Sonst ist der Schdip beleidigt und wird uns nicht die Tür öffnen.«

Naru seufzte. »Es tut mir leid, lieber Schdip ...«

Elos gab ihm mit einer Geste zu verstehen, dass er weitermachen sollte.

»... dass ich dich in meiner unendlichen Dummheit«, fuhr Naru fort, »mit so etwas Profanem wie einem Dietrich gleichgesetzt habe.«

Elos nickte, drehte den Schdip noch ein klein wenig, und die Tür sprang auf. Ada kippte, ihrer Stütze beraubt, in Emmetts Flur.

»Aua«, murrte sie.

Naru stieg über sie hinweg und murmelte: »Und es ist doch ein Dietrich ...«

Elos folgte seinem Sohn ins Haus, das ganz anders war als das des Schmieds. Es war groß und geräumig. Der Dorfvorsteher hatte einen schönen Teppich und gepolsterte Sitzmöbel. Naru setzte sich auf einen der Stühle und hüpfte leicht auf und ab.

»Äh ... hallo?«, rief Ada von der Tür. »Was ist der Plan? Wollt ihr mich einfach hier liegen lassen?«

»Ja«, sagte Naru. »Wir dachten, du hältst Wache.«

»Haha. Ich kann nur nach oben gucken, Dietrich!«

»Ich heiße nicht Dietrich!«

»Alles klar, Didi!«

Elos bückte sich und nahm Adas Schultern. »Na los. Fass an.« Demonstrativ widerwillig kam Naru zurück zur Tür, und gemeinsam schafften sie Ada ins Haus, wo sie das Mädchen auf die gepolsterte Sitzbank legten.

»Geh nach draußen, Naru«, sagte Elos.

»Wieso?«

»Geh nach draußen und überprüfe die Geschichte des Schmieds.«

»Aber es regnet!«, beschwerte sich Naru.

»Deswegen sollst ja du nach draußen und nicht ich«, sagte Elos.

»Ich würde es echt gerne machen«, behauptete Ada, »bin aber *leider* gerade etwas unpässlich.«

»Toll«, schimpfte Naru. »Dann geh ich wohl raus und suche im Regen ein Loch im Garten.«

»Jespa wird sich etwas dabei gedacht haben«, sagte Ada.

»Danke, Jespa«, murrte Naru und ging in den Garten.

»Na schön, Kindchen«, sagte Elos zu Ada. »Ich durchsuche die Küche, und du, äh, du guckst dich am besten in diesem Zimmer ein wenig um.«

»Das wird das Beste sein«, stimmte Ada zu. »Ich denke, ich schaue sehr intensiv die Decke an.«

»Ausgezeichnet«, lobte Elos und ging in die Küche.

»Hier ist ein Loch!«, hörten sie Naru von draußen rufen. »Und hier auch. Und hier. Und hier. Ich muss euch sagen, der Dorfvorsteher hat wohl Hasen im Garten.«

Elos seufzte und öffnete das Küchenfenster. »Streng genommen suchst du kein Loch«, sagte er, »sondern ein verstecktes Loch, also ein ehemaliges Loch. Ein Loch, das nicht mehr als Loch zu erkennen ist.«

»Toll. Vielen Dank«, rief Naru. »Das macht es viel einfacher.« Kurz war er still. Dann rief er: »Hier ist kein Loch. Und hier ist auch kein Loch. Diese Stelle hier sieht auch sehr danach aus, als ob hier kein Loch wäre.«

Ada hörte, wie Elos in der Küche klimperte.

»Hm«, brummte er. »Das ist interessant.«

Die Decke, so befand Ada, war nicht sonderlich spannend. Aber sie wollte nicht meckern. Es gab Menschen mit dümmeren Aufgaben.

»Hier ist auch kein Loch!«, rief Naru. »Und hier ist kein … Aaaaah, verflucht! Hier ist ein Loch! Also ein Loch, das nicht mehr als Loch zu erkennen war. Also ein ehemaliges ehemaliges Loch. Und ich stecke mit dem rechten Fuß drin.«

Elos guckte aus dem Küchenfenster. »Hervorragende Arbeit«, sagte er. »Kommst du dann bitte wieder rein? Was machst du überhaupt bei diesem Sauwetter im Freien?«

Naru schnaubte.

»Im Übrigen steckst du mit deinem *linken* Fuß im Loch«, sagte sein Vater.

»Vielen Dank für diese Klarstellung!«

Als Naru versuchte, mit einem Ruck sein Bein zu befreien, verlor er das Gleichgewicht und landete mit dem Hintern auf der Erde.

»Jetzt hat er sich auch noch in den Matsch gesetzt«, berichtete Elos.

»Dietrich war schon immer ein schmutziges Kindchen«, sagte Ada.

Elos schloss das Fenster.

Gleich darauf stampfte Naru übel gelaunt zur Tür herein.

»Jetzt macht er bestimmt auch noch den Fußboden dreckig«, sagte Ada.

»Ich wünschte, *ich* hätte mich mit dem Lähmpfeil gestochen«, murrte Naru. »Sehr ärgerlich, dass ich *nicht* furchtbar ungeschickt bin!!«

»Ach, geh doch wieder raus und steck deinen rechten Fuß zurück ins ehemalige ehemalige Loch.«

»Es war mein linker Fuß!«, zischte Naru.

»Streitet euch nicht, Kinder«, sagte Elos. »Ihr seid beide ungeschickt.«

Er kam zurück ins Wohnzimmer. In seiner Hand hielt er ein Buch und ein kleines Fläschchen.

Naru rieb seinen linken Stiefel am rechten Hosenbein sauber. »Habt ihr irgendwas hier drin gefunden?«, fragte er.

»Allerhand!«, sagte Ada. »Zum Beispiel hat dieses Zimmer eine Decke. Die ist aus Holz. In dem Brett direkt über mir sind genau acht Astlöcher.«

»Im Bücherregal bin ich auf das hier gestoßen«, berichtete Elos und zeigte seinen Kindern eine Ausgabe von Deidra Harfners *Wanderungen durch das Königreich Dreibrücken.* »Eine Seite ist durch ein Eselsohr markiert.« Der Spurenfinder schlug das Buch an der genannten Stelle auf und las vor: *»Wer sichergehen möchte, dass in seinem Leben garantiert nichts Aufregendes mehr passiert, dem empfehle ich, nach Friedhofen zu ziehen.«* Elos reichte das Buch seinem Sohn. »Vielleicht war Emmett aus demselben Grund an diesem Ort wie wir. Damit in seinem Leben nichts Aufregendes mehr passiert.«

»Sprich bitte nur für dich«, sagte Naru und legte das Buch auf den Tisch. »Ich bin nicht freiwillig hier.«

»Aber wären wir nicht nach Friedhofen gezogen, hättest du nie deine hübsche Ilda kennengelernt«, neckte ihn seine Schwester.

Das stimmte natürlich, und darum gab es darauf keine gute Erwiderung. Deswegen sagte Naru einfach nur: »Pff.«

»Ich hätte mir denken müssen, dass Harfners Prophezeiung der Ereignislosigkeit ihre eigene Widerlegung provoziert«, murmelte der Spurenfinder.

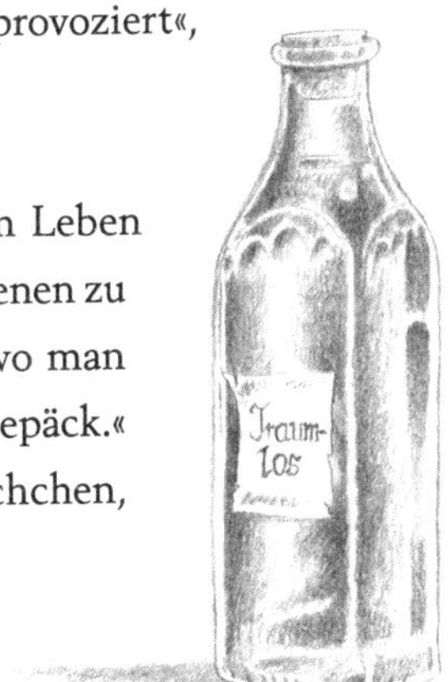

»Wie meinst du das?«, fragte Ada.

»Nun, wer wünscht sich, dass in seinem Leben nichts mehr Aufregendes passiert? Leute, denen zu viel Aufregendes passiert ist. Aber egal, wo man hinreist, man hat sich immer selbst im Gepäck.« Wie zur Bestätigung stellte Elos das Fläschchen, das er gefunden hatte, auf den Tisch.

»Traumlos«, las Naru die Aufschrift vor.

»Was natürlich die Frage aufwirft«, sagte Ada, »was Emmett für schlechte Träume hatte, gegen die er sich schützen wollte.«

»Er hat Rebecca erzählt, dass er noch arbeiten müsse«, sagte Elos, »aber nun scheint es mir eher so, dass er einfach nicht schlafen wollte in der Nacht der Träume. In der Nacht, in der ihn der Trank nicht schützen konnte. Wovon träumte er also?«

»Da, da!«, rief Ada plötzlich.

»Ich glaube, ihr Verstand hat auch was abbekommen«, sagte Naru.

»Quatsch!«, rief Ada. »Schaut mal da oben! In der Decke fehlt eine Fuge.«

Elos blickte auf. »Stimmt«, sagte er. »In der Zwischendecke scheint ein Brett lose zu sein.«

Naru zerrte bereits einen Stuhl herbei. Elos stieg hinauf, drückte gegen das Brett in der Zwischendecke, und tatsächlich ließ es sich problemlos bewegen. Er schob die Latte beiseite und griff in den nun geöffneten kleinen Hohlraum. Darin fand er eine Schatulle, ein Kurzschwert in einer Scheide und ein gefaltetes Blatt Papier. Bis auf Letzteres war alles von einer dicken Staubschicht bedeckt.

»Ist das die Nachricht?«, fragte Ada aufgeregt. »Von der Gestalt im dunklen Umhang?«

»Möglicherweise«, sagte Elos. Er faltete das Papier auf.

»Da steht ja gar nichts drauf«, sagte Naru. »Es ist nur ein leeres Blatt!«

»Aber wer«, fragte Ada, »würde ein leeres Blatt so gut verstecken?«

»Niemand«, sagte Elos und kratzte sich hinterm Ohr. »Was nur eine Schlussfolgerung zulässt.«

»Das Blatt ist nicht wirklich leer«, vermutete Naru.

Elos hielt das Papier gegen das Licht am Fenster. Nichts war zu sehen. Er strich mit den Fingern übers Blatt, hauchte dagegen, entzündete eine Kerze und hielt sie dahinter. Nichts passierte. Es war immer noch nur ein leeres Blatt Papier.

»Was ist in der Schatulle?«, fragte Ada.

Elos öffnete das Kästchen und holte einen Ring hervor, den er gleich darauf den Kindern präsentierte. »Was seht ihr hier?«, fragte er.

»Es ist eine Art Siegelring«, sagte Ada. »Mit einem Drachen drauf.«

Naru hatte sich das leichte Schwert genommen und zog es aus der Scheide.

»Vorsicht!«, rief Elos.

»Es sieht genauso aus wie das Schwert, das wir am Waldrand bei Emmett gefunden haben«, sagte Naru.

»Es ist ein Zwillingsschwert«, erklärte sein Vater.

»Warum hat Emmett nur eines mitgenommen, aber das andere hiergelassen?«, fragte Ada.

»Ich weiß es nicht. Zwillingsschwerter sind selten hierzulande. Vielleicht fürchtete er, zu viel über sich zu verraten, wenn er beide mitgenommen hätte.«

»Schaut mal, hier ist sogar dieselbe seltsame Gravur«, sagte Naru. »Ein Schwert auf einem Amboss. Und darunter die Buchstaben A und W.«

»Müssten es nicht ein E und ein F sein?«, fragte Ada. »Oder glaubt ihr, Emmett hatte die Schwerter gestohlen?«

»Das sind nicht Emmetts Initialen«, sagte ihr Vater. »Es ist das Zunftzeichen eines Waffenschmieds und dessen Initialen.«

»Ich glaube nicht, dass Naru weiß, was Initialen sind«, stichelte Ada.

»Klar, weiß ich das«, sagte Naru. »Es bedeutet, dass der Schmied zum Beispiel Arschibald Wurstfinger heißt. Oder Ada Weißallesbesser.«

»Ja«, sagte Elos. »So oder so ähnlich.«

»Darf ich das Schwert behalten?«, fragte sein Sohn.

»Was willst du denn damit? Weißt du, wie man damit umgeht?«

»Äh ...«, machte Naru. »Kannst du es mir nicht beibringen?«

»Mein Vater war Schustergeselle! Er hat mich nicht die Kunst des Schwertkampfs gelehrt. Und *du* könntest mit dem Ding nicht mal eine Scheibe Brot abschneiden, ohne dich zu verletzen.«

»Waffen in ungeübten Händen schneiden jene, die sie verwenden«, zitierte Ada aus dem Buch der Götter.

Naru verdrehte die Augen. »Wirklich ärgerlich, dass nicht auch dein Mundwerk gelähmt ist.«

»Du musst dir was anderes suchen, um Ilda zu beeindrucken«, sagte Ada.

»Darf ich's jetzt behalten oder nicht?«, fragte Naru.

»Es ist nicht meins«, sagte Elos. »Ich kann es dir nicht geben.«

»Warum«, fragte Ada, die immer noch an die Decke starrte, »hat Emmett die hundert Fredlaffs eigentlich verbuddelt und nicht zu den anderen Sachen in sein Geheimversteck gepackt?«

»Hm«, machte Elos. »Vielleicht wollte er das Risiko verteilen. Nicht alle Eier in einen Korb legen, wenn du verstehst, was ich meine. Aber nach der Staubschicht auf Schwert und Schatulle zu urteilen, vermute ich eher, dass die Dinge in seinem Geheimversteck nichts waren, was er gerne zu Gesicht bekam, woran er sich gerne erinnerte. Ich glaube ...«

In diesem Moment klopfte es wie wild an der Tür.

»Dorfvorsteher!«, rief eine leicht lallende Stimme. »Dorfvorsteher! Sind Sie da?«

Elos hielt sich den Zeigefinger vor den Mund. Er ließ Ring und Nachricht in seiner Manteltasche verschwinden. Naru steckte das Schwert in die Scheide und verbarg es hinter der Sitzbank, auf der Ada lag.

»Dorfvorsteher! Eine Katastrophe! Eine Katastrophe! Zwei sind betäubt!«, rief die Stimme von draußen. »Drei sind tot!«

Elos nickte Naru zu, und dieser öffnete die Tür. Schwankend stolperte der Schäfer Jorgen Jorgenson herein. Sein schütteres Haar stand wirr auf seinem Kopf. Sein Umhang aus Schafspelz war nass vom Regen, seine Augen gerötet vom Schnaps.

»Dorfvorsteher!«, lallte er. »Zu Hilfe! Etwas hat in der Nacht meine Schafe gerissen!« Er blickte sich um. Als er statt Emmett nur Elos und die Zwillinge erblickte, brauchte er einen Moment, um sich auf diese für ihn unerwartete Situation einzustellen.

»Jorgen«, sagte Elos »Ich muss Ihnen leider mitteilen ...«

»Was? Wer? Wo ist der Dorfvorsteher?«, unterbrach ihn der Schäfer.

»Ich muss Ihnen leider mitteilen, dass Emmett Freling ermordet worden ist«, sagte Elos.

»Was? Warum? Wer?«, rief Jorgen. »Ich verstehe nicht.«

»Er ist tot«, sagte Elos. »Ermordet.«

»Tot ...«, murmelte Jorgen verstört. »Ermordet. Wie meine Schafe.«

»Deine Schafe sind tot?«

»Eins ist verschwunden. Zwei liegen wie betäubt auf der Weide. Drei sind tot. Hab sie gefunden. Zerfetzt am Waldrand.«

»Am Waldrand ...«, murmelte Elos. »Das sollte ich mir mal ansehen.«

DER WILDE WALD

Bevor Elos sich den toten Schafen widmen konnte, musste er mit Naru die gelähmte Ada nach Hause tragen. Naru ächzte bei jedem Schritt, als müsste er eine ausgewachsene Kuh schleppen, und auch Ada war über die Art ihrer Fortbewegung nicht vollständig glücklich.

»Es regnet mir wieder ins Gesicht!«, murrte sie, dabei brannte die Mittagssonne schon blaue Löcher in die Wolkendecke.

»Es nieselt doch nur noch«, sagte ihr Vater.

»Dann nieselt es mir eben ins Gesicht! Auch nicht schön.«

Im Haus am See angekommen, legten sie Ada vor den Ofen, sogar mit einem Kissen unter dem Kopf. Naru warf Holz nach, fachte das fast erloschene Feuer wieder an, und die Flammen wärmten bald darauf Adas nasse Kleidung.

Der Spurenfinder stand schon wieder an der Tür, wandte sich aber noch einmal um, bevor er loszog. »Was auch immer im Wilden Wald wartet«, sagte er, »ist möglicherweise äußerst gefährlich. Zu gefährlich! Wer ein Schaf reißen kann, macht vielleicht auch vor Menschenkindern nicht halt.«

»Ich bin gut mit der Armbrust«, behauptete Naru.

»Deine Schwester ist zum Glück schon gelähmt«, sagte Elos. »Aber wenn du dir ins eigene Bein schießen willst, nur zu. Hauptsache, ihr kommt nicht mit.« Er schloss die Tür.

»Also ... äh ... wäre es in Ordnung«, begann Naru, »wenn ich dich hier allein ...«

Die Tür öffnete sich plötzlich wieder, und Elos sagte: »Und wehe, du lässt deine Schwester allein im Haus und schleichst mir nach!« Dann warf er die Tür wieder zu und eilte davon.

»Wie macht er das nur immer?«, fragte Naru.

Einen kurzen Augenblick sagten die Geschwister nichts.

»Die gute Nachricht ist«, sagte Ada und setzte sich auf, »du musst mich hier nicht alleine lassen.«

Naru grinste. »Du kannst dich wieder bewegen?«

»Dumme Frage.«

»Na, ein Glück, ich dachte schon, ich muss dich in den Wald schleifen.«

»Ich bin ja wohl so federleicht, dass du mich mit einer Hand hättest tragen können.«

»Dafür isst du zu viele Zimtbrötchen.«

»Vielleicht isst du auch zu wenige. Zwei am Tag, wie willst du da groß und stark werden?«

»Du hast recht. Ich sollte ab sofort lieber drei am Tag essen.« Naru öffnete vorsichtig die Haustür und spähte nach draußen. Sein Vater war nicht mehr zu sehen. »Komm ...«

Ada stand auf. Sie wankte stärker als Jorgen und bewegte sich langsamer als Oma Martens.

Naru starrte seine Schwester an. »Ist das dein Ernst?«, fragte er entsetzt.

Ada lachte. Sie schüttelte ihre Arme und Beine. »Nein. Ehrlich gesagt, ging es mir schon in Emmetts Haus wieder ganz gut. Aber wann hat man schon die Gelegenheit, sich heimtragen zu lassen?«

»Dafür schuldest du mir einen Vortrag über Syndrakos.«

Die Kinder schlichen aus dem Haus. Sie nahmen nicht den Weg, den ihr Vater gewählt hatte, sondern folgten einem kleinen Pfad, der sich am Schönen See entlangschlängelte. Im Schilf raschelte es. Ada erschrak kurz, aber es waren nur zwei Wasserhörnchen, die sich gepaart hatten und vor den Zwillingen in den See flohen.

»Also streng genommen«, sagte Naru, »sind wir brave Kinder. Ich lasse dich ja keineswegs allein zu Hause.«

»Und wir schleichen Vater auch nicht hinterher. Wir gehen am See entlang zum Wald.«

»Wir gehen eigentlich gar nicht zum Wald«, korrigierte Naru. »Wir gehen nur ein bisschen spazieren.«

»Und man wird ja wohl noch in Richtung Wald spazieren dürfen«, sagte Ada.

»Selbst wenn es nieselt!«

Die Zwillinge grinsten.

An der Gabelung, die den Pfad am See mit dem Waldweg verband, blieben sie kurz stehen, als sich ein Fischadler aufs Wasser hinabstürzte. Gleich darauf erhob er sich mit seiner zappelnden Beute in den Klauen wieder in die Luft. Ada schauderte.

»Hast du dich mal gefragt, ob es in Wahrheit nicht ziemlich dumm ist, was wir hier tun?«, fragte sie.

»Ja«, sagte ihr Bruder.

»Und?«

»Glaube schon.«

»Machen wir's trotzdem?«

»Natürlich.«

»Gut. Dann sind wir uns ja einig.«

»Ausnahmsweise.«

Die Zwillinge betraten den Wilden Wald. Ihre Augen mussten sich erst an die Dunkelheit gewöhnen, denn die Kronen der riesigen Bäume ließen nur wenige Sonnenstrahlen hindurch. Im Unterholz raschelte etwas. Wie zufällig berührte Ada mit ihrer rechten Hand die linke ihres Bruders. Naru nahm sie. Schweigend gingen sie Hand in Hand immer tiefer in den Wald. Der Pfad, dem sie folgten, war schmal und wurde wohl häufiger von Tieren benutzt als von Menschen.

An der dritten Abzweigung sagte Naru: »Ich hoffe, du hast dir den Weg gemerkt.«

»Ich?«, fragte Ada. »Ich laufe hinter dir her.«

»Unsinn! Wir laufen nebeneinander!«

»Schau mal«, sagte Ada. Sie ließ Narus Hand los und deutete auf eine riesige umgestürzte Eiche. Darunter war ein Loch, gerade groß genug, dass ein Kind hineinkrabbeln konnte.

»Das ist ein Erdaffenbau«, sagte Naru.

»Ja«, sagte Ada. »Aber es ist auch ...«

»Was?«

»Ein Loch«, kicherte Ada. »Und zwar kein ehemaliges.«

Naru verdrehte die Augen. »Sehr witzig.«

»Ich dachte nur, vielleicht willst du deinen Fuß reinstecken«, sagte Ada. »Den rechten oder den linken, ganz, wie du Lust hast. Ich glaube, es passen sogar beide rein.«

Ohne eine Antwort zu geben, stapfte Naru weiter.

Ada schloss schnell wieder zu ihm auf. »Das war nur ein Witz, Dietrich.«

»Psst«, sagte Naru. Er war anscheinend nicht zum Scherzen aufgelegt. Stattdessen deutete er auf einen langen weißen Faden, der von einer Rotbuche herabhing. »Was ist das?«, fragte er.

»Keine Ahnung«, sagte Ada. »Fass doch mal an.«

Naru berührte den weißen Faden.

»Iiih!«, rief Ada. »Du hast es angefasst.«

Naru versuchte, den Faden loszulassen, aber es klappte nicht. »Das Ding klebt«, sagte er.

»Wirklich?«, fragte Ada und fasste den Faden selbst an. Jetzt klebte auch ihre Hand am Faden.

»Das war sehr dumm«, sagte sie.

»Kann nicht widersprechen.«

»Guck mal«, sagte Ada. »Da ist noch so ein Faden.«

»Ob der auch so klebrig ist?«, fragte Naru.

»Probier's doch mal.«

Naru streckte seinen Arm aus.

»Was tust du denn da?«, rief Ada entgeistert.

Naru verdrehte wieder die Augen. »Das war ein Scherz!«

Ada schüttelte ihre Hand, aber der verdammte Faden ging einfach nicht ab.

»Wir könnten dran ziehen«, schlug Naru vor.

»Ja. Was soll schon passieren?«, fragte Ada.

»Auf drei«, sagte Naru. »Eins, zwei, drei!«

Die Zwillinge zogen am Faden, und ein blutiges Etwas krachte aus dem Baum. Beide Kinder kreischten auf. Es war irgendein Tier. Langsam näherten sie sich. Lebte es noch? Aber das Wesen bewegte sich nicht. Sein schmutziges Fell war blutverkrustet, an einigen Stellen sah man das nackte Fleisch.

»Was zum Henker ist das?!«, fragte Ada.

Naru beugte sich herunter. »Ich glaube, das war mal ein Fuchs«, sagte er. Plötzlich hob das blutige Tier den Kopf und schnappte nach Narus Hand. Er zuckte zurück. Naru hatte sich so sehr erschreckt, dass er nicht mal schrie. Sein Herz trommelte wie die Pauken beim Jespa-Fest. Das pulsierende Blut in seinen Ohren übertönte sogar Adas Schrei. Der halb tote Fuchs rappelte sich auf und fauchte die Kinder an. Diese wichen zurück. Das Raubtier wälzte sich in einer Pfütze, bis sich die klebrigen Fäden von ihm gelöst hatten. Dann humpelte es tiefer in den Wald hinein.

Die Zwillinge standen noch ein paar Momente wie erstarrt da.

»Na gut«, sagte Ada schließlich. »Das Wichtigste ist Folgendes: Wir erzählen Vater nicht, dass wir diese komischen Fäden angefasst haben.«

»Und wir erzählen ihm auf gar keinen Fall, dass wir daran gezogen haben«, sagte Naru.

Der Faden klebte immer noch an seiner Hand, aber jetzt, da er nicht mehr am Baum hing, konnte er sich damit hinunterbücken. Dort rieb Naru den Faden im Matsch ab. Ada schaute ihm dabei skeptisch zu.

»Es klappt«, sagte Naru.

Also rieb Ada ihren Faden ebenfalls im Matsch ab. »Folgendes geht mir durch den Kopf«, sagte sie danach. »Irgendjemand in diesem Wald, der klebrige Fäden macht, hat sich diesen Fuchs hier als kleinen Zwischendurch-Happen in den Baum gehängt.«

Naru nickte.

»Ich will sagen«, fuhr Ada fort, »vielleicht ist, was wir hier tun, nicht nur dumm ...«

»Sondern richtig dumm«, ergänzte ihr Bruder.

»Vielleicht ist es gar eine Situation, die Vater völlig zu Recht als zu gefährlich bezeichnet hätte.«

»Möglich«, sagte Naru. Er überlegte. »Aber wir wollten doch rausfinden, was sich im Wald versteckt! Wenn Vater jedes Mal nach Hause gegangen wäre, sobald es gefährlich wurde, dann wäre er heute sicher nicht der berühmteste Spurenfinder der Welt.«

»Aber wenn er nicht jedes Mal nach Hause gegangen wäre, wenn es *zu* gefährlich wurde, dann wäre er heute gar nicht mehr.«

»Guter Punkt.«

»Und wenn einem ein blutiger Fuchs aus einem Baum entgegenfliegt, dann finde ich, ist das durchaus ein guter Grund, die Füße in die Hand zu nehmen.«

»Das muss jeder einsehen.«

»Also gehen wir wie brave Kinder nach Hause?«, fragte Ada.

»Bester Vorschlag des Tages. Du führst.«

»Was?«

»Ich bin doch hinter dir hergelaufen.«

Ada seufzte. »Ich glaube, wir sind von hier gekommen«, sagte sie und lief voraus.

An der nächsten Abzweigung zögerte sie kurz. Dann ging sie entschlossen nach rechts. Und drehte nach zwei Schritten wieder um.

»Sehr vertrauenerweckend«, sagte Naru.

»Ich will nix hören.«

»Nix?«

»Du darfst atmen.«

Die Kinder schlichen schnell weiter. Als sie an die vierte Abzweigung kamen, blieb Naru stehen.

»Wenn ich mich nicht irre«, sagte er, »haben wir auf dem Hinweg nur drei Abzweigungen passiert.«

»Das ist gar nicht gut«, sagte Ada.

Naru schüttelte den Kopf. Er sah sich um und flüsterte gleich darauf: »Schau mal ...«

Ada drehte sich um und sah ganz in der Nähe einen weiteren der klebrigen weißen Fäden von einer Buche hängen. Dann deutete Naru in die Tiefe des Waldes. Dort hingen noch viel mehr von den unheimlichen Fäden. Ganz selbstverständlich begann auch Ada zu flüstern.

»Bloß weg hier ...«

»Wohin?«

»Hauptsache, nicht in diese Richtung«, murmelte Ada und deutete auf die Fäden.

»Wir hätten nicht herkommen sollen.«

»Ich hab's ja gleich gesagt.«

»Hast du gar nicht!«

Leise schlichen die Zwillinge in die Richtung, in der die wenigsten Fäden hingen. Sie hatten sich wieder an den Händen genommen und sprachen gar nicht mehr. Ada gab den Weg vor. Naru folgte ihr und blickte dabei immer wieder hinter sich. Plötzlich blieb seine Schwester stehen und unterdrückte einen Schrei. Sie zog ihren Bruder nach unten, sodass sie vom Buschwerk verdeckt waren. Dann deutete sie auf die Lichtung dahinter. Die Zwillinge hoben gleichzeitig leicht den Kopf und spähten über die Blätter. Auf der Lichtung lag ein totes Schaf. Und daneben doppelt so groß eine Kreatur aus Manunas schlimmsten

Albträumen. Körper und Beine des Mischwesens glichen einer gigantischen Spinne, nur hatte sie statt der Vorderbeine die Scheren einer riesigen Krabbe, und was am Hinterteil hing, ähnelte dem Schwanz eines gewaltigen Skorpions. Das Monster lag auf dem Boden. Seine Augen, die Naru an die einer Echse oder mehr noch an die eines Drachen erinnerten, waren geschlossen.

Die Zwillinge blickten sich entsetzt an.

»Nicht kreischen!«, flüsterte Naru.

»Ich bin doch nicht blöd!«, gab Ada leise zur Antwort.

Gebannt vor Schreck konnten sie ihre Blicke nicht von der schlafenden Kreatur abwenden.

»Siehst du, was ich sehe?«, flüsterte Naru.

»Es ist ein Monster ...«, murmelte Ada.

»Und weiter?«

»Was weiter?«

»Die Scheren sehen ziemlich scharf aus, findest du nicht?«, fragte Naru. »Und erinnert dich ihre Form nicht vielleicht an irgendein Werkzeug?«

Ada seufzte in Gedanken. »Es ist ein Monster mit axtartigen Klauen«, murrte sie leise.

»Ich hab's ja gleich gesagt!«

Das würde sich Ada sehr lange immer wieder anhören dürfen. Natürlich nur, falls es ihnen gelänge, lebendig aus diesem Wald zu entkommen.

Vorsichtig bewegten sich die Kinder rückwärts, dabei trat Naru aus Versehen auf einen Stock, der mit einem lauten Knacken zerbrach.

Das Monster öffnete ein Auge. Dessen Iris hatte eine bedrohlich wirkende gelb-orange Färbung, und die Pupille war ein senkrechter schwarzer Strich.

Die Kinder rannten los. Naru hatte keine bewussten Gedanken

mehr. Sein Körper und Geist bildeten eine Einheit mit nur einem Ziel: Flucht. Weg von hier. So schnell es ging. Ada hatte Mühe mitzuhalten. Sie wagte nicht zurückzusehen, aus Angst zu stolpern, aber die Geräusche, die sie hinter sich hörte, ließen in ihrer Fantasie ein Monster entstehen, das noch grauenvoller war als das echte.

Die Zwillinge rannten schneller als je zuvor in ihrem Leben und waren dennoch zu langsam. Das Monster kam näher. Sie hörten es. Sie spürten es. Sie wussten es. Adas Beine schmerzten vor Anstrengung. Ihr Körper hatte wohl doch noch mit dem Lähmgift zu kämpfen. Aber sie durfte nicht aufgeben. Nicht mehr ihre Muskeln, nur noch ihr Wille trug sie vorwärts. Naru blickte hinter sich, erhaschte einen Blick auf die schreckliche Kreatur und stolperte prompt über eine Wurzel. Ada fing ihn auf, rutschte dann aber selbst auf dem nassen Laub aus, konnte sich nicht mehr halten und fiel zusammen mit ihrem Bruder unkontrolliert einen Abhang hinab. Zum Bremsen gab es keine Möglichkeit. Unten angekommen, rappelten sie sich stöhnend wieder auf und wollten schon weiterrennen, als Ada bei einem Seitenblick die riesige, entwurzelte Eiche entdeckte.

»Der Erdaffenbau!«, flüsterte sie. »Hier rein!«

So schnell sie konnten, krochen die Kinder in das Erdloch.

»Ich hoffe, die Bewohner sind nicht zu Hause«, flüsterte Naru.

Voller Angst blickten die Zwillinge aus der Öffnung. Sie konnten das Monster nicht sehen, doch sie hörten das grauenerregende Trippeln seiner Spinnenbeine. Ganz vorsichtig krochen die Kinder immer tiefer in den Bau. Dann vernahmen sie ein erbostes Fauchen und Knurren hinter sich. Ada spürte Krallen an ihren Hosenbeinen. Ein unterdrückter Schrei drang aus ihrer Kehle. Sie trat nach hinten.

»Was ist?«, flüsterte Naru. »Was ist?«

»Wir haben die Bewohner des Baus aufgeweckt«, zischte Ada,

während sie weiter versuchte, die erbosten Erdaffen von sich fernzuhalten. »Lasst mich los!«

Naru entdeckte ein paar kleine alte Äpfel in seiner Jackentasche und begann, sie ins Dunkel hinter sich zu werfen.

»Aua!«, zischte seine Schwester. »Was soll denn das?«

»Ich versuche, dir zu helfen!«

»Tolle Hilfe!«

Dann ließen die Erdaffen plötzlich wieder von Ada ab und verschwanden in die Tiefe des Baus.

»Sie sind weg«, flüsterte Ada.

»Warum?«, fragte ihr Bruder.

Wie zur Antwort hörten die beiden ein Scharren am Eingang des Baus. Das Monster hatte sie entdeckt und wollte offensichtlich das kleine Loch erweitern, um sich hindurchzwängen zu können.

Die Kinder hielten die Luft an. War der Bau gar nicht ihre Rettung, sondern eine tödliche Falle? Ganz vorsichtig krochen auch sie noch tiefer hinunter.

DAS MONSTER

Minuten, die ihnen unendlich vorkamen, warteten die Kinder, bis die Geräusche draußen verstummten. Jespa sei Dank eigneten sich offenbar weder Krabbenscheren noch Spinnenbeine sonderlich gut zum Graben. Zur Sicherheit warteten Ada und Naru noch eine halbe Ewigkeit. Erst als die Erdaffen wieder begannen, Ärger zu machen, krochen die Kinder nach oben. Naru krabbelte als Erster aus dem Bau, dicht gefolgt von seiner Schwester. Leise sahen sie sich um. Viele Spuren, aber nirgendwo ein Monster. Erleichtert atmeten sie auf. Ada klopfte sich den Schmutz von den Kleidern. Naru schlich über die große Wurzel auf den Weg. Er drehte sich zu seiner Schwester um.

»Komm schon!«, zischte er.

Zwillinge haben ihre ganz eigene Art der Kommunikation. Kleine Gesten und Zeichen, die nur sie lesen können. Aber was Naru jetzt in Adas Gesicht sah, hätte selbst Jorgen verstanden. Nackte Angst.

Er drehte sich panisch um. Da ließ sich das Monster an einem seiner widerlichen klebrigen Fäden von einem Baum herab. Wie versteinert standen die Kinder da. Die Vorderbeine des Biests berührten den Boden. Der Faden, der aus einer Spinndrüse an seinem Hinterleib kam, wurde dünner und riss. Nun stand das Monster direkt vor Naru. Er wusste nicht, was er tun sollte. Jede hektische Bewegung, fürchtete er, könnte das Untier zum sofortigen Angriff verleiten. Der garstige Kopf des Biests kam immer näher. Eine schleimige gelbe Flüssigkeit tropfte aus einer Wunde oben an seiner rechten Schere. Die Drachenaugen waren auf die Kinder gerichtet. Ganz langsam begann Naru rückwärtszugehen. Er wollte versuchen, den Erdaffenbau wieder zu erreichen, doch da hob das Monster langsam seinen Skorpionsstachel über den Körper und zeigte damit in Narus Richtung. Er blieb wieder stehen. Die Kreatur klapperte mit ihren furchtbaren axtartigen Scheren. Naru bereute so vieles. In Gedanken rief er Yuma um Hilfe, obwohl er wie sein Vater nicht wirklich an sie glaubte. Oh, sein Vater. Er schwor sich, ab sofort immer auf ihn zu hören, falls er mit dem Leben davonkommen sollte. Vielleicht, dachte er, konnte Ada die Zeit, die das Monster brauchte, um ihn zu zerfetzen, nutzen, um zu entkommen. Seit endlosen Sekunden hielt er die Luft an. Das Monster legte seinen Kopf schräg, als könnte es sich einfach nicht entscheiden, ob es Naru mit den Scheren oder dem Stachelschwanz zu Nekran befördern wolle. Dann plötzlich gab es ein seltsam klackendes Geräusch von sich, drehte sich um und lief erstaunlich geschickt in die Tiefe des Waldes hinein.

Die Zwillinge blickten sich an. Was hier gerade passiert war, verstanden sie nicht. Aber es war ihnen auch egal. Sie drehten sich um und rannten, so schnell sie konnten, in die entgegengesetzte Richtung. Sie liefen immer noch, als ginge es um ihr Leben, sprangen über Wurzeln, preschten wo nötig durchs Unterholz, entdeckten einen Pfad und sprinteten ihn entlang. Als Naru endlich wagte, sich umzublicken, sah er kein Monster hinter sich. Trotzdem hastete er weiter. Ada wusste nicht, wie lange sie schon gerannt waren, als sie plötzlich Stimmen hörten.

»Hier ist schon wieder so ein Faden«, lallte ein Mann.

»Fass ihn doch noch mal an, Jorgen«, rief eine genervte Frauenstimme.

Ohne sich absprechen zu müssen, rannten die Kinder den Stimmen entgegen.

»Der klebt auch!«, rief Jorgen.

»Du bist so ein Trottel!«, sagte die Frau.

Beim Näherkommen erkannten die Kinder, dass es die neue Dorfvorsteherin war, die sprach. Felicitas führte den kleinen Trupp an, der nach Oma Martens suchte. Sie hatte die Jägerin und zwei von Rebeccas Knechten bei sich. Unterwegs musste sie Jorgen und den Spurenfinder getroffen haben, denn auch Elos war inzwischen Teil der Gruppe.

Die Zwillinge rannten zu ihrem Vater und umarmten ihn.

Ada schluchzte vor Erleichterung.

»Na, na, na«, sagte Elos verwundert. »Was ist denn los?«

»Es ist ein Monster«, keuchte Naru. »Ein Monster mit axtartigen Klauen.«

»Wie bitte?«, fragte Elos alarmiert.

»Ich finde es selbst unglaublich«, sagte Ada, »aber der Doofkopf hatte wirklich recht.«

Nachdem die Kinder ausgiebig berichtet hatten, was ihnen widerfahren war, und Elos für ihre Glaubwürdigkeit bürgte, kehrte der Suchtrupp ins Dorf zurück, um sich besser zu bewaffnen und Verstärkung zu holen. Die Leute brachten Mistgabeln, Sensen und Knüppel. Viele trugen Fackeln, denn die Beherrschung des Feuers war schon immer die mächtigste Waffe des Menschen im Kampf gegen die Monster der Wildnis. Der Seelenhüter kam mit einem angeblich magischen Jespa-Zepter, Felicitas hatte ein rostiges altes Schwert dabei und Elos natürlich seine kleine Armbrust. Er war sich aber nicht sicher, ob die Lähmpfeile bei solch einem Monster die gewünschte Wirkung hätten. Vermutlich nicht. Der Schmied, den man um weitere Waffen und schwere Werkzeuge hatte bitten wollen, war nicht auffindbar gewesen. Sein Haus wirkte seltsam unordentlich, so als hätte jemand in aller Eile gepackt. Die Tür war offen gewesen. Also hatte Elos den Leuten gesagt, sie sollten sich an den Hämmern und Eisen aus der Schmiede bedienen. Ada und Naru glaubten nicht, dass sie Matthis Bjarnson je wiedersehen würden.

Elos setzte sich für eine Freilassung des Holzfällers ein. Er gab mit Nachdruck zu verstehen, dass er ihn für unschuldig hielt. Außerdem, und das überzeugte die neue Dorfvorsteherin, kannte niemand den Wilden Wald besser als Ronald Hagen. Seine Hilfe könnte von unschätzbarem Wert sein.

Also wurde der Holzfäller wieder aus dem alten Wachturm entlassen, in den man ihn am Morgen erst eingesperrt hatte. Er grummelte ein wenig und beschwerte sich über die Weise, wie er behandelt worden war, ließ sich aber angesichts der brisanten Lage nicht allzu lange bitten.

Am Waldrand nahm er seine Axt an sich, die immer noch im Baumstamm steckte, und schulterte sie. »Nur für alle Fälle«, murrte er.

Ronald Hagen kannte die umgefallene Eiche mit dem Erdaffenbau, in dem sich die Kinder versteckt hatten, und führte die auf zwanzig Menschen angewachsene Meute zielsicher dorthin.

»Wir sind diesen Abhang heruntergeschlittert«, sagte Naru und deutete nach oben. Der Regen hatte endlich aufgehört, und erste Sonnenstrahlen ließen das nasse Laub glitzern.

Elos hatte die Zwillinge nur äußerst widerwillig auf die Monsterjagd mitgenommen, musste jedoch eingestehen, dass sie die Einzigen waren, die den Ruheplatz des Ungetüms kannten. Er hielt sich bisher auch mit Tadel zurück, aber die Zwillinge wussten, dass da noch etwas auf sie zukam, sobald sie allein mit ihm waren. Es war wirklich gar nicht so einfach, Elos richtig sauer zu machen, doch mit ihrem Ausflug in den Wilden Wald hatten die Kinder es augenscheinlich geschafft.

Der Trupp kletterte den Abhang hinauf.

Nach einigen Schritten rief Naru: »Hier waren wir! Hier ist der Faden, den wir ...«

Ada trat ihrem Bruder gegen das Schienbein.

»... entdeckt haben«, fuhr Naru fort.

»Ihr habt diesen Faden angefasst?«, fragte sein Vater entsetzt.

»Nein«, sagten die Kinder empört.

Elos bückte sich und betrachtete die Spuren auf dem Boden.

»Und das halb tote, blutige Tier, das hier lag, ist von ganz allein aus dem Baum geflogen?«, fragte Elos.

»Na ja«, sagte Ada.

»Ich hätte euch für etwas schlauer als Jorgen gehalten«, brummte Elos kopfschüttelnd.

»Wir sind schlauer«, sagte Naru. »Wir haben nicht zwei Fäden angefasst.«

»Die waren beide klebrig«, sagte Jorgen und fasste einen Faden an, der in seiner Nähe von einem Baum hing. »So wie der hier.« Er schüttelte seine Hand und war verärgert. »Das geht nicht ab.«

Die Dorfvorsteherin seufzte und durchtrennte den Faden mit ihrem rostigen Schwert.

Die Kinder führten den Trupp weiter entlang des Waldwegs. An einer Kreuzung bekamen sie sich in die Haare.

»Wir müssen geradeaus!«, sagte Ada.

»Quatsch!«, rief Naru. »Nach rechts.«

Elos seufzte. »Wir müssen nach links«, sagte er und übernahm die Führung. Die anderen folgten ihm.

»Woher weißt du, dass es hier langgeht?«, fragte Naru.

Elos bückte sich und hob etwas auf, das in der Sonne glitzerte. »Nun, entweder es gibt hier im Dorf noch andere Dummköpfe, die es nicht bemerken, dass sie ihre neue Taschenuhr im Wald verloren haben, oder die hier gehört euch.« Er ließ die Uhr an ihrer Kette baumeln.

»Hupsi«, sagte Naru. »Die, äh, die hatte ich da hingelegt, damit wir den Weg wiederfinden.«

»Brillant«, sagte Elos und steckte die Uhr in seine Jackentasche. »Außerdem sind hier trotz des Regens überall Spuren eurer Stiefel. Vertiefungen, frisch abgeknickte Halme, zerbrochene tote Äste. Ein Blinder könnte euren Weg zurückverfolgen.«

Der Rest der Gruppe sah das sicherlich anders, aber keiner hatte Lust, das einzugestehen. Also schwiegen sie.

Elos ging nun voraus. Es dauerte nicht lange, bis sie sich der kleinen Lichtung näherten, auf der die Zwillinge das Monster im Schlaf überrascht hatten.

»Vorsicht!«, sagte Ada. »Ich glaube, hier hat es sein Nest.«

Mit gezückten Waffen in der einen und Fackeln in der anderen Hand betraten die Menschen die Lichtung, doch sie fanden nichts außer aufgewühlten Waldboden und den Kadaver des vermissten Schafes.

Jorgen rannte zu dem toten Tier. »Das ist meine Betty!«, schluchzte er. »Meine Betty.«

»Stehen bleiben!«, rief Elos. »Keiner bewegt sich, bis ich mich umgesehen habe.« Systematisch begann er, die Lichtung zu durchsuchen.

»Guckt dem Mann nicht so dämlich bei seiner Arbeit zu«, herrschte Felicitas die Übrigen an. »Dreht euch lieber um und späht in den Wald. Was auch immer hier haust, ich will nicht davon überrascht werden.«

Da auch die anderen kein Interesse an einem plötzlichen Besuch hatten, gehorchten sie gerne. Naru fragte sich, ob sie genug waren, ob sie ausreichend bewaffnet waren, ob sie dem Angriff des Monsters wirklich standhalten konnten. Selbst wenn, dachte er, würden es sicherlich nicht alle überleben.

Elos hatte gerade eine kleine Pfütze mit schleimiger gelber Flüssigkeit entdeckt. Er nahm einen Stock und steckte ihn hinein. Dann hob er den Stock wieder an und begutachtete ihn. Die Zwillinge traten hinzu.

»Das Monster hatte eine Wunde«, sagte Naru.

»Da ist das eklige gelbe Zeug rausgetropft«, ergänzte Ada.

»Emmett ist nicht kampflos aus dieser Welt gegangen«, murmelte Elos. »Er muss das Wesen verwundet haben.«

Felicitas trat heran. »Was sollen wir tun?«, flüsterte sie.

»Der Wilde Wald ist groß«, sagte Elos. »Wir könnten hier ewig suchen. Ich würde ins Dorf zurückkehren und am Waldrand Wachen aufstellen. Sodann sollten wir den königlichen Statthalter in Rabenfurt alarmieren.«

»Aber was soll ich ihm berichten? Wenn ich behaupte, dass hier ein Monster haust, das halb Spinne, halb Krabbe ist und den Schwanz eines Skorpions hat, und obendrein zugeben muss, dass meine Zeugen zwei kleine Kinder sind … Da mache ich mich doch lächerlich!«

»Naru«, sagte Elos. »Vielleicht wärst du so nett, eine Zeichnung der Kreatur anzufertigen. Bilder haben eine ganz eigene Wirkmacht. Außerdem können Sie Ihrem Bericht gerne hinzufügen, dass ich, Elos von Bergen, mich für seinen Wahrheitsgehalt verbürge.«

***

Kaum waren sie zurück in ihrem Haus am See, da machte sich Naru auch schon daran, eine möglichst wahrheitsgetreue Zeichnung des Monsters anzufertigen. Aber er war nicht zufrieden mit seinem ersten Versuch, deshalb riss er das Bild aus seinem Skizzenbuch, steckte es in seine Jackentasche und begann noch einmal von vorn. Er starrte stur auf die Zeichnung, um ja nicht dem Blick seines Vaters zu begegnen.

Elos hatte den ganzen Rückweg über nicht gesprochen. Mit ernstem Gesicht verfasste er selbst seinen Bericht an den Statthalter des Königs. Ab und zu blickte er die Kinder an, ohne aber je etwas zu sagen.

Ada tigerte nervös um ihn herum. Sie wusste ja, dass sie Mist gebaut hatten. Aber dieses Schweigen war einfach unerträglich. Irgendwann platzte es aus ihr heraus: »Jetzt schimpf doch endlich mit uns!« Sie blickte ihrem Vater direkt ins Gesicht und rief: »Dieses Geschweige ist ja nicht auszuhalten!«

»Sprich bitte nur für dich«, sagte Naru. »Meinetwegen musst du nicht mit uns schimpfen, Vater.«

Elos legte den Füllfederhalter zur Seite und blickte die Kinder an.

»Warum sollte ich schimpfen?«, fragte er in diesem vorgeblich absolut ruhigen Tonfall, den er nur benutzte, wenn er eigentlich richtig sauer war, und der Ada noch wahnsinniger machte.

»Weil wir nicht auf dich gehört haben!«, rief sie.

»So?«, fragte Elos.

Naru seufzte. »Weil wir uns heimlich in den Wilden Wald geschlichen haben«, sagte er.

»Und?«, fragte Elos.

»Weil wir diesen Faden angefasst haben«, ergänzte Ada

»Und?«, fragte Elos.

»Weil wir an dem Faden gezogen haben«, gab Naru zu.

»Und?«

»Äh ... weil Naru die Uhr verloren hat?«, fragte Ada.

»Verflucht sei die Uhr«, rief Elos. »Die ist mir doch komplett egal!«

»Weil wir uns völlig unnötig und unvernünftigerweise in Lebensgefahr begeben haben?«, fragte Naru.

»Das wäre in der Tat ein guter Grund zu schimpfen und richtig wütend auf euch zu sein«, grummelte Elos. Lange blickte er die Kinder an. »Leider«, sagte er, »freue ich mich dermaßen, dass euch Dummköpfen nichts passiert ist, dass ich gar nicht angemessen verärgert sein kann.«

»Gut! Lass dieses Gefühl nicht los!«, sagte Naru. »Halte daran fest!«

Ada umarmte ihren Vater. »Es tut mir leid«, schluchzte sie. »Es tut mir so leid.«

»Ist ja gut, Kindchen«, sagte Elos und streichelte ihren Kopf. »Ist ja gut.«

»Wir tun es auch nie wieder«, versprach Ada.

»Du machst es nicht besser, wenn du jetzt auch noch anfängst zu lügen«, sagte ihr Vater.

»Wir tun es aber bestimmt eine gewisse Zeit lang nicht wieder«, sagte Naru.

Elos seufzte.

»Du kannst uns ja bestrafen!«, schlug Ada vor. »Lass uns eine Woche lang Holz hacken. Oder das Haus richtig sauber machen von oben bis unten oder ...«

»Was tust du da?«, unterbrach Naru seine Schwester. »Bist du vollkommen übergeschnappt?« Er wandte sich an seinen Vater. »Ich bestehe keinesfalls auf eine Bestrafung!«

»So, so.«

Naru begutachtete zufrieden seine Zeichnung. »Im Gegenteil, ich könnte mir sogar eine Belohnung vorstellen.«

»Warum dies?«, fragte Elos überrascht.

»Nun, ist euch beiden nicht aufgefallen«, fragte Naru, »dass ich der Erste war, der den Fall gelöst hat? Ich hatte ja gleich gesagt, es war bestimmt ein Monster mit axtartigen Klauen.«

»Jespa wird sich etwas dabei gedacht haben«, murmelte Elos. Er versiegelte seinen Brief und reichte ihn Ada. »Lauft damit zur Dorfvorsteherin. Und nehmt auch Narus Zeichnung mit. Sie soll beides ihrem Bericht an den Statthalter beifügen.«

Naru riss das Bild des Monsters aus seinem Skizzenbuch, und gleich darauf eilten die Kinder aus dem Haus. Beide hatten das Gefühl, ganz knapp einem richtig großen Donnerwetter entronnen zu sein.

»Vater ist ja dieses Mal für seine Verhältnisse richtig ausgerastet«, meinte Ada.

»Er hat die Uhr verflucht«, sagte Naru. »Dabei konnte die ja wahrlich nichts dafür.«

»Ich glaube, ich habe ihn noch nie so aufgebracht erlebt.«

»Außer nach der Sache mit dem Nachtmagier«, sagte Naru.

»Und natürlich damals, als wir seine Truhe aufgesperrt und dadurch ungewollt den Kobold befreit haben«, erinnerte sich Ada.

»Oder als du aus Versehen den fliegenden Teppich angezündet hast.«

»Oh ja. Da war er echt sauer«, gab Ada zu.

»Vor allem, weil unter uns ja noch das Tränenmeer war.«

»Nun ja. Ich sage mal, über den Ewigen Bergen wäre es schlechter gewesen.«

»Oder als du den Höllenhund streicheln wolltest.«

»Das warst doch du!«, sagte Ada.

»Ah, ja, stimmt. Der sah aber auch total niedlich aus. Ich meine, als er noch geschlafen hat.«

Unterdessen hatten sie die kleine Holzhütte der Heilerin erreicht. In ihrem Garten gab es keine Blumen. Nur ein sorgfältig gepflegtes Kräuterbeet. Ada schritt hindurch und klopfte an die Tür. Niemand öffnete. Sie klopfte noch mal. Und noch mal lauter. Es öffnete sich nur die Tür des Nachbarhauses. Die Weberin schaute heraus.

»Macht doch nicht so einen Krach, Kinder! Felicitas ist nicht zu Hause.«

»Wo ist sie denn?«, fragte Naru.

»Na, bei Frau Martens!«

»Was?«, riefen die Kinder erstaunt.

»Habt ihr das nicht mitbekommen? Die Alte ist zurück, wurde aber wohl von diesem Monster angegriffen. Jedenfalls ist Felicitas zu ihr geeilt.«

»Oh nein!«, rief Ada. »Wie geht es ihr denn? Wird sie überleben?«

»Ich weiß es nicht«, sagte die Weberin. »Aber was ich mitgekriegt habe, klang übel.«

DIE GEHEIME BOTSCHAFT

Ada war sofort nach Hause gelaufen, um ihren Vater zu verständigen. Naru eilte unterdessen zum Bäcker, um Honigtörtchen für die arme Oma Martens zu holen. Er trug die leise Hoffnung in sich, dass diese zu ihrer Genesung beitragen konnten. Als er die Bäckerei betrat, sah Naru, dass Odo Winter zurückgekehrt war. Alles wirkte wie sonst, nur dass Amalia zur Begrüßung sagte: »Kommst du schon, um deine vier Zimtbrötchen abzuholen?« Anscheinend hatte der Bäcker keine Geheimnisse vor seiner Schwester.

Naru verneinte und erzählte von Oma Martens. Odo und Amalia wirkten sehr betroffen. Die Bäckerin packte ihm drei Honigtörtchen in einen Korb, und ihr Bruder verweigerte vehement, aber freundlich die Bezahlung. »Sag Oma Martens, dass wir ihr eine schnelle Genesung wünschen!«

»Mach ich!«

Naru verließ die Backstube und wartete beim Dorfbrunnen auf Ada und seinen Vater. Gemeinsam liefen die drei zu Oma Martens' Haus.

Sie fanden die alte Dame in ihrem Schlafzimmer im Bett, wo sie gerade von Felicitas verbunden wurde.

»Wie geht es ihr?«, fragte Ada besorgt.

»Sie hat eine fiese Wunde am linken Oberarm«, sagte die Heilerin. Sie wandte sich an die Kinder, und ein seltenes Lächeln schlich sich auf ihr Gesicht. »Aber sie wird es überleben.«

Die Kinder seufzten erleichtert.

»Dieses Monster …«, berichtete Oma Martens, »es war plötzlich in meinem Haus und hat mich angegriffen. Wenn der Dorfvorsteher nicht gewesen wäre …«

Ada konnte sich den Schreck, den das Monster der armen Oma eingeflößt hatte, nur zu gut vorstellen.

»Und ich hab gestern noch so über ihn geschimpft«, machte sich Marlene Martens Vorwürfe.

»Wo kam das Monster denn her?«, fragte Ada.

»Wie soll ich das wissen?«, fragte die alte Dame. »Es war Nacht. Es war dunkel. Ich schlief. Bis ich diese schrecklichen Geräusche hörte.«

»Hm«, brummte Elos.

»Es ist wirklich ein entsetzlich hässliches Monster«, sagte Naru. »Wir sind ihm im Wald begegnet!«

»Wirklich?«, fragte Oma Martens. »Das war bestimmt ganz fürchterlich!«

Sie kratzte sich am Hals, der voller kleiner roter Punkte war.

»Wo haben Sie denn die ganze Zeit gesteckt?«, fragte Ada. »Wir haben uns solche Sorgen gemacht!«

»Und was genau ist eigentlich passiert?«, wollte Naru wissen.

»Nun«, begann Oma Martens zu erzählen, »ich hatte Geräusche gehört, stand auf, trat aus dem Schlafzimmer, und da sah ich diese Kreatur! Mitten in meinem Haus. Ich weiß nicht, was die Bestie hier wollte. Vielleicht meine Essensvorräte räubern. Aber vielleicht sollte auch ich das Essen sein, denn ich hatte ihr nichts getan, aber sie hat sofort mit ihren scharfen Scheren nach mir geschlagen. Ich warf dem Vieh den Tisch in den Weg und rannte aus dem Haus. Doch es verfolgte mich, und als ich mich nur kurz umdrehte, da traf es mich mit seinem Stachelschwanz am Arm. Ich dachte, Marlene Martens, jetzt ist es aus mit dir, aber da kam, weiß Jespa woher, der Dorfvorsteher mit gezogenem Schwert, er hat mir zugerufen, ich solle rennen, und das habe ich getan, so gut ich eben konnte. Bin in den Wald gelaufen, weil ich befürchtete, ansonsten das Monster ins Dorf zu locken. Aber da war irgendein langsam wirkendes Gift in diesem Stachel, mir wurde immer schwindliger, und irgendwann bin ich vor Erschöpfung zusammengebrochen. Als ich wieder zu mir kam, musste ich feststellen, dass ich keine Ahnung hatte, wo ich war. Ich habe furchtbar lange gebraucht, um zurückzufinden.«

»Wir haben uns heute auch schon im Wald verlaufen«, sagte Naru.

Ada blickte auf die Uhr über Oma Martens' Bett. Es war halb fünf.

»Sie haben ja sogar Ihren Vier-Uhr-Tee verpasst!«, sagte sie.

»Nun«, sagte Oma Martens, »heute ist wahrlich Schlimmeres passiert.«

»Hm«, machte Elos.

Ada grinste. Jetzt konnte sie auftrumpfen. »Aber wir haben Ihnen etwas mitgebracht!« Sie nahm ihrem Bruder den Korb aus der Hand, griff hinein und präsentierte ein Honigtörtchen.

Kurz leuchteten Oma Martens' Augen fröhlich: »Das ist ja so freundlich, Ada Liebes.«

Naru räusperte sich. Schließlich hatte *er* die Törtchen besorgt.

»Dein Bruder ist wohl immer noch erkältet, wie?«, fragte Oma Martens.

»Ja, er sollte mal Feuerdrops nehmen«, sagte Ada grinsend.

»Das sage ich auch immer«, stimmte die alte Dame zu. Dann seufzte sie. »Ich fühle mich aber leider noch nicht wohl genug. Nehmt die Törtchen wieder mit und esst sie lieber selbst.«

Ada schien etwas enttäuscht.

»Für mich in Ordnung«, sagte Naru.

Die Oma kratzte sich wieder. »Das Gift macht mir noch zu schaffen. Oder vielleicht ist mir irgendwas im Wald nicht bekommen. Wahrscheinlich diese klebrigen Fäden.«

»Haben Sie die Fäden etwa auch angefasst?«, fragte Ada.

»Natürlich ...«, sagte Oma Martens.

Die Kinder blickten Elos rechthaberisch an.

»... nicht mit Absicht!«, fuhr die Oma fort.

Jetzt guckte Elos zufrieden.

»Ich lasse Ihnen eine Salbe gegen den Ausschlag da«, meldete sich Felicitas zu Wort.

»Das ist allerliebst.«

Die Heilerin wandte sich an Elos und die Zwillinge: »Und wir sollten die alte Dame jetzt ruhen lassen.«

»Natürlich«, sagte Ada.

Elos zog die Taschenuhr der Kinder hervor und warf einen Blick darauf. »Hm«, machte er. Etwas anderes hatte er nicht von sich gegeben, seit sie das Haus betreten hatten. Der Spurenfinder blickte kurz aus dem Fenster und blinzelte in die Sonne. »Es ist wirklich schon erstaunlich spät«, sagte er. »Kommt, Kinder.«

Er warf Ada die Taschenuhr zu. Sie blickte darauf und war etwas verblüfft. Es war schon kurz nach halb sechs.

***

Auf dem Nachhauseweg verkündete Naru: »Ich würde sagen, der Fall ist geklärt.« Er machte eine kleine Betonungspause. »Und ich hatte von Anfang an recht.«

»Hm«, machte Elos wieder. Nicht gerade ein Zeichen des Einverständnisses.

»Du bist noch nicht zufrieden?«, fragte Ada.

»Ich habe immer noch ein Steinchen im Schuh«, sagte Elos. »In der Monster-aus-dem-Wilden-Wald-Theorie läuft es sich nicht bequem.«

»Was hast du nur immer mit diesen Schuh-Metaphern?«, fragte Naru.

»Nun, ihr wisst doch, dass mein Vater Schustergeselle war. Ich war zwar erst zehn, als er starb, aber einiges ist wohl hängen geblieben.«

»Hm«, machte Naru.

»Also, spürt ihr das Steinchen auch?«

»Du meinst, warum war Emmett mitten in der Nacht am Waldrand?«, fragte Ada.

»Zum Beispiel.« Elos zog das leere Papier, das sie im Haus des Dorfvorstehers gefunden hatten, aus seiner Tasche. »Ich wette, der Grund stand mal auf diesem Zettel«, sagte er. »Außerdem ist da noch so eine Kleinigkeit, die mich nicht loslässt. Die Uhren bei Frau Martens zeigten kurz nach halb fünf. Aber eure Taschenuhr ...«

»Kurz nach halb sechs?«, fragte Naru. »Das ist uns schon heute Morgen aufgefallen.«

»Wir dachten, unsere Uhr sei kaputt«, sagte Ada.

»Möglich«, brummte Elos.

Auf dem Brunnenplatz blieb er so plötzlich stehen, dass Naru nicht rechtzeitig bremsen konnte und sich die Nase am Rücken seines Vaters stieß. Der Spurenfinder schaute auf das leere Blatt Papier und sagte: »Niemand versteckt ein leeres Blatt Papier!«

Dann, genauso abrupt wie er stehen geblieben war, lief er wieder weiter. Die Kinder folgten ihm.

»Vielleicht Geheimtinte«, vermutete Ada.

»Natürlich Geheimtinte!«, rief Elos. »Aber welche Art?«

»Auf dem Jahrmarkt gab es Zaubertinte zu kaufen«, sagte Naru.

»Warum erzählst du das erst jetzt?«

»Na ja, weil, äh, weil ich dumm bin?«, fragte Naru.

»Hm«, machte Elos.

»Er ist nicht dumm«, widersprach Ada.

»Danke«, sagte ihr Bruder überrascht.

»Nur nicht besonders schlau«, fuhr sie fort.

»Es war bei dem Stand, bei dem ich auch meine Stifte gekauft habe«, sagte Naru. »Es gab zwei Flüssigkeiten. Die eine war zum Schreiben, die andere zum Sichtbarmachen.«

»Der Kräuterhändler!«, rief Ada. »Er hat doch erzählt, dass er früher auf einem Jahrmarkt gearbeitet hat. Vielleicht kann er uns helfen.«

Ohne etwas zu erwidern, machte Elos kehrt und lief schnurstracks zurück zum Brunnenplatz. Auch die Zwillinge drehten um. Der Spurenfinder hielt vor dem Haus des Kräuterhändlers und klopfte.

»Herr Grünspecht«, sagte er, als dieser die Tür öffnete. »Wir brauchen Ihre Hilfe.«

Der Kräuterhändler kratzte sich an seinem Vollbart. »Womit kann ich dienen?«, fragte er.

»Wir müssen Zaubertinte wieder sichtbar machen«, sagte Ada.

»Zaubertinte?«

»Wir vermuten, dass sie auf dem Jahrmarkt verkauft worden ist.«

»So, so. Welche Farbe hatte die Tinte denn?«

»Also, die Tinte war grün und das Mittel zum Sichtbarmachen war rosa«, sagte Naru. »Oder nee. Andersrum.«

»War die Zaubertinte nicht vielleicht orange?«, fragte der Kräuterhändler.

»Das kann auch sein«, sagte Naru.

»Dann wäre das Gegenmittel blau.«

»Nein«, sagte Naru. »Blau war es auf keinen Fall. Ich bin mir ziemlich sicher, dass es grün war. Oder türkis.«

Elos seufzte.

Ada schlug sich mit der Hand gegen die Stirn.

»Türkis sagst du?«, fragte Titus Grünspecht.

»Ganz sicher«, sagte Naru.

»Und dann war die Tinte vielleicht rot?«

»Sag ich doch!«

»Also, ich kann da was probieren. Wartet hier.«

Nach einer gefühlten Ewigkeit kam der Kräuterhändler zurück. In seinen Händen zwei Fläschchen. In der ersten war eine rote Flüssigkeit, in der zweiten eine, die türkis schimmerte.

»Oh. Vielen Dank«, sagte Elos. »Aber das Gegenmittel hätte gereicht!«

»Ich nehm auch gerne die Tinte!«, verkündete Naru.

»Diese Zaubertinte hat eine bemerkenswerte Eigenschaft«, erklärte Titus Grünspecht. »Was man schreibt, ist nämlich zunächst sichtbar und verschwindet erst nach einigen Minuten.«

»Interessant«, murmelte Elos, zückte seinen Münzbeutel und bezahlte.

Kaum waren sie mit ihren Fläschchen um die Ecke, tupfte der Spurenfinder seinen Zeigefinger ins Gegenmittel und bestrich vorsichtig das leere Blatt Papier.

Es passierte nichts.

»Verdammt!«, murrte Ada.

»Vielleicht war das Gegenmittel doch blau«, sagte Naru.

Aber dann, ganz langsam, bildeten sich Wörter auf dem Papier. In feinen Druckbuchstaben war dort zu lesen:

Ich weiß, wer du bist. Komm heute Nacht um Punkt vier Uhr zu meinem Haus am Waldrand. Martens

»Ich fürchte«, sagte Elos, »Oma Martens hat mehr mit dem Mord zu tun, als sie zugibt.«

***

Sie saßen am Tisch in ihrem Haus am See. Vor ihnen standen Tassen mit heißer Schokolade. Alle schienen in Gedanken versunken.

»Das ist schon sehr rätselhaft«, sagte Ada grübelnd. »Ich kann mir wirklich nicht vorstellen, dass ausgerechnet Oma Martens für Emmetts Tod verantwortlich ist.«

Naru holte eines der verschmähten Honigtörtchen aus seinem Beutel und biss hinein.

»Wie kannst du jetzt etwas essen?«, fragte seine Schwester genervt.

»Ganz einfach«, antwortete Naru. »Ich beiße ab, kaue und schlucke runter.« Er biss ab, kaute und schluckte runter. »Außerdem kann ich besser denken, wenn ich esse.« Er reichte seiner Schwester das zweite Honigtörtchen und sagte: »Hat ja keiner was davon, wenn wir sie hart werden lassen.«

Ada musterte die Leckerei kurz, zuckte dann mit den Schultern und biss ebenfalls hinein. Elos blickte etwas leidend drein.

»Hast du schon eine Theorie?«, fragte Ada kauend.

»Natürlich nicht!«, rief ihr Vater leicht ungehalten. »Bei diesem Geschmatze kann man ja überhaupt keinen klaren Gedanken fassen!«

»Dafür gibt es meines Erachtens nur eine Lösung«, sagte Naru und reichte seinem Vater das letzte Honigtörtchen. »Du musst mitschmatzen.«

Elos seufzte, nahm aber das angebotene Törtchen und biss hinein. »Also, wisst ihr, Kinder, ich finde es in Ordnung, dass wir dem Bäcker verziehen haben, dass er einen Diebstahl vertuschen wollte«, sagte er. »Aber dafür, dass er bei seinen angeblichen Honigtörtchen billigen Rübensirup statt Honig benutzt, sollte man ihn einsperren. Wenn seine Mutter das wüsste, würde sie sich im Grab umdrehen.«

»Ich verstehe einfach nicht, warum Oma Martens Emmett des Nachts zu sich ins Haus bestellt haben sollte«, sagte Ada.

»Vielleicht, weil sie in Wahrheit ein grausames Monster ist!«, rief Naru.

»Ja, klar. Mit axtartigen Klauen«, höhnte Ada. »Du bist so ein Trottel.«

Aber Elos war erstaunlich schweigsam. Plötzlich sagte er: »Natürlich! Das ist es!«

»Tatsächlich?«, fragte Naru erstaunt. Dann ging ihm ein Licht auf. »Tatsächlich!«, rief er.

»Tatsächlich?«, fragte Ada.

»Der Ausschlag!«, rief Naru. »Vom Rübensirup! Es ist wie bei dem Wandelwesen aus Vaters Aufzeichnungen! Das habe ich doch erst vorletzte Nacht gelesen.«

»Wie? Was?«, fragte Ada.

»Gestern haben wir Oma Martens auch schon ein offenbar honigfreies Honigtörtchen mitgebracht«, sagte Naru.

»Ja, und?«

»Und heute hat sie davon Ausschlag!«

»Und deswegen ist sie in Wahrheit eine Krabbenspinne mit Skorpionsschwanz?«, fragte Ada ungläubig. »Irgendwas habe ich verpasst.«

»Sie hat Ausschlag vom Rübensirup!«, sagte Naru noch einmal langsam und laut, als wäre seine Schwester generell schwer von Begriff. »Sie verträgt keinen Rübensirup! Genau wie das Wandelwesen aus Vaters Aufzeichnungen! Die meisten Wandelwesen kriegen davon Ausschlag!«

»Du meinst ...«, begann Ada.

»Oma Martens ist tatsächlich ein Monster mit axtartigen Klauen!«

»Aber sie ist doch selbst von der Bestie angegriffen worden«, wandte Ada ein.

»Unsinn! Sie hat uns angelogen.«

»Aber sie war wirklich verletzt!«

»Ja, nur hat Emmett ihr diese Wunde zugefügt. In ihrer Monstergestalt. Er hat mit ihr gekämpft!«

»Deswegen hatte er sein Schwert gezogen«, murmelte Ada.

»Und erinnere dich doch an die Wunde, die das Monster oben an seiner rechten Schere hatte. Wo dieser gelbe Schleim heraustropfte.«

»Aber wenn Oma Martens tatsächlich ein Monster mit axtartigen Klauen wäre ...«, begann Ada.

»Dann würde das auch erklären, warum die Krabbenspinne uns nicht angegriffen hat, obwohl sie direkt vor uns stand«, sagte Naru.

»Die Bestie stand direkt vor euch?«, rief Elos entsetzt.

»Hupsi«, sagte Ada. »Hatten wir vergessen, dir zu erzählen.«

Elos seufzte. »Wandelwesen haben keine Kontrolle über ihre andere Gestalt«, sagte er.

»Ja, aber irgendetwas tief im Inneren des Monsters muss uns erkannt haben«, sagte Naru.

»Warum hat es Emmett dann nicht erkannt?«, fragte Ada.

»Was weiß ich? Vielleicht weil sie ihn nicht leiden konnte. Weil sie ihn nicht mochte wie uns. Oder vielleicht hat Emmett zuerst angegriffen.«

»Ich bin noch nicht ganz überzeugt«, sagte Ada. »Wenn Oma Martens wirklich ein Wandelwesen wäre, müsste sie sich dann nicht alle zwölf Stunden verwandeln?«

Elos nickte.

»Sie wohnt aber schon seit Jahren in Friedhofen«, fuhr Ada fort. »Das wäre doch nicht unbemerkt geblieben!«

»Es sei denn«, sagte Naru. »Sie könnte die Verwandlung irgendwie unterdrücken, kurz bevor es passieren würde.«

Ada schnappte nach Luft. »Zum Beispiel durch einen, nennen wir es mal ›Tee‹«, rief sie.

»Einen Trank, den sie jeden Tag um Punkt vier einnimmt!«, rief Naru und sprang auf.

Elos lächelte. Anscheinend war er schon vor einer Weile zu diesem Schluss gekommen.

»Wartet mal«, sagte Ada. »Wenn sie sich alle zwölf Stunden verwandeln würde, dann müsste sie sich ja auch um vier Uhr morgens verwandeln!«

»Die Zeit in der Nachricht ist also kein Zufall!«, sagte Naru.

»Stimmt. In der Botschaft hieß es: um Punkt vier bei mir. Das heißt, Oma Martens hat Emmett zu sich gelockt, um ihn in ihrer Monsterform zu töten?«, fragte Ada.

»Ich hab ja gleich gesagt, dass die Oma die Mörderin war«, sagte Naru.

»Nein!«, erwiderte sein Vater. »Sie war es nicht.«

»Doch nicht?«, fragte Naru.

»Die Oma war nicht die Mörderin«, sagte der Spurenfinder. »Die Oma war die Waffe!«

DAS GEGENMITTEL

Zügig lief der Spurenfinder mit seinen Kindern zurück ins Dorf.

»Du meinst also, Oma Martens hat den Brief nicht geschrieben?«, fragte Naru seinen Vater.

»Der Verfasser der Nachricht hat sich die Mühe gemacht, in möglichst charakterlosen Druckbuchstaben zu schreiben«, sagte Elos, »sicherlich, damit man ihn im Fall der Fälle nicht mithilfe seiner Handschrift überführen kann. Es wäre geradezu widersinnig, eine solcher Art gestaltete Nachricht mit dem eigenen Namen zu unterschreiben.«

Naru überlegte. »Aber wie konnte der Mörder sicher sein, dass sich Oma Martens verwandeln würde?«

»Vielleicht hat man ihr das Gegenmittel gestohlen«, spekulierte Ada.

»Oder es ist nicht eure Uhr, die falsch geht«, sagte Elos.

»Verstehe!«, rief Naru.

»Die beiden kaputten Uhren in Frau Martens' Haus haben kurz nach drei gezeigt, und alle anderen gehen falsch ...«, sagte Elos.

»Jemand hat alle Uhren in Oma Martens' Haus eine Stunde zurückgestellt!«, sagte Ada.

»Sodass sie die Einnahme des Gegenmittels verschlafen hat«, sagte Naru.

»Wie unfassbar gemein!«

»Trotzdem müssen wir Marlene Martens jetzt leider der Stadtwache von Rabenfurt überstellen«, sagte Elos.

»Was?«, rief Ada. »Aber ...«

»Sie ist zu gefährlich ...«, erwiderte ihr Vater. »Und sie hat Emmett getötet. Ob sie es wollte oder nicht.«

Am Brunnenplatz bogen die drei auf den Weg zu Oma Martens' Haus ein.

»Wer auch immer den Brief geschrieben hat«, sagte Elos, »ist mit sehr großer Wahrscheinlichkeit die Person, die die Uhren verstellt hat. Die Frage lautet also, wer wusste Bescheid? Wer wusste, dass sich Frau Martens verwandelt? Wer wusste, wann sie sich verwandelt? Und wer wusste, dass sie sich in ein tödliches Monster verwandelt?«

»Äh ... Wo wir gerade davon sprechen ...«, warf Ada ein. »Ist es wirklich so schlau, dass zwei Kinder und ein alter Mann eine Frau festsetzen wollen, die sich in ein Monster mit axtartigen Klauen verwandeln kann?«

»Wo wir gerade davon sprechen«, fügte Naru hinzu. »Habe ich schon erwähnt, dass ich die ganze Zeit recht hatte?«

»Ja, hast du!«, murrte Elos. »Und im Übrigen bin ich kein alter Mann!«

»Nun ja«, sagte Ada. »Alles eine Frage der Perspektive.«

»Außerdem habe ich noch nie von einem Wandelwesen gehört, das sich willentlich verwandeln konnte«, sagte Elos. »Wir haben es noch für ein paar Stunden nur mit einer alten Frau zu tun! Und ich meine, einer tatsächlich *alten* Frau.«

»Na, dann ist ja gut, alter Mann«, sagte Ada und tätschelte ihrem Vater liebevoll den Arm.

Elos seufzte: »Manchmal bereue ich es doch, euch nicht erzogen zu haben.«

Kurz vor Oma Martens' Haus hielt Elos an. Er legte einen der Lähmpfeile in seine kleine Armbrust.

»Nur für den Fall der Fälle«, sagte er.

Leise schlichen sie durch die nicht verschlossene Tür.

»Bleibt hinter mir«, flüsterte Elos.

Sie betraten die gute Stube mit dem umgekippten Tisch und den kaputten Uhren auf dem Boden. Noch hatte hier niemand aufgeräumt. Ohne Geräusche zu machen, bahnten sie sich ihren Weg. Mit einem kräftigen Stoß öffnete Elos die Tür zur Schlafstube, die Armbrust im Anschlag, aber Oma Martens' Bett war leer. Auch im restlichen Haus war sie nicht zu finden.

»Hm«, murrte Elos. »Sie muss etwas geahnt haben.«

»Vielleicht hättest du beim letzten Besuch nicht nur *hm*sen sollen«, sagte Ada.

»Wenn man älter wird, dann kriegt man halt Schrullen«, sagte Naru.

»Hm«, machte Elos.

Ada ging zum Bücherregal, als suche sie etwas Bestimmtes, und stieß ein lautes »Ha!« aus, als sie es gefunden hatte. Es war eine Ausgabe von Deidra Harfners *Wanderungen durch das Königreich Dreibrücken*. Sie zeigte es Naru und ihrem Vater.

Elos nickte. »Auch Frau Martens hatte sich wohl gewünscht, dass in ihrem Leben nichts Aufregendes mehr passiert.«

Der Spurenfinder ging in die Küche und durchsuchte das Regal. »Das ist gut«, murmelte er, als er zurückkam.

»Was?«, fragte Ada.

»Sie hat ihre Teekanne mitgenommen. Und ihre Kräuter.«

Beim letzten Wort blickten sich alle drei an.

»Der Kräuterhändler!«, riefen sie gleichzeitig.

»Naru«, sagte Elos, »lauf doch schnell zur Dorfvorsteherin und berichte ihr, dass die Suche nach dem Monster eingestellt werden kann. Oder vielmehr, dass sie lieber nach Frau Martens suchen sollen. Ich gehe derweil zum Kräuterhändler und rede ein Wörtchen mit ihm.«

Naru wandte sich an seine Schwester und sagte: »Ada, lauf

doch schnell zur Dorfvorsteherin und berichte ihr, dass die Suche nach dem Monster eingestellt werden kann. Oder vielmehr, dass sie lieber nach Frau Martens suchen sollen. Vater und ich gehen derweil zum Kräuterhändler und reden ein Wörtchen mit ihm.«

Ada zeigte ihm einen Vogel. »Ich komme auf jeden Fall mit zum Kräuterhändler«, sagte sie. »Ob ihr davor oder danach der Dorfvorsteherin Bescheid geben möchtet, ist mir gleich.«

Elos seufzte. »Dann gehen wir wohl alle drei zur Dorfvorsteherin und berichten.«

Ein Vorsatz, den sie unverzüglich in die Tat umsetzten.

***

Die Sonne näherte sich schon dem Horizont, als Elos an die Tür des Kräuterhändlers klopfte. Es dauerte eine kleine Weile, bis Titus Grünspecht öffnete.

»Na, so was«, sagte er freundlich lächelnd. »Ihr schon wieder?«

»Sie wussten, dass Oma Martens ein Wandelwesen ist!«, platzte Naru heraus.

Das Gesicht des Kräuterhändlers verlor sein Lächeln. »Oma Martens ein was ...?«, stammelte er.

»Jede Woche hat Frau Martens bei Ihnen eingekauft«, sagte Elos. »Immer wieder dieselben Zutaten für ihr Gegenmittel.«

»Wahrscheinlich haben Sie schon bald eins und eins zusammengezählt!«, rief Ada.

»Schließlich waren Sie in jungen Jahren selbst mal für ein Jahrmarktsspektakel tätig«, ergänzte Naru.

»Das haben Sie uns sogar höchstpersönlich erzählt!«

Der Kräuterhändler war völlig überrumpelt. »Wenn ich auch mal etwas sagen dürfte ...«

Aber er durfte nicht, denn sofort sprach Elos weiter: »Ich bin mir sicher, Sie waren der Einzige hier im Dorf, der wusste, dass

Marlene Martens ein Wandelwesen ist, und deswegen sage ich Ihnen auf den Kopf zu, dass Sie der Mörder Emmett Frelings sind.«

Jetzt verlor das Gesicht des Kräuterhändlers auch noch alle Farbe.

»Nur Sie«, fuhr Elos fort, »hatten das nötige Wissen, um den Dorfvorsteher in diese grausame Falle zu locken!«

»Aber … aber … warum hätte ich das tun sollen?«

»Geben Sie zu, gewusst zu haben, dass Marlene Martens ein Wandelwesen ist?«, setzte Elos nach.

»Nein, ich …«

»Wissen Sie, wer ich bin?«, donnerte der Spurenfinder und betonte jedes Wort. »Ich bin Elos von Bergen!« Finster blickte er seinem Gegenüber ins Gesicht. »Lügen Sie mich nicht an!«

»Nun ja … Ich habe es geahnt, aber …«, stammelte der Kräuterhändler.

»Sie geben es also zu«, rief Elos. »Naru, lauf nach Rabenfurt und sag, sie sollen den Galgen bereit machen.«

Naru blickte seinen Vater fragend an. »Ernsthaft? Kann nicht Ada?«

»Na los! Beeil dich!«, rief seine Schwester.

Naru seufzte, zuckte mit den Schultern und rannte los.

»Warten Sie! Warten Sie!«, rief der Kräuterhändler. »Rufen Sie den Jungen zurück. Ich kann alles erklären.«

»Da bin ich gespannt«, erwiderte Elos. »Naru!«, schrie er. »Komm zurück!«

Sofort tauchte Naru wieder auf. Er hatte außer Sichtweite gewartet. Aber der Kräuterhändler war viel zu aufgeregt, um das zu registrieren. Naru schlenderte entspannt zurück, während Titus Grünspecht beichtete, als hinge sein Leben davon ab.

»Ja, ich habe vermutet, dass sie ein Wandelwesen ist, aber ich habe ganz gewiss nicht den Dorfvorsteher zu ihr geschickt.«

»Wer war es dann?«, fragte Ada.

»Es war der Zwerg!«, rief Titus Grünspecht. »Es war bestimmt der Zwerg. Nach dem Spektakel habe ich mit den Artisten noch ein bisschen was getrunken und vielleicht damit geprahlt, dass in meinem Dorf ein Wandelwesen lebt. Das hat den Zwerg mächtig interessiert. Er wollte alles wissen. Sofort. Und schließlich hat er mir sogar Gold geboten, wenn ich ihn hinführe.«

»Und das haben Sie dann auch getan«, sagte Elos.

»Ja, aber ich konnte doch nicht wissen ...«, der Kräuterhändler unterbrach sich.

»Sie haben bei Marlene Martens die Uhren verstellt, um dem Zwerg zu beweisen, dass die Oma ein Wandelwesen ist«, beschuldigte ihn Ada. »Und dann ist Emmett dabei aus Versehen umgekommen!«

»Nein, nein, bei Yumas Gnade!«, rief der Kräuterhändler. »Nichts dergleichen habe ich getan. Als wir in Friedhofen ankamen, war es schon reichlich spät ...«

»Wie spät?«, fragte Elos.

»Halb zwölf, schätze ich, aber bei Frau Martens brannte noch Licht, also hat der Zwerg einfach geklopft. Herr von Bergen, Sie müssen wissen, sein Spektakel lief schon mal besser. Dem Direktor fehlen die großen Attraktionen. Er wollte Frau Martens nur anwerben.«

»Und sie lehnte ab«, vermutete Elos.

»Erst hat sie alles abgestritten. Doch der Zwerg ließ nicht locker. Schließlich rief Frau Martens: ›Ihr wisst nicht, in was ich mich verwandle! Es ist viel zu gefährlich! Einmal entfesselt, bringt es nur Tod und Verderben. Verschwindet!‹ Aber das hat den Zwerg erst recht neugierig gemacht. Er bot ihr viel Geld, aber sie war geradezu angewidert von der Vorstellung, auf einem Jahrmarkt ausgestellt zu werden. Sie haben sich furchtbar gestritten und wüst beleidigt. Ich hätte nicht gedacht, dass die alte Frau solche Worte kennt, geschweige denn benutzen würde. Irgendwann sagte sie ihm, er könne gerne um vier Uhr zurückkehren und sich mit ihrem anderen Ich weiterstreiten. Schließlich hat sie uns mit dem Besen in der Hand aus dem Haus gescheucht.«

»Hm«, machte Elos.

Der Kräuterhändler sah ihn verzweifelt an. »Ich flehe Sie an!«, rief er. »Sie dürfen nicht glauben, dass ich für diesen schrecklichen Tod verantwortlich bin!«

»Beruhigen Sie sich«, sagte Elos. »Das habe ich nie getan.«

»Was?«

»Überlegen Sie doch mal«, sagte Elos. »Wenn Sie die geheime Botschaft geschrieben hätten, die Emmett in sein Verderben gelockt hat, dann hätten Sie uns wohl kaum das Mittel verkauft, mit dem man die Zaubertinte wieder sichtbar machen kann.«

»Ich ... also ...« Der Kräuterhändler war verwirrt. »Was?«

Elos tätschelte ihm die Schulter. »Nichts für ungut. Ich wollte nur, dass Sie mir ein bisschen was erzählen, und habe eben für die nötige Motivation gesorgt.«

»Sie wissen also, dass ich nichts mit dem Mord zu tun habe?«

»Nun ... das stimmt *so* leider nicht«, sagte Elos. »Sie waren ein wichtiges Glied in der Kette. Wenn Sie nicht im Suff geprahlt hätten, ein Wandelwesen zu kennen, wäre all das nicht passiert.«

»Aber ich habe nichts Unrechtes getan!«

»Nichts Strafbares«, sagte Elos. »Aber ein wenig Buße tut Not, findet ihr nicht, Kinder?«

»Buße?«, fragte der nun völlig perplexe Kräuterhändler. »Was ...?«

»Einmal die Woche kostenlose Joghurtdrops!«, rief Naru.

»Oder lieber Himbeerbonbons«, sagte Ada.

»Hauptsache, keine Feuerdrops«, grummelte Naru.

»Das, ähm, das ließe sich wohl einrichten«, sagte Titus Grünspecht.

Elos lächelte. »Eine Frage noch«, sagte er. »Wer hat Ihre Prahlerei mitbekommen? Mit wem haben Sie gesoffen?«

»Nun, ich glaube, es waren eigentlich alle da. Also alle, die man beim Spektakel gesehen hat auf jeden Fall.«

»Auch Ursa?«, fragte Naru.

»Die starke Frau? Ja. Die hat direkt aus dem Fass getrunken. Eine Laune hatte die ...«

»Hm«, machte Elos. »Mir scheint, dass wir morgen früh noch mal nach Rabenfurt müssen, um ein Wörtchen mit dem Zwerg zu reden.«

»Ehrlich gesagt, bezweifle ich, dass Sie in Rabenfurt viel ausrichten können«, meinte Titus Grünspecht. »Der Zwerg ist Fremden gegenüber nicht sehr gesprächig.«

»Wenn das so ist«, sagte Elos und zog einen goldenen Fredlaff aus Emmetts Beutel, »hätte ich gerne noch eine Flasche von Ihrem besten Kräuterlikör.« Er machte eine kurze Pause. »Und dann noch zwei Kleinigkeiten ...«

WER HAT AN DER UHR GEDREHT?

Früh am nächsten Morgen hatte Elos die Kinder geweckt und zum Hof der Ardens geschleppt. Der Jahrmarkt würde heute seine Zelte in Rabenfurt abbrechen, und der Spurenfinder wollte nicht zu spät kommen, darum hatte er beschlossen, sich Reittiere von Rebecca zu borgen. Die Bäuerin führte gerade einen schwarzen Hengst aus ihrem Stall heraus. Elos nahm ihr die Zügel ab und stieg behände auf das Pferd. Die Hühner gackerten aufgeregt ob des seltenen Besuchs. Ada trat von vorne an den Hengst heran, und ihr Vater zog sie zu sich auf den Sattel. Naru blickte fragend in die Runde.

»Wir haben leider nur ein Pferd«, sagte Rebecca.

»Toll«, murrte Naru.

Ilda kam aus dem Stall. Sie führte einen Esel am Strick. »Du kannst den hier haben«, sagte sie.

»Richtig toll …«

»Ich dachte mir schon, dass du ihn magst«, sagte Ilda. »Ihr seid euch ziemlich ähnlich.«

»Ja, vor allem die Ohren und die Schnauze«, ergänzte Ada.

»Stimmt«, bestätigte Ilda, »die äußerliche Ähnlichkeit ist verblüffend, aber ich meinte eigentlich den Charakter.«

»Seid nicht so gemein, Kinder«, ermahnte Rebecca.

»Entschuldigung«, sagte Ilda, »das hat der Esel wirklich nicht verdient.« Sie tätschelte den Kopf des Tiers. »Natürlich bist du viel hübscher, mein Kleiner.«

»Und schlauer«, fügte Ada hinzu.

»Und er hat die schönere Frisur«, sagte Ilda.

Naru gähnte nur. »Seid ihr fertig?«

»Ein bisschen störrisch ist er allerdings«, sagte Rebecca.

»Wenn er stehen bleibt, flüstere ihm einfach ins Ohr: ›Bitte, bitte, lieber, lieber Esel, du schlaues und überaus freundliches Tier, lauf doch noch ein Stückchen weiter‹«, erklärte Ilda.

»Ich werde mich auf keinen Fall auf diesen Esel setzen«, sagte Naru.

»Dann kommst du eben nicht mit nach Rabenfurt«, entgegnete Elos. »Ist mir auch recht.« Und er ritt los.

Schon saß Naru auf dem Esel. Dieser allerdings bewegte sich kein Stück, bis Ilda ihm einen Klaps auf den Hintern gab und er plötzlich losrannte. Kaum hatten sie jedoch Rebeccas Hof hinter sich gelassen, blieb der Esel wieder stehen, um zu grasen.

»Mach hin, Naru!«, rief Ada. »In der Geschwindigkeit hätten wir auch laufen können.«

»Als ob ich einen Einfluss darauf hätte, was das Tier tut«, murrte ihr Bruder.

Elos brachte den Hengst zum Stehen.

»Probier einfach, was Ilda dir gesagt hat!«, schlug Ada vor.

Ihr Bruder seufzte. »Die hat mich doch nur veralbert!«

»Jetzt mach schon!«

Naru verdrehte die Augen, sagte aber: »Bitte, Esel, lauf!«

Das Tier schien wenig beeindruckt und fraß einfach weiter.

»Siehst du?«, fragte Naru.

»Du hast es auch nicht wirklich so gesagt, wie Ilda gesagt hat, dass du es sagen sollst.«

»Und du hast es auch nicht so gemeint«, sagte Elos. »Der Esel spürt das.«

Wieder seufzte Naru, beugte sich nach vorn und flüsterte dem fressenden Esel ins Ohr: »Bitte, bitte, lieber, lieber Esel, du schlaues und überaus freundliches Tier, lauf doch noch ein Stückchen weiter.«

Tatsächlich hob der Esel den Kopf und schloss in erstaunlichem Tempo zum Pferd auf. Naru, der das nicht erwartet hatte, fiel fast herunter. Als er sich gefangen hatte, rief er freudig: »Es klappt! Es klappt!«

Sein Vater ließ den Hengst wieder traben. Der Esel jedoch bremste am nächsten saftigen Grasbüschel so abrupt, dass Naru fast unfreiwillig über den Kopf abgestiegen wäre, den sein Reittier senkte, um noch mehr zu fressen.

»Naru!«, rief Elos. »Keinen Unsinn machen!«

»Ich mache keinen Unsinn!«, beschwerte sich Naru. »Der Esel hat seinen eigenen Willen.« Wieder beugte er sich nach vorn und flüsterte: »Bitte, bitte, lieber, lieber Esel, du schlaues und überaus freundliches Tier, lauf doch noch ein Stückchen weiter!«

Der Esel hob wieder seinen Kopf und preschte voran. Aber diesmal war Naru vorbereitet und hielt sich gut fest. Ada beobachtete ihn grinsend, doch eigentlich war sie mit den Gedanken schon woanders. Sie versuchte, Ordnung in all die Spuren zu bringen, die sie gefunden hatten.

»Also hat der Zwerg die Uhren verstellt?«, fragte sie ihren Vater. »Um zu sehen, in was sich Oma Martens verwandelt? Oder um an ihr Rache zu nehmen, weil sie ihn so beschimpft hat?«

»Das würde nur Sinn ergeben, wenn er auch Emmett Böses wollte«, erklärte Elos. »Es kann kein Zufall sein, dass der Dorfvorsteher gerade um vier Uhr morgens zu Frau Martens bestellt wurde.«

Stimmt, dachte Ada. Der Zusammenhang war glasklar.

»Das heißt, wer auch immer diese Nachricht geschrieben hat, ist der Mörder?«, fragte sie.

»Sehr wahrscheinlich.«

Naru bettelte abermals: »Bitte, bitte, lieber, lieber Esel, du schlaues und überaus freundliches Tier, lauf doch noch ein Stückchen weiter.«

»Schön, dass du dich am Gespräch beteiligst, Naru«, sagte Elos, als der Esel am Hengst vorbeipreschte.

»Pff«, machte Naru nur.

Ada überlegte wieder. Wie passte der Zwerg in die ganze verzwickte Geschichte? Dann fiel ihr auf, dass es eigentlich ganz einfach war.

»Möglicherweise wollte der Zwerg Emmett ja wirklich Böses«, sagte sie. »Vielleicht wegen der hundert Fredlaffs? Ist es denn so unwahrscheinlich, dass er sie zurückhaben wollte? Oder vielleicht war er wütend wegen der Schmach, die Emmett der starken Frau und damit seinem Spektakel bereitet hat?«

»Hm«, machte Elos.

Ada versuchte es weiter: »Ich glaube, er wollte einfach, dass

Emmett getötet wird, damit er sich danach sein Geld zurückholen konnte.«

Sie überholten Narus inzwischen wieder stehen gebliebenen Esel.

»Aber zu seinem Pech hatte der Schmied das Geld schon geklaut«, sagte Ada.

»Möglich«, murmelte Elos.

»Vater«, sagte Ada, »wenn der Zwerg also eventuell den Mord begangen hat ...«

»... dann könnte es gefährlich werden«, ergänzte Elos nickend. »Wir müssen vorsichtig sein.«

***

Als sie in Rabenfurt ankamen, war der Platz des Jahrmarkts kaum wiederzuerkennen, dabei musste es hier doch auch gestern, am zweiten Abend, von Menschen nur so gewimmelt haben. Jetzt, keine zwölf Stunden später, war über die Hälfte der Buden und Stände schon verschwunden, und der Rest wurde gerade abgebaut. Auch der Zwerg und seine Leute verpackten ihr ganzes Spektakel in ein Dutzend Ochsenkarren. Die Kinder erkannten Ursa, die schwere Kisten schleppte, und Ermira, die mit einem kleinen, von ihr beschworenen Wirbelwind Dreck und Stroh vom Platz fegte.

Ada sprang vom Pferd. Elos stieg ebenfalls ab und band den Hengst an einer Tränke fest. Er warf dem Jungen, der dort saß und ein Auge auf die Tiere hatte, eine Henrietta zu.

»Bitte, bitte, lieber, lieber Esel, du schlaues und überaus freundliches Tier, lauf doch noch ein Stückchen weiter«, sagte Naru. »Nur bis zur Tränke.«

Aber der Esel hatte offensichtlich keine Lust mehr. Er wollte sich jetzt nämlich hinlegen. Also knickte er seine Vorderbeine ein, was Naru nach vorn rutschen ließ. Dann knickte er seine

Hinterbeine ein, und Naru plumpste nicht gerade elegant von ihm herunter.

»Na, fein. Dann bleib halt hier!«, murrte er und rappelte sich auf. Da stand auch der Esel wieder auf, trabte zur Tränke und steckte seinen Kopf hinein.

»Naru, was machst du denn da?«, rief Ada. »Du kannst doch nicht einfach das schmutzige Wasser saufen.«

»Haha«, sagte Naru. »Sehr witzig.«

»Oh, Entschuldigung. Ich hatte euch verwechselt.«

»Aber sie sehen sich auch wirklich verdammt ähnlich«, sagte Elos.

»Was habe ich euch eigentlich getan?«, fragte Naru eingeschnappt. »Warum bin ich immer der dumme E ... äh ... Ochse?«

»Der Esel jammert nicht so viel«, erklärte Ada ihrem Vater. »Daran kann man sie unterscheiden.«

»Pah«, machte Naru. »Ich such gleich mal die Frau mit den Zungenzeichen und frag, ob sie noch ein paar Kackhaufen für euch hat.«

Elos winkte die Kinder zu sich. »Spaß beiseite«, sagte er. »Hört zu. Unser großer Vorteil: Hier kennt uns keiner. Die Leute wissen nicht, dass ich Spurenfinder bin. Und das soll auch so bleiben. Gesindel redet nicht gerne mit meinesgleichen. Am besten wäre es darum ...«

»Wenn wir den Mund halten würden«, sagten die Zwillinge gleichzeitig.

»Schlaue Kinder«, sagte Elos. »Denn, ich will euch nicht zu nahe treten, aber ihr beide seid in puncto Geheimhaltung die Schwachstelle von uns dreien.«

Er drehte sich um und schritt auf Ursa und die Windflüsterin zu. Da trat ein Mann wie ein Baum in seinen Weg und rief: »Das gibt's doch gar nicht! Elos von Bergen! Ich fasse es nicht! Wie lange haben wir uns nicht mehr gesehen!«

Alle Umstehenden gafften, als der Mann Elos umarmte. Dieser ließ es seufzend über sich ergehen.

Der kräftige Mann mit dem gutmütigen, aber nicht sonderlich gescheiten Gesicht wandte sich um und rief begeistert: »Hey, Leute! Das ist Elos von Bergen! Wisst ihr, dass hier gerade der größte Spurensucher des ganzen Königreichs unter uns ist?«

»Spurenfinder«, murmelte Elos.

»Mensch, ich fasse es nicht ...«

»Hallo, Gunter.«

Gunter blickte auf Ada und Naru herab. »Sind das deine Kinder?«, fragte er.

Elos nickte.

»Euer Vater hat mir einmal das Leben gerettet!«, sagte Gunter.

»Etwas, das ich schon oft bereut habe«, erwiderte Elos.

Gunter lachte und schlug ihm auf die Schulter. »Nie um einen Scherz verlegen!« Er wandte sich an die Kinder. »Ich hing schon fast am Galgen, da hat euer Vater den Statthalter von Rabenfurt überzeugt, dass der Mord am Schnapsbrenner sehr raffiniert gewesen war, ich also unmöglich der Mörder sein konnte.«

»Sie meinen, Vater hat nachgewiesen, dass Sie zu dumm für den Mord waren?«, fragte Naru. Ada stupste ihren vorlauten Bruder beschämt in die Seite.

Aber Gunter lachte nur gutmütig. »Ja, so in der Art!« Er drehte sich noch mal um und rief: »Elos von Bergen, Leute! Ich fasse es nicht. Die Welt ist klein.«

Der Spurenfinder rollte mit den Augen. Ada riskierte einen flüchtigen Blick auf die Artisten. Ursa und die Windflüsterin beäugten Elos kritisch. Ermira sagte etwas, und Ursa nickte finster.

»Und bist du schon wieder auf einer heißen Spur?«, fragte Gunter verschwörerisch.

»Nun ja«, sagte Elos, der ebenfalls aus den Augenwinkeln beobachtete, wie die beiden Artistinnen miteinander tuschelten, »ich fürchte, sie wird von Minute zu Minute kälter.«

»Du weißt ja, wenn ich dir irgendwann mal behilflich sein kann …«, begann Gunter. »Ich würde mich so gerne erkenntlich zeigen.«

»Hm«, machte Elos. Er blickte sich um. »Siehst du den Mann mit der schwarzen Mütze, der diese große Narbe an der Wange hat?« Er zeigte auf eine Gestalt nicht weit von ihnen, die einen Stoffballen über den Marktplatz trug.

Gunter nickte.

»Folge ihm«, sagte Elos. »Aber möglichst unauffällig! Er darf auf keinen Fall merken, dass er beobachtet wird.«

»Wird gemacht! Du kannst dich auf mich verlassen«, flüsterte Gunter und setzte zur Verfolgung an. Dabei drehte er sich noch einmal um und winkte Elos und den Kindern.

»Wer ist der Mann mit der Narbe?«, fragte Ada leise.

»Keine Ahnung«, flüsterte Elos. »Jemand, der Gunter hoffentlich weit weg von hier führt.«

»Übrigens«, sagte Naru. »Wir wollen dir nicht zu nahe treten …«

»Aber wir glauben, in puncto Geheimhaltung …«, ergänzte Ada grinsend.

»… bist du die Schwachstelle von uns dreien«, sagten die Zwillinge im Chor.

»Zugegeben«, seufzte ihr Vater. Er blickte resigniert zu Ursa, die stumpf zurückstarrte und überhaupt nicht so aussah, als sei sie an einem Gespräch mit einem Spurenfinder interessiert. Elos wandte sich ab. »So hat es keinen Wert«, sagte er leise zu den Kindern. »Kommt mit.«

In der Hoffnung, an anderer Stelle ein paar Artisten zu begegnen, die Gunters großen Auftritt verpasst hatten, führte er die Zwillinge in einem weiten Bogen um den halben Marktplatz herum.

Tatsächlich sahen sie dort Saphira, die rothaarige Feuerläuferin, und Yuval, den Wasserflüsterer, die so sehr miteinander beschäftigt waren, dass sie wahrscheinlich sogar verpasst hätten, wenn Jespa persönlich mit einem Donnerschlag auf dem Marktplatz von Rabenfurt aufgetaucht wäre. Die beiden standen vor ihrem Ochsenwagen und küssten sich leidenschaftlich.

»Gegensätze ziehen sich an ...«, murmelte Naru.

»Es ist wie bei dir und Ilda«, flüsterte Ada.

»Wie meinst du das?«

»Nun, sie ist schlau, du bist doof, sie ist hübsch, und du ...«

»Ja, ja. Sehr witzig.«

»Danke.«

Elos ging ein paar Schritte auf die Artisten zu und machte sich durch ein Räuspern bemerkbar. Die beiden Liebenden wandten sich ihm zu.

»Verzeihen Sie die Störung ...«

»Was wollen Sie?«, fragte Saphira.

»Wir sind ganz große Bewunderer Ihrer Kunst«, sagte Elos. »Gestern hatten wir das Vergnügen, Ihrem Spektakel beiwohnen zu dürfen ... wirklich beeindruckend.«

»Danke«, sagte der Wasserflüsterer zurückhaltend.

»Aber eine Frage habe ich mir gestellt«, sagte Elos. »Die gute Ursa ... Ist sie schon oft besiegt worden? Ihre Niederlage war doch inszeniert, um den Dorfvorsteher gut dastehen zu lassen, was?«

Die Feuerläuferin lachte trocken. »Sicher nicht.«

»Ursa hat zuvor noch keinen einzigen Kampf verloren«, sagte der Wasserflüsterer. »Der Direktor musste sie mit scharfen Worten davon abhalten, dem Kerl nicht noch auf dem Jahrmarkt den Kopf abzureißen. Hab sie noch nie so geknickt gesehen.«

»Hm«, machte Elos.

»Ich will nicht unfreundlich sein«, sagte Saphira, »aber Yuval und ich haben hier zu tun ...«

»Das haben wir gesehen«, sagte Elos lächelnd, »und wir wollen Sie gar nicht stören, ist es doch die schönste Sache der Welt. Nur eine kleine Angelegenheit würden wir gerne noch klären ...«

»Unser Dorfvorsteher ist letzte Nacht ermordet worden«, sagte Naru laut, »und wir glauben, dass *Sie* dahinterstecken!«

Elos schlug sich mit der Hand gegen die Stirn.

»Was? Wie bitte?«, fragte Saphira.

Elos wandte sich zu Naru. »Was in Jespas Namen tust du da?«

»Ich dachte, das wäre unsere Methode«, flüsterte Naru.

»Was?«, zischte sein Vater aufgebracht.

»Wir beschuldigen einfach alle Leute des Mordes, um sie gesprächig zu machen«, flüsterte Naru.

»Nein, das tun wir nicht!« Elos wandte sich an die beiden Artisten. »Entschuldigen Sie, wir müssen hier etwas klären!« Er zog Naru und Ada ein paar Schritte nach hinten.

»Aber du tust das doch auch immer!«, empörte sich Naru.

»Ja, aber nur, wenn ich glaube, dass diese Person irgendeine andere Straftat begangen hat«, sagte Elos. »Sonst ergibt es ja gar keinen Sinn.«

Naru nickte. »Ah so. Verstehe.«

Sie traten wieder zu den beiden Artisten.

»Wir verdächtigen Sie doch nicht«, sagte Naru.

Die Feuerläuferin blickte ihn an, als käme er von hinter den Ewigen Bergen und rede völlig unverständliches Kauderwelsch.

Elos seufzte.

»Was wollen Sie wirklich von uns?«, fragte der Wasserflüsterer.

»Wir wollen Ihnen nur ein paar Fragen über den Zwerg stellen«, sagte Ada.

»Was für Fragen?«, wollte Saphira wissen.

»Nun, zum Beispiel haben Sie ja vielleicht mitbekommen,

wann Ihr Direktor von seinem nächtlichen Ausflug zurückkam«, sagte Elos.

»Sie meinen Kramspat? Was geht Sie das an?«

»Wenn Sie es mir nicht erzählen wollen«, sagte Elos und zog einen goldenen Fredlaff aus Emmetts Beutel, »möchten Sie es vielleicht unserem König erzählen?«

Saphira schüttelte den Kopf, aber Yuval nahm die Münze.

»Ich konnte nicht gut schlafen«, sagte er. »Die Nacht der *Alb*träume. Sie wissen schon. Deshalb war ich früh wach. Irgendwann hörte ich seltsame Geräusche. Da habe ich durch das Loch in der Plane gelinst und jemanden Kleines gesehen. Könnte Kramspat gewesen sein.«

»Und zu welcher Zeit?«

»Kurz vor fünf wahrscheinlich. Jedenfalls war die Sonne noch nicht aufgegangen ...«

»Hör auf, Yuval«, sagte die Feuerläuferin. »Wir reden nicht mit Schnüfflern.«

Der Wasserflüsterer zuckte mit den Schultern. »Ich rede nicht mit dem Schnüffler. Ich rede mit dem König.«

»Vielleicht würden Sie dem König ja auch etwas über diesen Mann erzählen«, sagte Elos und zog eine weitere Münze aus dem Beutel. »Naru. Zeig das Bild.«

Naru zog eine Zeichnung aus seiner Jackentasche und faltete sie so auf, dass die beiden Artisten sie sehen konnten. Diese zuckten erschrocken zurück.

»Was zum Henker ist das?«, fragte der Wasserflüsterer.

»Das ist das Falsche!«, zischte Ada ihren Bruder an.

Naru drehte das Bild um. Es war seine erste, verworfene Zeichnung des Monsters. »Oh, Entschuldigung«, sagte er und kramte in seiner anderen Jackentasche nach der Zeichnung des Nektarhändlers, die er nach Adas Angaben angefertigt hatte. Er fand sie und zeigte sie den Artisten.

»Schon mal gesehen?«, fragte Elos.

»Sieht aus wie eine Nektarnase«, sagte die Feuerläuferin.

»Ich glaube …«, begann der Wasserflüsterer, aber da wurde er unterbrochen.

»Was ist hier los?«, fragte der Zwerg, der mit Ursa im Schlepptau ins Gespräch platzte.

»Wir suchen diesen Mann«, sagte Elos und zeigte dem Direktor Narus Zeichnung.

»Wir reden nicht mit dreckigen Schnüfflern«, zischte der Zwerg.

»Dann haben wir ja Glück«, sagte Elos, »denn wir sind keine dreckigen Schnüffler.«

»Wir sind sogar extrem sauber«, sagte Ada. »Also zumindest Vater und ich.«

»Elos von Bergen ist das!«, sagte Ursa.

»So, so«, brummte der Zwerg. »Der berühmte Spurensucher.«

»Finder«, korrigierte Elos.

»Wir reden auch nicht mit berühmten Schnüfflern.«

»Sie können auch zuhören und nicken oder den Kopf schütteln, wenn Ihnen das Reden so sehr missfällt.«

Der Zwerg grunzte.

»Der Mann, den wir suchen, ist des Mordes verdächtig«, fuhr Elos fort. »Und auf seine Ergreifung steht eine ordentliche Belohnung.«

Davon hörte Ada zum ersten Mal. Wahrscheinlich war es gelogen. Aber das wusste der Zwerg natürlich nicht. Er grapschte nach der Zeichnung und betrachtete sie eingehend.

»Wie hoch ist die Belohnung?«

»Am besten wir besprechen das ganz in Ruhe bei einem guten Schluck«, sagte Elos und zog die Flasche Kräuterlikör, die er bei Titus Grünspecht erworben hatte, aus seiner Umhängetasche.

»Kommen Sie mit«, sagte der Zwerg schlecht gelaunt. Dann wandte er sich an die beiden Artisten. »Und ihr hört gefälligst auf mit der Knutscherei und beladet euren Karren. Ich will nicht am Jespa-Fest noch hier sein.«

***

Sie saßen im letzten Zelt, das noch auf dem Marktplatz stand. Es stellte wohl so etwas wie die Geschäftsräume des Zwergs dar, und es mochte für diesen ausreichend groß sein, aber Elos musste auf dem Boden sitzen, um nicht mit dem Kopf an die Plane zu stoßen. Er nahm einen kräftigen Schluck aus der Likörflasche und reichte sie dann dem Zwerg, der ebenfalls trank.

»Nicht schlecht«, murrte dieser in widerwilliger Anerkennung und gab die Flasche nicht wieder zurück.

»Also«, fragte Elos. »Haben Sie den Mann auf dem Bild schon mal gesehen?«

»Vielleicht«, sagte der Zwerg. »Seinesgleichen sicherlich. Diese Art Gesindel taucht immer auf, wo viele Menschen zusammenkommen. Manch einer reist uns sogar hinterher.«

»Hm«, machte Elos. »Dieser Kerl auch?«

Der Zwerg zuckte mit den Schultern. »Ich glaube, ich habe ihn schon öfter gesehen. Aber ehrlich gesagt, sehen diese Nektarnasen doch alle gleich aus.« Er stand auf, nahm einen weiteren kräftigen Zug aus der Likörflasche und brummte: »War's das?«

»Eine Frage hätte ich noch«, sagte Elos. »Was haben Sie gestern Nacht in Friedhofen getrieben?«

Die Gesichtszüge des Zwergs verhärteten sich. Er blickte den Spurenfinder düster an, dann zischte er: »Ich würde Ihnen empfehlen, meine Gastfreundschaft keinen Augenblick länger in Anspruch zu nehmen, wenn Sie nicht wollen, dass ich Ursa rufe, damit sie jeden Ihrer Knochen einzeln bricht.«

Elos blickte ihn ruhig an. »Sehen Sie«, sagte er. »Irgendwie habe ich diese Art Gastfreundschaft vorhergesehen.« Er zog eine leere Ampulle aus seinem Beutel. »Deswegen habe ich etwas Gift in den Likör gemischt. Einem Menschen würde ich noch eine Stunde Lebenszeit geben, aber bei Ihrer Statur ist es vielleicht nur eine halbe.«

Der Zwerg taumelte zurück auf seinen Stuhl. Die Flasche rutschte aus seiner Hand und zerschellte auf dem harten Boden. »Aber ... aber ... Sie haben doch auch davon getrunken.«

»Schon«, sagte Elos und zog eine zweite Ampulle hervor, die noch etwas grüne Flüssigkeit enthielt. »Allerdings habe ich heute früh das Gegengift getrunken.«

Der Zwerg sprang auf und wollte nach der Ampulle greifen, doch Elos warf sie zu Naru, der sie behände auffing.

»Na, na, na«, sagte der Spurenfinder. »Sie setzen sich jetzt wieder ganz ruhig hin und beantworten meine Fragen, sonst könnte es sein, dass dem Jungen die Glasampulle auf den Boden fällt. Das wäre doch schade.«

»Vor allem für Sie«, ergänzte Naru. Er hielt das wertvolle Gegengift nur zwischen Daumen und Zeigefinger und wackelte damit herum.

Niedergeschlagen setzte sich der Zwerg.

»Sehen Sie das Mädchen?«, fragte Elos und deutete auf Ada. »Sie scheint vielleicht nicht der hellste Stern am Firmament zu sein …«

Ada drückte ihren Protest durch ein lautes Räuspern aus.

»… aber sie ist eine Sensa«, fuhr Elos fort. »Ich nehme an, Sie wissen, was eine Sensa kann. Sie haben auf den Jahrmärkten dieser Welt sicherlich oft genug welche getroffen.«

»Sie kann anderer Leute Gefühle spüren.«

Ada nickte und war zugleich einigermaßen erstaunt darüber, was sie angeblich alles konnte. Ihr Vater dachte sich mal wieder einen ungeheuren Blödsinn aus, und sie musste mitspielen.

»Ich habe dieses Mädchen, seit sie ein Kleinkind war, darauf trainiert, all die Gefühle zu erspüren, die mit einer Lüge einhergehen«, erklärte Elos.

»Wie einen kleinen Hund hat er sie trainiert«, bestätigte Naru.

Ada knuffte ihren Bruder.

»Also, Herr Direktor«, sagte Elos. »Ihnen bleibt nicht mehr viel Zeit, darum schlage ich vor: kurze Fragen, kurze Antworten.«

Der Zwerg nickte widerwillig.

»Waren Sie gestern Nacht in Friedhofen?«

»Nein!«, behauptete der Zwerg.

Elos blickte zu Ada.

»Er lügt«, sagte sie.

Der Direktor seufzte. Naru wackelte mit der Ampulle herum.

»Ja«, gab der Zwerg widerwillig zu.

»Was hatten Sie dort zu suchen?«, fragte Elos.

»Ich habe einen alten Freund besucht.«

»Er lügt«, sagte Ada.

Der Zwerg blickte sie grimmig an. »Ich hab mit dem Kräuterhändler gesoffen.«

Ada nickte.

»Er hatte mich zu sich eingeladen, weil er noch ein paar edle Tropfen im Keller hatte ...«

Ada schüttelte den Kopf.

»Sie sind überhaupt kein guter Spurensucher«, grummelte der Zwerg. »Sie schummeln!«

Ada nickte.

»Spurenfinder«, sagte Elos. »Und an Ihrer Stelle würde ich mich etwas beeilen.«

»Der Kräuterhändler hat mir von einem Wandelwesen in Friedhofen erzählt«, gestand der Zwerg. »Ich brauche eines. Also hat er mich hingeführt.«

»Und weiter?«

»Die garstige alte Schachtel hat uns aus dem Haus gescheucht!«

»Und dann?«

»Dann bin ich zurück nach Rabenfurt«, sagte der Zwerg grimmig.

Ada schüttelte den Kopf. Zum Glück wusste sie schon durch den Wasserflüsterer, dass der Direktor wohl erst um fünf Uhr morgens heimgekehrt war.

»Könnte es nicht sein, dass Sie noch versucht haben, Ihre hundert goldenen Fredlaffs zurückzuerlangen?«, fragte Elos.

Der Zwerg sagte nichts.

Wieder wackelte Naru mit der Ampulle. Dabei fiel sie ihm wie aus Versehen aus der rechten Hand, bevor er sie mit der linken geschickt auffing. Doch für den Bruchteil einer Sekunde war das blanke Entsetzen ins Gesicht des Zwergs getreten.

»Verdammt noch mal«, fluchte er. »Mag sein, dass mir der Kräuterhändler erzählt hat, wo der Kotzbrocken wohnt, der meine

Ursa durch Tanzen besiegt und mir mein Gold abgeluchst hat. Mag sein, dass ich vorbeigeschlichen bin, nur um die Lage auszukundschaften. Aber es brannte noch Licht. Es war kalt, es war dunkel. Also kehrte ich um.«

»Hm«, machte Elos. »Es war also nicht so, dass Sie die Uhren bei Frau Martens verstellten und Emmett Freling in eine tödliche Falle lockten, um Ihr Gold zurückzubekommen?«

Naru verdrehte seine Augen. Vater machte es schon wieder. Warum durfte Elos wahllos Leute des Mordes beschuldigen, aber Naru nicht? Das war nicht gerecht.

»Man kann mir viel unterstellen«, rief der Zwerg, »aber noch nie habe ich einen Menschen getötet!«

Ada war sich unsicher, was sie tun sollte. Einem Impuls folgend, schüttelte sie den Kopf.

»Nekranstochter!«, rief der Zwerg. »Na gut. Vielleicht habe ich schon einen Menschen getötet. Aber diesen nicht.«

Erneut hatte Ada keine Ahnung, wie sie reagieren sollte. Elos kam ihr zu Hilfe, indem er sofort weiterfragte: »Und doch verheimlichen Sie uns etwas!«

»Ich ...«, der Zwerg wand sich wie unter Schmerzen. »Ich ...«

Naru schüttelte die Ampulle, machte erneut seinen Trick, ließ das kleine Fläschchen wie aus Versehen aus seiner rechten Hand fallen. Nur rutschte es ihm diesmal leider durch die linke. Augenblicklich war es völlig still, sodass alle laut und deutlich das Zerschellen der Ampulle auf dem Kopfsteinpflaster hörten. Der Zwerg starrte fassungslos auf die kleine Pfütze grüner Flüssigkeit, die schnell versickerte.

»Es tut mir leid«, jammerte Naru. »Es tut mir leid!«

»Du hast den Zwerg umgebracht!«, rief Ada entsetzt.

Elos schlug sich mit der flachen Hand gegen die Stirn.

»Sagen Sie mir, dass Sie noch mehr von dem Gegenmittel haben«, flehte der Zwerg.

Elos seufzte. »Ich habe eine gute und eine schlechte Nachricht«, sagte er. »Die schlechte ist, dass ich leider kein Gegenmittel mehr habe.«

Der Zwerg sackte in sich zusammen.

»Die gute Nachricht ist, dass Sie auch keines brauchen, da der Likör nicht vergiftet war.«

Der Spurenfinder stand auf. Die Kinder folgten seinem Beispiel.

»Was?«, rief der Direktor. »Was sind das für üble Tricks! Sie sind der schäbigste Spurensucher, von dem ich je gehört habe.«

»Aber Sie haben von ihm gehört«, sagte Ada nicht ohne Stolz.

»Ist das Mädchen überhaupt eine Sensa?«

»Nun ja ...«, sagte Elos.

»Ursa!«, rief der Zwerg. »Ursa!«

Plötzlich hatte Elos seine kleine geladene Armbrust in der Hand. Ada hatte gar nicht bemerkt, dass er sie aus der Tasche geholt hatte.

Der Zwerg starrte grimmig auf die Waffe. »Zwergenarbeit«, murrte er.

»In der Tat«, sagte Elos. »Klein, leicht, aber kräftig und äußerst präzise. Und die Pfeilspitzen sind wirklich vergiftet.« Er wandte sich an seine Kinder. »Es wird Zeit, dass wir gehen. Wir wollen Herrn Kramspats Gastfreundschaft nicht überstrapazieren.«

Sie verließen das Zelt des Direktors und sahen sofort Ursa, die bereits auf sie zustapfte. Also liefen sie schnellen Schrittes weg von den Ochsenkarren des Spektakels auf den belebten Marktplatz.

»Wenn du doch nur wirklich spüren könntest, ob jemand lügt«, keuchte Naru. »Dann wüssten wir jetzt Bescheid.«

»Wenn du doch nur wirklich etwas mit deiner linken Hand auffangen könntest, was du mit deiner rechten Hand fallen lässt ...«, murrte Ada.

»Vergossene Milch, Kinder«, sagte Elos. »Es lohnt nicht, sich darüber aufzuregen.« Er wandte sich nach rechts und stieß mit einer großen haarigen Brust zusammen.

»Elos von Bergen!«, dröhnte der Kerl, dem diese gehörte.

»Gunter!«, sagte der Spurenfinder. »Genau der Mann, den ich gesucht habe.«

Die Kinder blickten zurück zu den Ochsenkarren und sahen, wie der Wasserflüsterer und die Feuerläuferin beschwichtigend auf den Zwerg einredeten. Dieser blickte immer noch grimmig, rief Ursa aber zurück, und die starke Frau ließ von der Verfolgung ab.

»Dieser Mann ist wirklich der größte Spurenfinder des ganzen Königreichs!«, verkündete Gunter den Umstehenden und klopfte Elos auf die Schulter. Etwas leiser fragte er: »Woher zum Henker wusstest du, was der Kerl mit der Narbe vorhatte? Es war unglaublich! Ich schlich ihm hinterher, ganz heimlich, so wie du gesagt hast, und erst verhielt er sich ganz normal, aber dann plötzlich, vor der Filiale der Schwarzburg-Bank, zog er sich sein Halstuch übers Gesicht, sodass man nur noch seine Augen sah. So ging er ins Geldhaus! Und während er dies tat, ließ er den vorgeblichen Stoffballen fallen, den er bei sich trug. Dieser entpuppte sich als nur eine dünne Lage, und darunter hatte er eine geladene Armbrust! Aber ich griff mir den Krückstock von einem Bettelmann, der am Eingang der Bank stand, schlich hinter dem Halunken her, und er hatte kaum ›Hände hoch!‹ gesagt, da traf ich ihn mit dem Krückstock auf den Hinterkopf. Mit ordentlich Wumms! Du kennst mich ja. Der Verbrecher ging in die Knie, und dann kam der Bankier, und zusammen haben wir den Kerl überwältigt und gebunden, und der Bankier sagte: ›Wie kann ich Ihnen nur danken?‹ Und ich sagte natürlich: ›Danken Sie nicht mir! Danken Sie Elos von Bergen!‹«

»Hm«, machte Elos. »Eine wirklich ganz erstaunliche Geschichte.«

»Nicht wahr? Zehn Fredlaffs hat er mir zur Belohnung gegeben«, sagte Gunter. »Aber die gehören natürlich dir.« Er präsentierte Elos die Münzen.

»Behalte sie, Gunter«, sagte Elos. »Ich habe weniger Verdienst, als du mir zubilligst.«

»Kann ich dir sonst noch irgendwie helfen?«

Elos überlegte kurz. »Naru, gib Gunter deine Zeichnung des Nektarhändlers.«

Naru kramte das Bild hervor, und dieses Mal überprüfte er auch vorher, ob er das richtige zeigte.

»Vielleicht wärst du so liebenswürdig, dieses Bild dem Statthalter von Rabenfurt zu übergeben«, sagte Elos. »Wenn es ihm gelänge, dieses Mannes habhaft zu werden, würde ich gerne einmal mit ihm sprechen.«

»Was hat er angestellt?«, fragte Gunter.

»Nun, es geht um den Mord am Dorfvorsteher von Friedhofen.«

»Und dieser Kerl hat es getan?«

»Das weiß ich nicht.«

»Das heißt, vielleicht ist er auch unschuldig?«

»Wahrhaft unschuldig ist er sicher nicht«, sagte Ada.

Gunter nickte. »Darf ich euch vielleicht vorher noch auf einen Schnaps einladen?«, fragte er. »Also natürlich die Kinder nur auf ein Bier oder einen Wein ... einen äh ... einen Kaffee ... oder einen kleinen Eierlikör ...«

»Ich fürchte, wir müssen das an einem anderen Tag ...«, begann Elos, da lief ein Esel an ihnen vorbei. Er hatte einen Apfel im Maul und trug eine alte löchrige Mütze mit einem Schleifchen. Ein paar Schritte entfernt blieb er stehen und starrte Naru an.

»Ist das unser Esel?«, fragte Ada.

»Naru«, fragte Elos. »Hast du den Esel angekettet?«

»Ja«, sagte Naru. »Also, ich meine nein. Ich hatte das Gefühl, er wollte nicht.«

In Wahrheit hatte er es natürlich vergessen.

Elos seufzte.

»Du hast doch den Jungen bezahlt, damit er aufpasst«, versuchte Naru sich rauszureden.

»Aber der Junge fühlt sich offensichtlich nicht verantwortlich, wenn irgendein Esel seinen Esel nicht anbindet«, stichelte Ada. »Ist euch übrigens aufgefallen, wie schick er sich gemacht hat? Mit Mütze und Schleife!«

»Nun ja, so oft kommt er bestimmt nicht in die Stadt …«, sagte Elos.

»Der Vorteil ist, jetzt kann man ihn besser von Naru unterscheiden! Der Esel hat eine Mütze auf, Naru nicht.«

»Bitte, bitte, lieber, lieber Esel, komm doch zu Herrchen zurück«, rief Naru, woraufhin der Esel davongaloppierte.

»Also, Gunter«, sagte Elos. »Vielleicht könntest du uns noch bei einer weiteren klitzekleinen Sache helfen. Siehst du diesen Esel? … Nein, ich meine nicht den Jungen. Ich meine das Tier …«

Während sie an einem Stand mit gegrillten Maiskolben darauf warteten, dass Gunter mit dem Esel zurückkehrte, grübelte Elos vor sich hin. Die Kinder kannten diese Phasen bei ihrem Vater und störten ihn nicht. Sie waren in einer Sackgasse. Irgendetwas Geheimnisvolles ging hier vor, da war sich Ada sicher, aber nach dem Streit gerade würde der Direktor dafür Sorge tragen, dass keiner mehr vom Spektakel mit ihnen reden würde. Als ob er ihre Gedanken lesen könnte, sagte ihr Vater schließlich: »Hier kommen wir nicht weiter.«

Er blickte seine Kinder an. »Dann reiten wir wohl nach Syndrakos. Wir werden Emmetts Trauerfeier verpassen. Aber unsere

Anwesenheit würde ihm eh nicht helfen. Besser, wir fangen seinen Mörder.«

»Wieso reiten wir nach Syndrakos?«, fragte Ada.

Elos schien die Frage zu verblüffen. »Das ist doch geradezu offensichtlich! Wir müssen herausfinden, wer Emmett wirklich war. Wenn wir das wissen, finden wir auch den Mörder!«

»Ja, genau«, sagte Naru zu seiner Schwester. »Mir war auch schon sehr lange klar, dass wir nach Syndrakos reiten müssen.«

»So?«, fragte Ada. »Dann erzähl mir mal, wie du darauf gekommen bist.«

»Äh ...«, sagte Naru. »Ein echter Spurenfinder hat das im Gefühl.«

»Und außerdem sind ihm natürlich die ganzen Hinweise aufgefallen«, sagte Elos. »Wie zum Beispiel ...«

»Nun ja«, sagte Naru. »Es ist ja wohl allgemein bekannt, dass Leute aus Syndrakos ... äh ... ein Geheimversteck im Zwischenboden haben.«

»Zumindest bewahren nur Leute aus Syndrakos in ihrem Geheimversteck ...«

»... einen Drachenring auf!«, rief Ada. »Natürlich! Das Wappentier! Warum bin ich da nicht selbst draufgekommen?!«

Narus Gesicht leuchtete auf. »Ich verstehe!«, rief er. »Und die Sensa hat ihm einen Drachen als Zungenzeichen gegeben! Irgendwas an ihm schien sie an Syndrakos erinnert zu haben.« Er unterdrückte seine Begeisterung. »Also ... so bin ich draufgekommen, meine ich.«

Elos kramte in seinem Beutel und zog Emmetts Ring hervor. »Es ist nicht so, dass alle Menschen in Syndrakos mit so einem hübschen Ding am Finger herumlaufen. Er ist sicherlich den Mitgliedern und Verwaltern des Herrscherhauses vorbehalten.«

»Vielleicht hat Emmett den Ring gestohlen«, mutmaßte Naru.

»Möglich«, sagte Elos. »Doch ganz gleich, ob er den Ring nun gestohlen hat oder der rechtmäßige Besitzer war ... Die Spur führt nach Syndrakos. Erinnert euch an den Kampf, den sich Emmett mit Ursa geliefert hat.«

Ada fielen die Worte wieder ein, die ihr Vater damals gemurmelt hatte. »Der Tanz der zwei Schwerter«, sagte sie.

»Korrekt. Diese Art zu kämpfen wird meines Wissens nur in Syndrakos gelehrt.«

»Vielleicht kann uns Arschibald Wurstfinger etwas über Emmett erzählen«, sagte Naru.

»Wer?«, fragte Ada.

»Der Waffenschmied mit den Initialen A. W.!«, sagte Naru. »Du erinnerst dich? Oder weißt du nicht, was Initialen sind?«

Ada verdrehte die Augen. Dann ignorierte sie ihren Bruder und wandte sich an ihren Vater: »Du weißt nicht zufällig, wer A. W. ist?«

»Nein«, sagte Elos kopfschüttelnd. »Aber man muss nicht alles wissen. Man muss nur wissen, wer es weiß.«

»Und das weißt du?«

»Ich habe da eine alte Freundin. Niemand kennt sich besser mit Waffen aus als sie. Und wie es das Schicksal will, liegt ihre Burg nicht weit der Straße nach Syndrakos. Sie ist nur leider etwas ... nun ja ... verrückt.«

MINNA VON TALHEIM

Elos und die Zwillinge folgten der alten imperialen Kopfsteinpflasterstraße, die nach Alonia und zur Grenze führte. Das Land wurde langsam hügeliger. In der Ferne konnte man schon erste Berge erspähen.

Der Esel trug immer noch seine löchrige Mütze mitsamt Schleife. Der Scherzbold, der ihm diese in Rabenfurt aufgesetzt hatte, würde bestimmt herzlich lachen, wüsste er, dass das Tier mit seiner kleidsamen Kopfbedeckung bis nach Syndrakos reiste.

»Wir haben einen sehr sonnigen Herbst«, sagte Elos. »Der Esel wird sich noch drüber freuen.«

»Außerdem steht ihm die Mütze einfach hervorragend«, meinte Ada.

»Bitte, bitte, lieber, lieber Esel, du schlaues und überaus freundliches Tier, lauf doch noch ein Stückchen weiter«, flüsterte Naru seinem Reittier ins Ohr. Mürrisch hob dieses den Kopf und trabte ein paar Schritte.

»Ich werde übrigens auf gar keinen Fall den ganzen Weg auf dem Esel reiten!«, rief Naru. »Ich finde, wir sollten alle durchwechseln. Ihr müsst auch mal auf den Esel. Und zwar nicht nur Ada, auch du, Vater.«

»Aber ihr versteht euch doch so gut«, sagte Ada. »Ich glaube, du hast endlich einen Freund gefunden.«

»Ja, wir wollen uns nicht dazwischendrängen«, fügte Elos hinzu. »Außerdem muss ich von Eselshaaren niesen.«

»Das hast du dir doch gerade ausgedacht«, sagte Naru.

»Möglich. Sagen wir einfach, es wäre nicht mein Stil.«

Naru verdrehte die Augen. »Habe ich schon erwähnt, dass ich Hunger habe?«, fragte er.

»Ich muss mal«, sagte Ada.

Elos seufzte und brachte den Hengst zum Stehen. Seine Tochter sprang vom Pferd und lief hinter ein Gebüsch.

»Hast du was zu essen dabei?«, fragte Naru.

Elos griff in die Satteltasche, holte eine Karotte hervor und warf sie seinem Sohn zu. Doch noch bevor dieser sie fangen konnte, reckte der Esel seinen Kopf in die Höhe und schnappte sich die Möhre aus der Luft.

»Toll«, sagte Naru genervt. Dann grummelte er: »Ich mag eh keine Karotten.« Das wiederum brachte ihn auf eine Idee. Beherzt sprang er vom Esel und griff sich einen langen Stock, der unter einem Baum neben der Straße lag. »Hast du Schnur?«, fragte er.

»Wieso sollte ich denn *Schnur* haben?«, fragte sein Vater. »Was soll ich denn mit *Schnur?*«

»Ich hab Schnur«, sagte Ada, die gerade hinter einem Busch hervorkam. Sie holte ein Stück Bindfaden aus der Jackentasche und gab es ihrem Bruder.

»Was du vorhast, wird nicht funktionieren«, sagte Elos. »Aber da es das Vorrecht der Jugend ist, ihre eigenen Fehler machen zu dürfen …« Er griff in die Satteltasche und reichte seinem Sohn eine weitere Karotte.

Naru band die Schnur an den Stock und die Karotte an die Schnur, ganz so wie man einen Wurm an einer Angel befestigt hätte. Dann stieg er auf den Esel und ließ die Karotte vor dessen Maul baumeln. Tatsächlich schnappte der Esel nach der Möhre und begann, da er sie nicht erreichen konnte, immer schneller zu laufen.

»Es funktioniert!«, rief Naru. »Es funktioniert!«

»Hm«, machte Elos.

Der Esel legte ein Tempo vor, das man ihm bisher nicht zugetraut hätte.

Ada beeilte sich, aufs Pferd zu kommen, doch Elos ließ es nur traben.

»Schneller!«, sagte Ada. »Er läuft uns davon!«

»Macht mal hin!«, rief Naru. »So lahm, wie ihr euch bewegt, brauchen wir ja ewig bis nach Syndrakos.« Mit diesen Worten verschwand er um den nächsten Hügel und war außer Sicht.

»Was machst du denn?«, fragte Ada ihren Vater, dessen Gemütlichkeit unerschütterlich schien. »Treib das Pferd an!«

»Ich sehe keinen Grund, das arme Tier zu hetzen«, sagte Elos. Gemächlich trabten sie um die Kurve, und dort stand der Esel und fraß Gras. Er hatte offensichtlich keine Lust mehr, der Karotte am Strick hinterherzulaufen.

»Ich weiß nicht, was plötzlich das Problem ist«, maulte Naru, der die Karotte immer wieder vor der Nase des Esels hin und her wackeln ließ.

»Ich glaube«, sagte Ada grinsend, »dein Freund fühlt sich veralbert.«

Elos nickte. »Vielleicht solltest du dich entschuldigen.«

Naru entschuldigte sich in aller Form, der Esel lief aber erst weiter, als ihm Naru auch noch die Karotte reichte.

***

Sie ritten Stunde um Stunde auf der imperialen Straße, aber am Abend bog Elos überraschend auf einen Feldweg ab.

»Wohin willst du?«, wunderte sich Ada.

»Wir übernachten heute Abend bei der alten Freundin, von der ich euch erzählt habe«, sagte Elos.

»Wie alt ist sie denn?«, fragte Naru. »So alt wie du? Oder noch älter?«

»Ungefähr so jung wie ich ...«

Nach einem kurzen Ritt, bei dem sie ein paar Erdaffen aufschreckten, die schnell im nahe gelegenen Wald verschwanden, erreichten sie eine kleine Burgruine. Sie war nicht größer als der Tempel von Friedhofen. Selbst in ihren besten Zeiten hatte sie sicherlich höchstens einem Dutzend Ritter Unterschlupf bieten können. Und diese besten Zeiten waren lange vorbei. Ein wasserloser Wassergraben umschloss das Gebäude. Elos ließ den Hengst halten.

»*Hier* wohnt jemand?«, fragte Naru.

»Hier hat sie auf jeden Fall mal gewohnt«, sagte sein Vater. »Ich habe sie aber schon lang nicht mehr besucht.« Er stieg vom Pferd ab. Die Kinder folgten seinem Beispiel.

»Minna«, rief er mit lauter Stimme. »Minna von Talheim! Bist du zu Hause?«

Die Burg lag still da. Nichts und niemand schien sich im Inneren zu rühren.

»Minna!«, rief Elos ein weiteres Mal.

Dann hörten sie ein Ächzen und Knarzen von altem Holz, und langsam senkte sich die morsche Zugbrücke über den Graben. Elos zuckte mit den Achseln und betrat die wenig Vertrauen erweckende Konstruktion. Die Kinder folgten ihm. Als sie gut die Hälfte der Zugbrücke überquert hatten, öffnete sich plötzlich das Tor der Burg, und ein Ritter in schwarzer Kettenrüstung rannte einen Morgenstern schwingend auf die drei zu. Er trug einen schwarzen Visierhelm und brüllte darunter wie ein Berserker. Die Kinder sprangen erschrocken von der Brücke in den wasserlosen Graben, der, wie sie feststellen mussten, doch nicht ganz wasserlos war, denn sie landeten im Matsch. Ihr Vater aber blieb einfach stehen und wich keine Elle zurück. Direkt vor ihm stoppte der schwarze Ritter abrupt, den Morgenstern zum Schlag erhoben.

»Hallo, Minna«, sagte Elos.

Der Ritter senkte die Waffe und klappte das Visier seines Helmes hoch. Die Kinder sahen das grinsende Gesicht einer Frau im Alter ihres Vaters. Minnas Haut war fast so schwarz wie ihre Rüstung.

»Elos, Elos, Elos«, sagte sie. »Wie lange haben wir uns nicht mehr gesehen? Eine kleine Ewigkeit.«

»Du weißt doch, Minna, je verrückter die alten Freunde werden, desto seltener kommt man zu Besuch.«

Minna fixierte Elos scharf, als überlege sie, ob sie beleidigt sein sollte, dann ließ sie ein gackerndes Lachen hören. »Aber ich war doch schon immer verrückt.«

»Das stimmt.«

Die Zwillinge kletterten über den Matsch murrend zurück auf die Brücke.

»Was führt dich hierher?«, fragte Minna den Spurenfinder. »Und wer sind die Kurzen?«

»Die Kurzen sind Elos und Ada«, sagte Naru und streckte Minna seine Hand entgegen, »und ich heiße Naru.«

»Hocherfreut, mein Herr«, sagte Minna und deutete einen Handkuss an.

»Wie du dir sicher schon gedacht hast, sind das meine Kinder«, sagte Elos. »Wir sind auf der Durchreise und bräuchten ein Nachtlager.«

»Na, dann kommt rein. Kommt rein! Was steht ihr wie Trottel auf der Zugbrücke rum? Unter uns ... Sie ist nicht mehr die stabilste.«

»Aber die Burg ist noch sicher?«, fragte Ada.

Zur Antwort gab Minna ihr gackerndes Lachen von sich. »Sicher ist nur der Tod, Mädchen.« Sie schritt voran durch das Tor der kleinen Burg.

»Die ist ja wirklich verrückt ...«, flüsterte Naru.

»Ja«, erwiderte sein Vater. »Ich werde es noch bereuen, hierhergekommen zu sein. Glaubt ihr bloß nicht alles, was sie erzählt.«

Im Inneren der Burg gab es nur zwei Räume, die Minna ausgebessert hatte und die bewohnbar waren. Eine Küche und ein kleiner Saal mit einer Schlafstätte. An allen Wänden hingen Waffen: Schwerter, Speere, Hellebarden, Keulen, Streitäxte, Dolche, Säbel, Messer, Lanzen, Bögen, Armbrüste, Schleudern, Streitflegel und Kriegshämmer.

Minna hängte den Morgenstern in eine Halterung neben der Tür.

»Ich sehe, du hast deine Sammelleidenschaft nicht verloren«, sagte Elos.

»Im Gegenteil!«, sagte Minna. »Ich habe mehr denn je.« Sie nahm den Helm ab. Die Frau, die zum Vorschein kam, war stark und drahtig, mit recht kurzen dunklen Haaren. »Hilf mir mal rasch.«

Elos half der verrückten Frau, ihr Kettenhemd abzulegen. Darunter trug sie einen grauen Gambeson, ein mehrlagiges, mit Wolle ausgestopftes Kleidungsstück, welches im Kampf die Wucht der gegnerischen Waffe dämpfte.

»Ich hab sogar überlegt, meine Sammlung dem Volk zugänglich zu machen«, sagte Minna, »also so eine Art … wie heißt das noch mal?«

»Ein Museum?«

»Ja, aber die Leute klauen wie die Raben. Deshalb habe ich es lieber nicht gemacht.«

Naru versuchte, einen großen Kriegshammer, der auf dem Boden stand, hochzuheben.

Minna fixierte ihn scharf. »Junge, nur wer ihrer würdig ist, darf diese Waffe führen!«

»Was?«, fragte Naru.

Minna lachte gackernd. »Das war nur ein Scherz. Der gehörte Gernholt, dem Schlächter. Eine unwürdigere Person kannst du dir nicht vorstellen. Aber lass ihn lieber trotzdem liegen, wenn du dir nicht die Zehen brechen willst.«

»Darf ich fragen, warum und wie lange du heute schon in dieser Rüstung steckst?«, fragte Elos.

»Nicht lange«, sagte Minna. »Vielleicht seit dem Frühstück.«

»Es ist Abend«, erwiderte Elos.

Minna zuckte mit den Schultern. »Ich hab nur ein wenig trainiert. Muss in Form bleiben, verstehst du. Es gibt hier nämlich garstige Diebe. Immer wieder wird mir etwas aus meiner Vorratskammer geklaut. Ich hab die Lausbuben aus dem Dorf im Verdacht.«

Sie wandte sich an Naru. »Du bist nicht zufälligerweise einer von diesen dreckigen Dieben, Junge?«

»Äh …«, machte Naru verdutzt.

»Er ist mein Sohn«, sagte Elos.

»Eben, eben«, sagte Minna, als sie die Beinschienen ablegte. »Wie geht's eigentlich meiner kleinen Armbrust?«

»Du meinst meine kleine Armbrust?«, fragte Elos. »Ich hab sie in einer fairen Wette gewonnen.«

»Was denn für eine Wette?«, fragte Ada interessiert.

»Das ist eine lange Geschichte«, wiegelte der Spurenfinder ab.

»Euer Vater und ich haben darum gewettet, wer länger mit drei rohen Eiern jonglieren kann«, sagte Minna.

»Warum das denn?«, fragte Naru.

»Wie gesagt, eine lange Geschichte«, sagte Elos.

»So lang ist die Geschichte gar nicht«, widersprach Minna. »Wir waren jung und betrunken. Damals war euer Vater noch nicht der berühmte Spurenfinder im Dienste seiner hochwohlgeborenen Fredlafftigkeit. Wir waren ...«

»Minna ...«, unterbrach sie Elos. »Nicht.«

Naru war sehr enttäuscht. Er hätte gerne noch mehr gehört, traute sich aber nicht zu fragen.

»Ich hab die süße kleine Armbrust mal einem Zwerg stibitzt«, erzählte Minna. »Saubere Arbeit. Klein, leicht, aber kräftig und äußerst präzise.«

»Was war denn dein Wetteinsatz?«, fragte Ada ihren Vater.

»Ich wollte sein Glotzoskop«, antwortete Minna.

Ada war höchst erstaunt, dass ihr Vater einstmals so leichtsinnig gewesen sein sollte, sein heiß geliebtes Glotzoskop bei einer Wette zu riskieren.

Elos schien ihre Gedanken zu erraten. »Ich konnte wirklich gut jonglieren«, sagte er.

Narus Magen knurrte.

»Ah! Wo bleiben meine Manieren?«, rief Minna. »Ihr müsst bestimmt Hunger haben.« Sie führte die drei in ihre Vorratskammer. »Bedient euch!«

Elos blickte sich um und machte: »Hm.«

»*Hm*st er immer noch so viel?«, fragte Minna die Kinder.

»Es wird täglich schlimmer«, sagte Ada.

Elos und die Zwillinge nahmen sich Brot, Käse, Birnen und Pfirsiche. Minna griff sich eine Schinkenkeule, in die sie einfach so hineinbiss, noch bevor alle am Küchentisch saßen.

»Dir scheint es gut zu gehen«, sagte Elos.

»Ach, du weißt, wie es ist«, sagte Minna schmatzend. »Immer mal kommt was weg, und dann heuern mich die Leute an, es wiederzufinden.«

»Sie sind auch eine Spurenfinderin?«, fragte Ada.

»*Sucherin*«, sagte Elos.

Minna lachte gackernd. »Und manchmal, wenn zu lange nichts verschwindet, dann muss man eben selbst etwas verschwinden lassen. Aber wem erzähle ich das.«

Die Kinder blickten ihren Vater verwundert an.

Der zuckte nur mit den Schultern und klopfte sich mit dem Zeigefinger an die Schläfe. »Minna«, sagte er. »Wir brauchen deine Expertise. Es gilt, den Schmied einer bestimmten Waffe zu finden.«

»So?« Minna war sofort interessiert. »Zeig mal her, das Ding.«

»Wir haben die Waffe oder vielmehr die Waffen nicht dabei. Aber Naru hat das Zunftzeichen abgemalt.«

»Es sind Zwillingsschwerter«, sagte Naru, holte sein Skizzenbuch aus der Jackentasche und reichte es Minna. Mit großen Augen betrachtete diese das Zunftzeichen mit dem Schwert auf dem Amboss und den Initialen A. W.

»Oh! Das kenne ich natürlich!«

»Von wem ist es?«, fragte Elos.

»Ich schlage dir eine faire Wette vor«, sagte Minna. »Wir jonglieren noch mal. Wenn du gewinnst, sage ich dir, wer euer Waffenschmied ist und wo ihr ihn finden könnt.«

»Und wenn ich verliere?«

Minna überlegte nicht lange. »Ich will das Mädchen«, sagte sie.

»Was?«, fragte Ada schockiert.

»Eine Kammerdienerin stünde mir gut zu Gesicht.«

»Das Mädchen steht als Wetteinsatz nicht zur Verfügung«, erklärte Elos.

»Dann den Jungen.«

Elos schien zu überlegen.

»Entschuldige mal!«, rief Naru empört.

»Ich habe einen alten Plattenharnisch«, sagte Minna, »aber wenn ich versuche, diese Rüstung allein anzulegen ... Ich sag dir, da stirbt man lieber am grünen Gesicht. Als Knappe würde mir der Kurze taugen.«

»Hm«, machte Elos. »Nein, der Junge steht auch nicht zur Verfügung.«

»Na gut. Wie wär's hiermit? Wenn du verlierst, bleibst du noch ein paar Tage und fängst den Dieb, der immer wieder meine Vorratskammer ausräubert. Ich wette, es ist einer der dreckigen kleinen Bengel aus dem Dorf.«

»Ja, das sagtest du bereits. Ich bin einverstanden.« Elos nickte und reichte Minna feierlich die Hand.

Nach dem Essen räumte Minna nicht ab, sondern ging gleich in die Vorratskammer und holte sechs Eier. Sie warf Elos drei davon zu, der sie behände auffing.

»Legen wir los?«, fragte Minna.

»Vielleicht nicht hier drin«, schlug Elos vor.

Minna zuckte mit den Schultern und führte sie zum kleinen Burghof. In dessen Mitte stand ein altes Katapult.

»Wenn wir zu Hause so eines hätten«, sagte Naru zu seiner

Schwester, »dann könnte ich dich zum kleinen Mond schießen, falls du mich nervst.«

»Pff«, machte Ada nur. »Du könntest mit dem Ding doch nicht mal ins Tränenmeer treffen, wenn du direkt davor stündest.«

Minna stellte sich Elos gegenüber auf. »Bereit?«, fragte sie.

Elos nickte. »Kinder. Ihr zählt von drei runter.«

»Drei, zwei, eins, los«, riefen Ada und Naru.

Elos und Minna begannen zu jonglieren. Die Eier flogen durch die Luft. Eine Minute, zwei Minuten, drei Minuten.

»Einen kurzen Augenblick hatte ich gedacht, das sei spannend«, sagte Naru. »Aber ich habe mich getäuscht.«

Ada blickte auf ihre Taschenuhr. Vier Minuten. Fünf Minuten. Sechs Minuten waren um, als Minna ein Ei zwar fing, aber mit zu hartem Griff. Es zerplatzte ihr in der Hand. Verärgert schüttelte sie sich den Schmodder von der Hand, woraufhin das zweite Ei, das sich gerade noch in der Luft befunden hatte, auf dem Boden zerplatzte. Elos lächelte.

»Darf ich es auch mal versuchen?«, fragte Naru.

Elos, der immer noch jonglierte, warf seinem Sohn eines der Eier zu. Naru, der nicht mit solch einer prompten Lieferung gerechnet hatte, war zu langsam und bekam das Ei ins Gesicht. Ada lachte laut, bis sie ebenfalls ein Ei ins Gesicht bekam. Dann warf Minna ihr letztes Ei zielsicher in Elos' Gesicht. Elos warf sein letztes Ei auf Minna, und die Schweinerei war perfekt.

»Letztes Mal haben wir über eine Stunde jongliert«, sagte Minna. »Wir sind einfach nicht mehr in Form.«

»Sprich bitte nur für dich«, sagte Elos. »Ich hab gewonnen. Also lass hören.«

»Es ist das Zunftzeichen Adrik Wossins aus Drachenberg, mein Herr«, sagte Minna mit einer übertriebenen Verbeugung. »Er ist ein wahrer Meister seines Fachs.«

»Drachenberg«, sagte Elos. »Habe es mir fast gedacht.«

»Alle Straßen führen nach Drachenberg«, zitierte Minna ein altes Sprichwort, und die Hauptstadt von Syndrakos, der Sitz der Kaiser, war tatsächlich das Zentrum, auf das die meisten imperialen Straßen zuliefen.

»Ich wäre übrigens sehr an den Zwillingsschwertern interessiert, falls du sie verhökern willst«, ließ Minna wissen.

»Sie gehören mir nicht«, sagte Elos.

»Das hat dich doch früher auch nicht abgehalten.«

»Ich weiß nicht, wovon du sprichst.«

»Ah! Die Kurzen haben keinen Schimmer«, sagte Minna. Sie trat an Ada heran und wischte ihr mit einem Tuch das Ei aus dem Gesicht. »Dann werde ich natürlich nichts erzählen. Ich werde schweigen wie ein Grab. Werde kein Wort darüber verlieren, wie wir uns als Kinder mit Taschendiebstählen über Wasser gehalten haben. Ganz sicher werde ich nicht berichten, wie wir dann als Jugendliche ein Geschäft daraus gemacht haben, das wiederzufinden, was wir selbst gestohlen hatten. Auf keinen Fall werde ich offenbaren, dass wir uns sogar neue Nachnamen ausgedacht haben, um respektabel rüberzukommen. Von Bergen und von Talheim. Die besten Diebfänger der Stadt. Keine Silbe darüber. Meine Lippen sind versiegelt.«

»Hervorragend«, sagte Elos. »Ich danke dir für deine Verschwiegenheit.«

Die Kinder starrten ihren Vater mit großen Augen an.

»Du warst ein Taschendieb?«, fragte Naru mit einer Mischung aus Unglauben, Schock und Faszination.

Elos seufzte. »Wir waren Waisenkinder und mussten irgendwie überleben. Und es war die beste Schule für meinen späteren Beruf. Wir haben nicht viel geklaut.«

Minna zog eine Grimasse und wackelte mit dem Kopf hin und her, als könnte man da anderer Meinung sein.

»Viel länger haben wir uns als Diebfänger verdingt«, fuhr Elos fort. »Zu uns konnten Menschen kommen, die gestohlene Dinge wiedererlangen wollten.«

»Und manchmal hatten wir sie davor halt selbst entwendet«, sagte Minna.

Elos nickte. »Manchmal. Gerade am Anfang mussten wir das Geschäft eben ein wenig in Schwung bringen.«

»Und es hat Spaß gemacht!«, sagte Minna lachend. »Einer von uns hat die reichen Schnösel mit Taschenspielertricks abgelenkt, und die andere hat lange Finger gemacht ...«

»Im Übrigen sind es Erdaffen, die deine Vorratskammer plündern«, sagte Elos. »Wenn du die unterste Kartoffelkiste in deinem Regal zur Seite schiebst, wirst du einen kleinen Tunnel entdecken.«

»Ah. Im Spurenfinden warst du einfach immer besser als ich.« Minna wandte sich an die Kinder. »Aber ich hab besser geklaut!« Wieder ließ sie ihr gackerndes Lachen hören. Sie öffnete ihr Gambeson, welches zahlreiche geheime Innentaschen hatte, griff hinein und warf Elos den Beutel mit den goldenen Fredlaffs zu. »Ich glaube, das gehört dir.«

»Geschickt wie eh und je«, sagte der Spurenfinder.

»Du weißt doch, reiche Schnösel waren immer meine liebsten Opfer.«

»Kinder«, sagte Elos, »am besten, ihr guckt morgen früh nach euren Wertsachen, bevor wir weiterziehen.«

Minna warf der verblüfften Ada ihre Taschenuhr zu.

»Ich hab nix«, sagte Naru. »Mir kann man nichts klauen.«

Minna reichte ihm mit großer Geste sein Skizzenbuch.

»Ah ja«, sagte Naru. »Außer mein Skizzenbuch natürlich.«

»Lässt euer Vater euch eigentlich ab und zu mit meiner Armbrust üben?«, fragte Minna. »Wie steht es um eure Schießkünste?«

»Bescheiden«, sagte Elos.

»Wir treffen schon«, ergänzte Naru. »Nur leider selten die Richtigen.«

»Na, kommt mal mit.« Minna führte die Kinder um das Katapult herum.

»Eine normale Armbrust ist eine brutale Waffe. So rabiat, dass man Bolzen benutzen muss, denn Pfeile würden der rohen Kraft nicht standhalten. Nicht so unser kleiner Freund. Er ist ...«

»... klein, leicht, aber kräftig und äußerst präzise«, ergänzte Naru.

»Korrekt!«

Am anderen Ende des Burghofs standen zwei Zielscheiben aus Stroh. Elos rückte die Armbrust heraus, und bis die letzten Sonnenstrahlen verblasst waren, zeigte Minna den Zwillingen, wie man trifft, zielt und nachlädt, ohne sich selbst zu verletzen. Danach schafften sie Stroh in den Burgsaal, wo sie sich alle erschöpft hinlegten. Ada allerdings konnte nicht einschlafen. Bei allem, was sie von Minna über die halbkriminelle Vergangenheit ihres Vaters gelernt hatte, beschäftigte sie eine Frage am meisten: »Vater«, sagte sie leise, »als ihr die Seite gewechselt habt, als ihr Diebfänger wurdet, habt ihr da die anderen Waisenkinder verpfiffen, die sich wie ihr einfach nur über Wasser gehalten haben?«

»Natürlich nicht!«, zischte Minna.

»Wir hatten ein sehr individualistisches Verständnis von Gerechtigkeit«, sagte Elos müde.

»Was soll das heißen?«

»Kurz gesagt: Mundräuber haben wir laufen lassen, Mörder an die Justiz ausgeliefert.«

Naru dachte an die Strafen, die Schmied, Bäcker und Kräuterhändler von seinem Vater aufgebrummt bekommen hatten. »Ich finde, du hast immer noch ein sehr individualistisches Verständnis von Gerechtigkeit«, sagte er.

»Ich hoffe es«, erwiderte Elos.

»Wart ihr immer nur zu zweit?«, fragte Ada.

»Nein, nein«, begann Minna. »Oft haben wir zusammen mit ...«

»Minna!«, sagte Elos streng. »Es ist schon spät. Die Kinder sind müde.«

»Ich bin nicht müde«, behauptete Naru.

»Ich auch nicht«, pflichtete Ada bei.

»Das ist Pech«, sagte ihr Vater, »denn ihr müsst jetzt trotzdem schlafen.«

***

Am nächsten Morgen zwang Elos die Zwillinge früh aus den Strohbetten. Angeblich, weil sie einen langen Weg vor sich hatten, aber Ada vermutete, dass er hauptsächlich keine Lust darauf hatte, dass Minna noch mehr Geschichten aus seiner Jugend erzählte. Ada mochte die Alte. Sie war verrückt, aber auf eine witzige Art. Zum Abschied halfen sie ihr in ihren Plattenharnisch. In voller Rüstung stand sie nun auf der Zugbrücke und winkte ihnen.

»Wie willst du allein jemals wieder aus dem Ding rauskommen?«, rief Elos, als er schon auf dem Pferd saß.

»Raus kommt man immer irgendwie«, sagte Minna und begann, die Zugbrücke hochzuziehen. »Zur Not schicke ich euch einen Falken, und ihr müsst wiederkommen.«

Elos half Ada auf den Hengst, Naru stieg auf den Esel.

Kaum waren sie losgeritten, fragte Ada: »Heißen wir wirklich nicht von Bergen?«

»Hm«, machte Elos. »Was ist ein Name? Ein Name ist doch nichts anderes als die Lautfolge, unter der andere Menschen einen kennen. Und wir sind als die von Bergens bekannt, oder etwa nicht? Also heißen wir wirklich von Bergen.« Mehr wollte er darüber offensichtlich nicht erzählen.

Kaum waren sie zurück auf der imperialen Straße, quengelte Naru: »Mir ist langweilig. Ich hab Hunger. Sind wir bald da?«

»Wir brauchen noch mindestens vier weitere Tage bis Drachenberg«, sagte Elos. »Wenn du darauf bestehst, diese Fragen alle fünf Minuten zu stellen, wird uns die Zeit sehr lang vorkommen.«

Naru hörte nicht auf zu meckern, und die Zeit kam allen sehr lang vor, aber schließlich gelangten sie an ihrem zweiten Reisetag bis nach Ocktal, einem kleinen Ort, fast so unbedeutend wie Friedhofen. Immerhin fanden sie dort eine Herberge. Die drei teilten sich eine kleine Kammer im Obergeschoss.

Beim Licht einer Kerze bat Elos seinen Sohn, eine Zeichnung von Emmett zu machen.

Als Naru mit dem Bild zufrieden war, zeigte er es seinem Vater. Dieser nickte. »Sehr gut«, sagte er. »Und jetzt zeichne ihn noch mal. Aber jünger.«

»Jünger?«, fragte Naru.

»Wir wissen, dass Emmett seit mindestens neun Jahren in Friedhofen lebte. Vermutlich war er seitdem nicht mehr in Syndrakos. Wenn ihn die Menschen dort kennen, dann wahrscheinlich als jungen Mann.«

Naru verstand und zeichnete Emmett ein weiteres Mal. Mit etwas längeren Haaren, ohne Bart und ohne Falten.

Am folgenden Morgen weckte Elos die Kinder mit den ersten Sonnenstrahlen und setzte sie noch halb schlafend auf die Reittiere. Langsam wach werdend, trabten sie vorbei an Feldern und Bauern, durch Wälder und Grasland, über klare Bäche und grüne Hügel. Dreibrücken war ein schönes Land, befand Ada.

Am Nachmittag erreichten der Spurenfinder und seine Kinder die Zwillingsstadt Alonia. Diese lag zu beiden Seiten des Roten Flusses, den man mitten in der Stadt auf einer großen steinernen Brücke überqueren konnte. Seit dem Ende der Unabhängigkeitskriege, die den Niedergang des Imperiums besiegelt hatten, war der Rote Fluss die Grenze zwischen Dreibrücken und Syndrakos und Alonia eine geteilte Stadt. Südalonia gehörte zu Dreibrücken, Nordalonia zu Syndrakos. Die Stadt war sehr groß, die zweitgrößte des Landes. In den Kriegen waren die Stadtmauern größtenteils zerstört worden, weswegen Alonia ungehindert immer weiter ins Umland wucherte.

»War es nicht hier, wo du das geheime Lager der Diebesgilde gefunden hast?«, fragte Naru.

»Du weißt erschreckend gut Bescheid«, murrte Elos. »Ich wünschte, du würdest in der Schule ebenso gut aufpassen.«

Naru gähnte nur. Diesen Satz hatte er schon viel zu oft gehört, um ihn noch ernst zu nehmen.

Sie ritten schweigend nebeneinanderher. Auf Holzhütten folgten frei stehende Steinhäuser, die alsbald von mehrstöckigen Fachwerkhäusern und Backsteinbauten abgelöst wurden. Die Gebäude erstrahlten in allerlei Farben und waren sehr unterschiedlich in Schuss, je nach Geschmack und Geldbeutel der Eigentümer. In der Innenstadt war in fast jedem Erdgeschoss irgendein Laden. Es gab Feinkost, angeblich magische Kuriositäten, einen Buchhändler, der nur spirituelle Wälzer im Angebot hatte, sogar Damenmode und eine Kräuterhändlerin, deren Laden zehnmal so groß war wie der von Titus Grünspecht. Endlich erreichten sie die große Brücke. Die Grenzwächter beider Reiche kontrollierten mitten auf dem Flussübergang. Es war viel los. Die Wagen, Pferde und Ochsen stauten sich vor den Wachposten. Elos und die Zwillinge stellten sich ganz am Ende der Schlange an. Eine ältere Dame vor ihnen sprach mit ihrer Dienerin über die Heilquelle von Drachenberg, die sie, wie sie alle Umstehenden vernehmen ließ, ja schon zum dritten Mal besuchte.

Naru gähnte wieder.

»Die Brücke über den Roten Fluss«, erklärte Elos den Kindern, »ist eine der drei Brücken, die Dreibrücken den Namen gaben.«

»Ich finde ja, der Name ist irreführend«, sagte Ada. »Allein auf unserem Weg habe ich schon acht Brücken gezählt.«

»Natürlich gibt es in Dreibrücken mehr als drei Brücken«, sagte Elos. »Aber man kann ja nicht jedes Mal das Land umbenennen, wenn irgendwo jemand eine neue Brücke baut.«

»Man stelle sich vor, Jorgen legte eine Planke über den Flotbach«, sagte Naru, »und plötzlich hieße das Land Vierbrücken.«

»Und warum heißt der Rote Fluss *Roter* Fluss?«, wollte Ada wissen.

»Das ist doch klar!«, sagte Naru. »Als Grenzfluss hat er so viele Schlachten gesehen, dass sein Wasser noch immer rot ist vom Blut der im Krieg Gefallenen.«

»Unsinn«, sagte Elos. »Der Rote Fluss transportiert Eisensedimente von den Ewigen Bergen bis zum Meer. Diese rosten und färben ihn leicht rot.«

»Also deine Erklärung ist vielleicht wahr«, erwiderte Naru, »aber auch deutlich langweiliger!«

Mitten auf der großen Brücke sahen sie eine kleine Hütte. Davor standen zwei bewaffnete Wächter in der Uniform von Syndrakos und kontrollierten die Reisenden, die in ihre Richtung wollten. Auf der anderen Seite der Hütte überprüften zwei Wächterinnen mit dem Banner König Fredlaffs alle, die aus Syndrakos kamen.

»Also gut, hört mir genau zu«, flüsterte Elos. »Das Wichtigste für Spurenfinder ist, unerkannt zu bleiben. Darum überlasst mir das Reden. Wir sind einfache Händler aus Dreibrücken.«

»Ähm ...«, begann Naru, der nicht seinen Vater ansah, sondern in die Ferne starrte.

»Wenn wir Händler sind, was verkaufen wir dann?«, wollte Ada wissen.

»Gute Frage«, sagte Elos.

»Also ...«, begann Naru wieder.

»Nicht jetzt, Junge«, unterbrach ihn sein Vater. »Wir denken uns gerade unsere Geschichte aus. Wir sind Händler aus Dreibrücken und wollen Eisenwaren aus Syndrakos kaufen. Mein Name ist Carlo Sperber. Du bist meine Tochter Dalia ...«

»Und Naru ist unser Diener Bobo«, unterbrach ihn Ada. »Also, Bobo ist sein Nachname. Sein Vorname ist natürlich Dietrich.«

»Jetzt hört doch mal zu!«, sagte Naru mit Nachdruck.

»Was ist denn, Dietrich Bobo?«, fragte Elos.

Naru deutete auf die zahlreichen Plakate mit in Syndrakos unerwünschten Personen, die an der Holzhütte der Grenzwächter angebracht waren. »Das da oben rechts ... Bist du das?«, fragte er seinen Vater.

Elos guckte einigermaßen dumm aus der Wäsche. »Ich ...«, stammelte er, »also ... ich glaube nicht ... Das kann nicht sein ...«

Naru drückte sich an der Schlange vorbei, ging näher ran, kam wieder zurück und berichtete: »Da hängen Bilder von vielen üblen Gestalten. Diebe, Mörder, Verräter. Und auf dem Plakat oben rechts ist eindeutig eine Zeichnung von dir, wenn auch keine sonderlich gute, und es steht sogar dein Name darunter.«

»Was?«, fragte Elos.

»Wie?«, fragte Ada.

»Da steht: Elos von Bergen – Einreise verboten«, sagte Naru. »Falls dieser Mann in Syndrakos aufgegriffen wird, zahlt Herzog Harling dem Hinweisgeber eine Belohnung von 1000 Drakonen.«

»Hm«, brummte Elos. »Das macht die ganze Sache etwas komplizierter.«

Declan Moorbeck
Elos von Bergen
Zafinda Nera
Mats Kalore

GROßMÜTTERCHEN ZILLA

Die Schlange vor der Grenze nach Syndrakos bewegte sich wieder vorwärts. Nicht mehr lang, und sie würden vor den Wächtern stehen.

Elos wandte sich an Ada und sagte unvermittelt mit etwas lauterer Stimme: »Was? Du hast die Geldbörse in der Herberge vergessen?«

Kurz war Ada irritiert, bis sie verstand, dass ihr Vater aufgrund des Fahndungsplakats mit seinem Bild darauf eine Kehrtwendung inszenierte. Die Umstehenden in der Schlange sollten keinen Verdacht schöpfen.

»Es war nicht meine Aufgabe, an die Börse zu denken!«, sagte Ada. »Dietrich Bobo hat gepackt!«

Elos sah Naru streng an. »Jetzt müssen wir noch mal zur Herberge zurück. Alles bloß deinetwegen!«

Naru verdrehte nur seine Augen und wendete wortlos den Esel.

»Verzeihung«, sagte Elos zu den Leuten, die sich in der Zwischenzeit hinter ihnen in der Schlange angesammelt hatten. »Wir müssen noch mal zurück.«

»Es ist so schwer, gutes Personal zu finden«, sagte Ada und sah ihren Bruder missbilligend an.

Die drei verschwanden im Gewirr der Gassen Alonias. Hier waren so viele Menschen unterwegs, dass das Untertauchen nicht schwerfiel. Anders als in Friedhofen, wo anscheinend jeder genug Zeit entbehren konnte, seine Nase in die Angelegenheiten der Nachbarn zu stecken, hatten die Leute in der großen Stadt offenbar nur Zeit für ihren eigenen Kram.

Kaum waren sie außer Sichtweite der Grenze, fragte Naru: »Wie kommt es, dass du in Syndrakos unerwünscht bist?«

»Und wie kommt es, dass du nichts davon wusstest?«, fragte Ada.

»Das Einzige, was ich mir vorstellen könnte …«, begann Elos.

»Ja?«, drängten die Kinder.

»Ihr erinnert euch vielleicht daran, dass ich die Spur der von Herzog Harling entführten Prinzessin Henrietta gefunden habe …«

»Und?«, fragte Naru, aber Ada ging ein Licht auf.

»Herzog Harling ist der Bruder der Kaiserin von Syndrakos«, sagte sie.

»Warum hat er die Prinzessin eigentlich entführt?«, hakte Naru nach.

»Wenn du's genau wissen willst, müsstest du ihn schon selbst fragen«, antwortete Elos.

»Aber du hast eine Vermutung.«

»Nun ja … Es war die Zeit, kurz nachdem König Fredlaff die Sladonier im Tränenkrieg unterstützt hatte«, erzählte Elos. »Dreibrücken war darum geschwächt. Es ist bekannt, dass Herzog Harling sehr an der Glorie des alten Drachenimperiums hängt. Vermutlich versuchte er, seine Schwester zu überreden, Fredlaffs momentane Schwäche zu nutzen, um Dreibrücken zurückzuerobern.«

»Er wollte eine der Verlorenen Provinzen wiederfinden«, sagte Ada.

»Ja, aber die Kaiserin weigerte sich. Und da fasste er wohl den Plan, Fredlaff durch die Entführung seiner Tochter Henrietta zu provozieren. Dreibrücken sollte selbst den Krieg erklären und dann verlieren. Aber der König roch die Falle und hat stattdessen mich ausgeschickt, seine Tochter zu finden.«

»Also hast du die Pläne des Herzogs vereitelt«, sagte Ada.

»Und der Herzog scheint nachtragend zu sein«, meinte Naru.

»Ich kann mir nur nicht denken, wie er darauf gekommen ist, dass ich es war, der die Prinzessin gefunden hat«, sagte Elos nachdenklich. »Die ganze Episode wurde des lieben Friedens willen unter den Teppich gekehrt. König Fredlaff hat nie preisgegeben, dass die Prinzessin überhaupt entführt worden war, geschweige denn, wie sie zurück nach Dreibrücken kam. Und ich habe es nur euch beiden erzählt.«

»Wir haben es auch niemandem erzählt!«, versicherte Ada.

»Na ja«, sagte ihr Bruder. »Also ich habe es vielleicht Ilda erzählt. Und Ilda hat es möglicherweise Raffa erzählt und Raffa eventuell seiner Mutter, die es unter Umständen dem Dorfvorsteher ...«

Elos seufzte.

»Aber ich habe es wirklich niemandem erzählt«, behauptete Ada. »Außer natürlich unserer Lehrerin.«

»Und Oma Martens«, sagte Naru. »Du hast es einmal Oma Martens erzählt ...«

»Das stimmt.«

»Nun ja«, sagte Elos. »Selbst wenn ihr es ganz Friedhofen erzählt hättet, halte ich es immer noch für unwahrscheinlich, dass Herzog Harling davon erfahren hätte. Das Ganze ist höchst merkwürdig.«

»Und was machen wir jetzt?«, fragte Naru.

Elos machte vor einem Geschäft mit Damenmode halt. »Wir kaufen Großmütterchen Zilla ein schwarzes Trauerkleid«, sagte er.

»Wem?«, fragte Naru verwirrt.

Aber Elos hatte schon den Laden betreten. Eine Verkäuferin näherte sich.

»Gute Frau«, sagte Elos. »Wir bräuchten ein Trauerkleid ...«

»... für unser Großmütterchen Zilla!«, ergänzte Ada.

»Sie hat etwa meine Statur«, sagte Elos. »Und ganz wichtig wäre ein schwarzer Schleier.«

»Verstehe«, murmelte Naru.

***

Nachdem sie erfolgreich ein Trauerkleid erstanden hatten, schleppte Elos die Kinder zur Kräuterhändlerin von Alonia.

»Schönen guten Tag!«, sagte er zu einer der drei Verkäuferinnen. Im Hintergrund mischten vier weitere Angestellte fleißig Tränke und Salben.

»Was kann ich für Sie tun?«

»Wir interessieren uns sehr für Stimmonade«, sagte Elos.

»Ich dachte, du magst das Zeug nicht«, wunderte sich Naru.

»Aussichtslose Situationen erfordern verzweifelte Maßnahmen.«

»Wie viele Flaschen wollen Sie denn?«, fragte die Verkäuferin.

»Haben Sie eine, die mich klingen lässt wie eine alte Oma?«

»Bestimmt. Aber wir wissen selbst nicht, welches Gebräu wie klingt. Die Überraschung ist ja der Witz daran. Ich fürchte, Sie müssen es einfach ausprobieren.«

»Hm«, machte Elos. Er sah nicht glücklich aus. Dann schlich sich ein Lächeln auf sein Gesicht. »Ich habe da eine Idee ...« Er wandte sich an die Zwillinge: »Kinder! Ich hoffe, ihr seid durstig.«

»Und ob!«, sagte Naru.

Die Verkäuferin stellte zwei Gläser und mehrere Flaschen auf den Tisch.

Ada nahm eine, schenkte sich eine dunkelgrüne Flüssigkeit ein und trank das Glas mit einem Zug leer. »Lecker«, sagte sie mit einer Stimme, als hätte sie ihr ganzes Leben geraucht. Sie wandte sich an ihren Bruder. »Jungchen, du schuldest mir noch einen Haufen Fredlaffs. Zahlst du freiwillig, oder soll ich dir jeden Finger einzeln brechen?«

Naru, der gerade von einer rosafarbenen Stimmonade getrunken hatte, antwortete: »Komm doch, wenn du dich traust!« Allerdings hörte er sich dabei an wie ein kranker Papagei. Ada verschluckte sich vor Lachen.

Ihr Vater öffnete schon die nächsten Flaschen. Naru staunte, wie unterschiedlich Stimmonade schmecken konnte. Manche war zitronig, andere schmeckte nach Trauben oder Äpfeln oder nach altem Badewasser. Die meisten waren süß, manche aber auch bitter. Einige blubberten, andere nicht. Bald waren sie die Attraktion des ganzen Ladens.

Eine Kollegin der Verkäuferin stellte noch mehr Flaschen auf die Theke.

»Versuchen Sie auch mal die Stimmonaden zu mischen«, schlug sie vor, »das sorgt immer für interessante Ergebnisse.«

Also begann Elos zu mischen und ließ die Kinder Stimmonade trinken, bis sie Bauchkrämpfe vor Lachen hatten und ihnen gleichzeitig fast schlecht war. Da die Zwillinge eine Pause brauchten, begann Elos seine Mixturen selbst auszuprobieren. Erst klang er wie ein kleiner Junge, dann wie ein sprechender Erdaffe. Nach und nach boten alle Angestellten des Ladens ihre willkommene Hilfe an, die Kinder tranken wieder mit, und wäre ein neuer Kunde durch die Tür getreten, hätte er sicherlich geglaubt, Karfu, der Gott des Schabernacks, persönlich würde in diesem Laden sein Unwesen treiben, so absurd klang das Gebrabbel und Gekicher aller Anwesenden.

Aber irgendwann klang Naru endlich wie eine alte Oma.

»Welche Kombination hast du getrunken?«, röhrte Elos.

»Also, wenn ich das noch wüsste, junger Mann«, krächzte Naru mit seiner Omastimme. »Sie müssen wissen, mein Gedächtnis ist nicht mehr das, was es mal war ...«

»Er hat die grüne und die rote Stimmonade zusammengemischt«, sagte Ada, was leider kaum zu verstehen war, da sie quäkte wie ein Baby. Darum hielt sie die beiden Flaschen hoch und reichte sie ihrem Vater.

»Könnten Sie mir diese beiden bitte mischen und wieder in zwei Flaschen füllen?«, röhrte Elos.

Die Verkäuferin nickte und tat, worum er sie gebeten hatte. »Kann mich nicht erinnern, bei der Arbeit schon mal so viel Spaß gehabt zu haben«, sagte sie und klang wie ein fünfzehnjähriger Junge im Stimmbruch.

Der Spurenfinder bedankte sich für die erstklassige Bedienung und bezahlte.

»Leute gibt's«, quäkte die Kollegin der Verkäuferin lachend, als Elos mit seinen Kindern den Laden verließ.

Naru hatte eine weitere Flasche Stimmonade mit vor die Tür genommen, schließlich hatten sie ja alle bezahlt. Diese Flasche hielt er nun seinem Esel hin. Der streckte seinen Kopf nach oben und schlabberte gierig das süße Getränk. Die Hälfte ging zwar daneben, aber es schien ihm zu schmecken.

Elos seufzte. »Du bist so ein Kasper, Naru«, röhrte er.

Der Esel machte »I-Ah«, hörte sich dabei aber an wie ein lieblicher kleiner Singvogel. Der verwirrte Gesichtsausdruck, den das Tier danach machte, war göttlich.

***

Kurz darauf standen sie wieder in der Warteschlange an der Grenze. Naru blickte von der Brücke auf das unruhige Wasser des Roten Flusses. Er führte den Esel am Zaumzeug, Ada den Hengst. Ihr Vater trug das schwarze Trauerkleid inklusive Hut und Schleier. Eine Art Gehstock hatten sie in Alonias kleinem Park unter einem Baum aufgesammelt. Der Spurenfinder ging gebückt und humpelte. Die Umstehenden schienen keinen Verdacht zu schöpfen, aber für Ada sah Elos einfach nur aus wie ihr Vater in einer albernen Verkleidung. Sie war sehr nervös. Ganz kurz lüftete Elos seinen Schleier, um einen Schluck aus der Flasche Stimmonade zu nehmen. Dann wischte er sich mit dem geblümten Stofftaschentuch, das sie ebenfalls im Geschäft für Damenmode erworben hatten, über den Mund. Es war nur noch ein Händler mit seinem Karren vor ihnen. Sobald dieser den Zoll auf seine Waren entrichtet hatte, würden Elos und die Kinder kontrolliert werden. Sie standen jetzt direkt vor den Fahndungsplakaten aus Syndrakos. Rechts oben prangte das Bild des Spurenfinders.

»Es ist nicht besonders schmeichelhaft«, murmelte Elos.

»Erst dachte ich auch, es wäre ein schlechtes Bild«, sagte Naru, »aber jetzt im direkten Vergleich, muss ich sagen, dass sie dich eigentlich hübscher gemacht haben.«

»Die schiefe Nase ist sehr gut getroffen«, sagte Ada.

Dann durfte der Händler vor ihnen die Grenze überschreiten, und die drei rückten vor.

»Ziel der Reise?«, fragte einer der Wächter.

Der Spurenfinder stupste Ada mit seinem Gehstock an. Offenbar traute er der Stimmonade nicht vollständig und wollte nicht selbst sprechen.

»Drachenberg«, sagte Ada.

»In die Hauptstadt. So, so. Grund der Reise?«, fragte der zweite Grenzwächter.

»Ein Todesfall«, sagte Ada, und das war noch nicht mal gelogen.

»Unser Großonkel ist gestorben«, sagte Naru. »Wir begleiten unser Großmütterchen.«

»Ja, weil unser Vater sich um den Hof kümmern muss«, sagte Ada. »Wir haben viel Getreide, und wie Sie sicherlich wissen, ist gerade Erntezeit.«

»Unsere Mutter ist leider schon vor ein paar Jahren von uns gegangen«, sagte Naru.

Elos räusperte sich, aber die Kinder waren nicht zu stoppen.

»Sie ist am grünen Gesicht gestorben«, sagte Ada. »Wir waren alle sehr traurig.«

»Vater hat ihr an ihrem Totenbett versprochen, nie wieder eine andere Frau ...«

»Ich hab euch nicht nach eurer Lebensgeschichte gefragt«, fuhr der Grenzwächter dazwischen. »Haltet den Verkehr nicht auf. Geht weiter.«

Elos und die Kinder überschritten die Grenze.

Als sie die Männer passierten, krächzte Elos erleichtert mit seiner Omastimme: »Vielen Dank, guter Mann.«

»Halt!«, rief da der zweite Grenzwächter.

Die Kinder zuckten zusammen. Was hatten sie falsch gemacht? Wodurch hatten sie sich verraten? Sie versuchten, ruhig zu bleiben. Ihr Vater drehte sich ganz gemächlich um.

Der Wächter bückte sich und hob das geblümte Taschentuch auf. »Sie haben da etwas verloren, alte Dame.«

»Vielen Dank, mein Junge«, krächzte Elos. »Jespa segne dich.«

***

Froh darüber, die Grenzkontrolle überstanden zu haben, hielten sich Elos und die Zwillinge nicht lange in Nordalonia auf. Doch schon auf ihrem kurzen Marsch hinaus staunte Naru, wie anders diese Hälfte der Stadt wirkte, dabei waren sie doch nur über eine Brücke gegangen. Die Frauen und Männer waren anders gekleidet. Viele trugen Uniform. Die Gebäude wirkten irgendwie strenger. Sie standen gerader, waren weniger verspielt. Es gab auch deutlich weniger Blumen in den Vorgärten. Dafür waren die Überbleibsel des alten Drachenimperiums noch allerorts zu sehen und nicht wie überall in Dreibrücken aus dem Stadtbild entfernt worden. Sie sahen Statuen berühmter Kaiser, Denkmäler, die an große Schlachten erinnerten, und steinerne Drachen an allen öffentlichen Gebäuden. Ada bemerkte, wie aufmerksam ihr Bruder von seinem Esel starrte.

»Am besten, du machst dir gleich Notizen für deinen Vortrag«, sagte sie.

»Welcher Vortrag?«, fragte Naru, der seit dem letzten Schultag keinen Gedanken mehr an seine Hausaufgabe verschwendet hatte.

»Na, den über Syndrakos!«

»Aber den schreibst du doch für mich.«

Ada lachte nur.

»Ich habe noch nie so viele Soldaten gesehen«, bemerkte Naru. »Die Kaiserin von Syndrakos muss eine mächtige Herrscherin sein.«

»In der Vergangenheit waren die Kaiser sehr mächtig, ja«, sagte Elos. »Aber das Imperium hat schon lange vor unserer Lebenszeit all seine Provinzen verloren. Heute herrscht hier die Enkelin des letzten Kaisers. Und sie ist Kaiserin nur dem Namen nach. Sie hat auch nicht viel mehr Macht als König Fredlaff.«

»Aber die ganzen Soldaten ...«, sagte Naru.

»Die Zahl der Soldaten sagt nicht unbedingt etwas über die Macht des Herrschers aus«, sagte Elos. »Am mächtigsten ist diejenige, die keine Soldaten braucht.«

Der letzte Satz war ein Zitat aus dem Buch der Götter. Diese Worte beschrieben Jespa. Ada hatte sie sofort erkannt. Sie hatte sie oft genug Oma Martens vorgelesen.

»Ich dachte, du glaubst nicht an die Götter«, sagte sie.

»Tu ich auch nicht«, erklärte Elos. »Das heißt aber nicht, dass alles, was im Buch der Götter steht, Unsinn ist.«

»Hm«, machte Ada.

***

Sie ritten bis in die Abenddämmerung hinein auf der alten, in Syndrakos sehr gut gepflegten, imperialen Straße. Alle Ortschaften, die sie passierten, waren deutlich kleiner als Alonia, aber viel größer als Friedhofen. Auch hier prangte an öffentlichen Gebäuden immer noch der Drache. Im Übrigen war natürlich auch in Syndrakos Erntezeit, und auf den Feldern sahen sie oft schwer arbeitendes Bauernvolk. Dazwischen gab es aber auch menschenleere Landstriche, die zu weit vom nächsten Dorf entfernt lagen, um bewirtschaftet zu werden. Naru und der Esel hatten eine Art Übereinkunft getroffen. Immer wenn das Tier keine Lust mehr hatte zu laufen, drehte es seinen Kopf nach hinten und bekam von Naru eine Karotte gereicht. Inzwischen hatten sie das so gut drauf, dass sie dafür nicht mal mehr den Trab verlangsamten.

»Schaut mal!«, rief Naru bei einer dieser Gelegenheiten. »Voll gut erzogen!«

»Fragt sich nur, wer hier wen erzogen hat«, murmelte Elos.

»Was?«, fragte Naru.

»Sehr gut!«, rief sein Vater. »Ich wusste, dass ihr euch anfreunden würdet.«

»Pff«, machte Naru und tätschelte dem Esel den Kopf. »Wir lassen uns gar nicht ärgern, stimmt's, Elos?« Er reichte dem Tier gleich noch eine Karotte. »Schon gar nicht von so arroganten Pferdenarren.«

»Du hast dem Esel Vaters Namen gegeben?«, fragte Ada lachend.

»Welcher Vater?«, erwiderte Naru. »Wir sind doch mit Großmütterchen Zilla unterwegs. Der einzige Elos, den ich kenne, ist der graue hier, auf dem ich sitze.«

»Hm«, machte Elos. »Ich nehme an, es steht dem Jungen zu, ein wenig Spott zurückzugeben.«

»Hörst du, Eselchen?«, fragte Naru seinen neuen Freund. »Großmütterchen Zilla denkt wohl, dass uns der Spaß vergeht, dich Elos zu nennen, wenn sie so sanft reagiert, aber da täuscht sie sich. Ich finde nämlich, Elos ist ein ganz hervorragender Name für einen Esel.«

Ada blickte zu ihrem Bruder, der breit grinste. Auch sie musste lächeln. Die Abendsonne ließ die Hügel, Felder und Bäume in einem fast magischen Licht erstrahlen, und Ada freute sich des Lebens. Links des Weges war ein kleiner hübscher See. Naru begann, ein Wanderliedchen zu summen. Hinter einer Kurve fanden sie den Weg unerwartet von einem dicken Baumstamm versperrt.

Der Spurenfinder ließ das Pferd halten und gab den Kindern mit einem Zischen zu verstehen, dass sie keine Fragen stellen sollten.

Ada merkte sofort, dass ihr Vater sehr angespannt war. »Was ist los?«, fragte sie, da schwang sich auch schon ein schäbig gekleideter Mann auf den Baumstamm. Er zielte mit dem Pfeil eines gespannten Bogens direkt auf Elos und rief: »Wohin des Weges, Großmütterchen?«

Elos wendete das Pferd, aber aus den Straßengräben links und rechts erhoben sich ein Mann und eine Frau. Er trug einen Speer, sie ein altes Schwert, das offenbar schon manches Gefecht mitgemacht hatte.

»Mir scheint, du hast zu viel Gepäck, Großmütterchen«, sagte die Frau. »Wir wollen dir da nur ein wenig behilflich sein.«

NEKRANS SCHUTZ

»Absteigen!«, befahl der Mann mit dem Bogen. Offenbar war er der Anführer der Räuberbande.

Ada blickte hilfesuchend zu ihrem Vater. Sie verspürte Angst, wenngleich nicht diesen lähmenden Schrecken, den ihr das Monster im Wald eingejagt hatte. Es war eine vorsichtige Angst, die das Denken eher beschleunigte. Sie war eingehegt von dem nur halb bewussten Gefühl, dass ihr nichts wirklich Schlimmes passieren konnte, solange ihr Vater bei ihr war.

»Ganz ruhig bleiben«, flüsterte Elos.

»Nicht quatschen, Alte!«, rief die Räuberin. »Du sollst absteigen!«

Ada sprang geschickt vom Rücken des Pferdes. Auch Naru war vom Esel gestiegen.

»Los, hilf Großmutter!«, sagte Ada zu ihrem Bruder. »Du weißt doch, wie schwach sie ist.«

Mit erhobenen Händen näherte sich Naru dem Hengst. Elos machte ein solches Theater um seine Gebrechlichkeit, dass Ada schon Angst hatte, er würde es übertreiben. Doch die Räuber schöpften keinen Verdacht.

Als er endlich auf dem Erdboden stand, griff er in die Satteltasche und nahm einen Schluck aus einer der beiden Flaschen mit Stimmonade.

»Was wollen Sie von uns?«, fragte er mit seiner Omastimme. »Wir sind auf dem Weg zu einer Trauerfeier und stehen unter Nekrans Schutz!«

»Ist ja hochinteressant«, sagte der Anführer der Räuber spöttisch. »Irgendwie steht jeder, den wir überfallen wollen, unter dem Schutz irgendeines Gottes. So ein Pech aber auch. Na dann. Steigt wieder auf und gute Reise!«

Naru ging zurück zu seinem Esel.

»Das war ein Scherz, du Trottel!«, rief die Frau. »Wir wollen all eure Wertsachen.«

»Und ich fürchte, wir nehmen auch eure Reittiere«, sagte der Anführer.

»Aber zuerst mal, her mit dem Wein!«, befahl der Speerträger. Er trat nah an Elos heran, nahm ihm die Flasche aus der Hand und trank einen kräftigen Schluck. »Widerlich!«, rief er. »Was ist das denn für ein Gesöff? Das ist ja …« Er unterbrach sich, als er merkte, wie seltsam seine Stimme klang.

Die anderen beiden fingen an zu lachen.

»Du hörst dich ja an wie die alte Schachtel!«, rief der Anführer.

»Was ist das für eine Teufelei, du Hexe?«, fragte der Speerträger mit Hutzelstimme.

»Ich habe dich gewarnt, dass wir unter Nekrans Schutz stehen«, sagte Elos.

»Oh, großer Nekran, hilf uns!«, rief Ada. »Fahre hinab in unser Großmütterchen!«

Bei diesen Worten ging eine erstaunliche Verwandlung mit Großmutter Zilla vor. Ihr krummer Rücken wurde gerade, ihre tatterigen Hände hörten auf zu zittern; war sie eben noch kleiner gewesen als der Speerträger, überragte sie ihn nun um einen halben Kopf.

Naru musste fast kichern. Der Anblick der Banditen war zu köstlich.

Endlich sprang der Anführer vom Baum, riss dem Speerträger die Flasche aus der Hand und roch daran. »Das ist keine Teufelei, du Idiot! Das ist Stimmonade!« Er blickte zurück zu Elos. Gerade noch rechtzeitig, um zu sehen, wie die Faust des Spurenfinders auf seine Nase zuflog.

Ada hörte ein unschönes Knacken, und der Anführer ging zu Boden. Sofort trat Elos auf die Hand, die den Bogen hielt. Der Räuber schrie vor Schmerzen.

Ada gab dem Hengst einen Schlag aufs Hinterteil, woraufhin das Tier lospreschte und den Speerträger fast mit sich riss. Doch erstaunlich schnell fing sich dieser wieder und hob seine Waffe auf, um sie auf Ada zu schleudern, aber Elos war schneller. Seine linke Hand hielt die geladene Armbrust, er schoss, und der Lähmpfeil traf den Speerträger kurz vor dem Wurf. Der Speer glitt kraftlos aus seiner Hand und fiel gen Boden. Ada hatte keine Probleme, der Waffe auszuweichen. Sie rannte nach vorn und versetzte ihrem Angreifer einen kräftigen Tritt in den Magen. Vom Gift gelähmt, fiel er zu Boden wie ein nasser Sack. Währenddessen lief die Frau mit dem Schwert wild brüllend auf Naru zu, der sich auf den Boden fallen ließ, um dem Hieb auszuweichen. Er rollte schnell zur Seite, aber die Frau war eine geübte Kämpferin. Schon stand sie über ihm, das Schwert zum Stoß erhoben.

»Lass die Waffe fallen!«, rief sie Elos zu. »Fallen lassen, oder der Junge ist tot!«

Mit einer beschwichtigenden Geste legte Elos seine Armbrust auf den Boden. Naru suchte verzweifelt nach einem Ausweg, sah aber keinen. Sie würden ihr Hab und Gut verlieren. Ihre Reittiere. Vielleicht sogar ihr Leben.

»Und jetzt«, rief die Frau, aber weiter kam sie nicht, denn zwei kräftige Hinterhufe traten ihr in den Rücken. Der Esel blökte, und die Frau fiel schmerzverzerrt zu Boden.

Naru rollte aus dem Weg, entriss ihr das Schwert und richtete sich auf.

»Alles klar bei euch?«, fragte er.

»Vater hat mich gerettet«, sagte Ada.

»Mich hat Elos gerettet«, sagte Naru und kraulte seinen Esel hinter den Ohren.

»Es freut mich, dass du schon wieder zu Scherzen aufgelegt bist«, seufzte sein Vater.

Er hielt die Räuber mit seiner Armbrust in Schach, aber diese sahen eh nicht so aus, als hätten sie noch große Ambitionen, den Überfall zu einem für sie erfolgreichen Abschluss zu bringen. Jammernd lagen sie auf dem Boden.

Naru wandte sich an den Himmel und rief: »Oh, großer Nekran, wir danken dir für diese göttliche Rettung!«

»Was machen wir mit den dreien?«, fragte Ada mit leiser Stimme ihren Vater.

»Ich fürchte, wir müssen sie einfach laufen lassen«, flüsterte Elos. »Wenn sie in die Hände irgendeiner Autorität gelangen, wird uns das mehr Aufmerksamkeit bescheren, als uns lieb ist. Hol das Pferd.« Er wandte sich an Naru. »Und du nimm dem Gesindel die Waffen ab.«

Die Kinder taten wie ihnen geheißen.

»Nekran gibt euch noch eine Chance«, sagte Naru dabei. »Aber lasst euch das eine Lehre sein! Das nächste Mal holt er euch zu sich ins Totenfeuer.«

Mit den Waffen beladen, stiegen sie auf ihre Reittiere und setzten ihre Reise fort. Als sie außer Sichtweite waren, machte Elos einen Abstecher zum See und schleuderte Speer und Bogen aufs Wasser hinaus. Das Schwert aber wollte Naru nicht hergeben.

»Bitte! Darf ich es behalten? Für die nächste brenzlige Situation?«

»Nein«, sagte sein Vater.

»Warum nicht?«

»Ich bin mir sicher, du wirst dich in brenzligen Situationen ohne Schwert besser verteidigen können. Ohne Waffe kannst du nämlich schneller wegrennen, was für einen zwölfjährigen Zeichenkünstler in den allermeisten Fällen die beste Verteidigung ist.«

Mit von der Gefahr geschärften Sinnen ritten sie weiter. Sie hatten Glück gehabt, dachte Ada. Ihr einziger Verlust war die Stimmonadenflasche, aus welcher der Räuber getrunken hatte. Im Kampf war sie auf dem Boden zerschellt. Zum Glück hatten sie zwei davon.

***

Am Abend erreichten sie Ohlem, ein kleines Fischerdorf am Narusee. Das Dörfchen war ein eher trauriger Anblick, aber die Gegend sehr schön. Grüne Hügel umgaben das Gewässer, und Naru konnte sich gar nicht darüber einkriegen, dass es einen See gab, der offensichtlich zu seinen Ehren benannt war.

»Unsinn«, murmelte Ada.

Ihr Vater befand, dass ein Herbergsbesuch von Fremdländern, die mit Fredlaffs bezahlten, viel zu auffällig wäre, insofern traf es sich gut, dass Ohlem sowieso keine Herberge hatte. Da es aber nach Regen aussah, suchten sie nach einem anderen Unterschlupf für die Nacht. Etwas abseits des Dorfes fanden sie einen Heuschober. Elos schickte sich an, das Schloss des Schobers mit seinem Schdip zu öffnen, da fragte Ada: »Darf ich es mal versuchen?«

»Hm«, machte Elos.

»Ich glaube, der Schdip hat nichts dagegen«, sagte Ada.

»Aber du musst sehr freundlich zu ihm sein.« Elos reichte seiner Tochter den Schlüssel, der immer passt.

»Hallo, lieber Schdip«, sagte Ada. »Wir beide werden uns bestimmt ganz hervorragend verstehen ...«

Sie steckte den Schdip ins Schloss, und Elos erklärte ihr, wie sie ihn bewegen musste, damit es aufsprang. Ada benötigte ein paar Anläufe, und der Schdip brauchte viel gutes Zureden, bis es klappte, aber schließlich machte es klack, und die Tür war offen.

»Vielen Dank, lieber Schdip«, sagte Ada.

Naru verdrehte seine Augen, sagte aber nichts, weil er keine Lust hatte, wieder einen halben Tag lang Dietrich genannt zu werden.

Sie warfen sich ins Heu und schliefen bald darauf ein.

An den folgenden beiden Tagen verlief die Reise zu Narus Missfallen recht ereignislos. Es war nicht so, dass er sich einen weiteren Überfall wünschte, aber dieser hatte doch alles deutlich aufregender gemacht.

»Also irgendetwas Spektakuläres könnte schon noch passieren«, murrte er am Nachmittag des fünften Reisetages. »Sonst weiß ich ja gar nicht, was ich in meinem Aufsatz schreiben soll.«

Kurz darauf ritten sie über einen Hügelkamm und sahen zum ersten Mal den Drachenberg, einen lange erloschenen Vulkan, der der Hauptstadt von Syndrakos ihren Namen gegeben hat. Die Stadt selbst war riesig und umschloss den Vulkan von allen Seiten.

»Und?«, fragte Elos und ließ den Hengst halten.

»Ziemlich spektakulär«, gestand Naru. Der Esel stoppte ebenfalls und begann, am Straßenrand Gras zu fressen.

»Also ich finde es spektakulär leichtsinnig, eine Stadt am Fuß eines Vulkans zu gründen«, sagte Ada.

»Er ist doch erloschen!«

»Trotzdem. Was ist, wenn er sich das eines Tages anders überlegt, hm? Vielleicht ist er ja gar nicht erloschen. Vielleicht schläft er nur. Warum geht man dieses Risiko ein?«

»Der Legende nach«, erzählte Elos, »war es eine Prophezeiung Manunas, die den ersten Kaiser von Syndrakos, Sonkurr, dazu veranlasste, am Fuß des Berges, der einst Feuer spuckte, seine Stadt zu gründen.«

»Das heißt, er hatte einfach einen schrägen Traum, und deswegen hat er seine Hauptstadt am Fuß eines Vulkans gebaut?«, fragte Ada.

»So ungefähr.«

»Wie fanden das seine Untergebenen?«

»Ich fürchte, deren Meinung interessierte nicht«, vermutete Naru.

»Nun ja. Wisst ihr«, sagte Elos, »wenn von einem großen Mann gesprochen wird, dann ist das ›groß‹ oftmals eine Chiffre für ›größenwahnsinnig‹.«

»Du meinst, so wie du ein großer Spurenfinder bist?«, fragte Naru.

Sein Vater lächelte, ging aber nicht darauf ein. Stattdessen erzählte er mehr vom Drachenberg. »Es gibt noch eine weitere Legende. In einem zweiten Traum soll Manuna dem Kaiser Sonkurr prophezeit haben, dass der Vulkan nur dann wieder ausbrechen würde, falls seine Hauptstadt jemals von Feinden erobert wird. Dann würde der Drachenberg wieder Feuer spucken und die Eroberer vernichten.«

»Das ist ja eine clever ausgedachte Legende«, sagte Naru. »So was Ähnliches hätte ich auch behauptet, wäre ich Kaiser von Syndrakos.«

»Wenn ihr nach einem weniger poetischen Grund sucht, kann ich euch noch sagen, dass Vulkanerde als sehr fruchtbar gilt«, ergänzte Elos.

Ada schnaubte nur. Nichts von alledem hätte sie überzeugt, ihre Stadt am Fuß eines Vulkans zu gründen.

Elos schnalzte, der Hengst setzte sich wieder in Bewegung, der Esel folgte, und mit einer Mischung aus Staunen und Respekt ritten sie auf die große Stadt zu.

DRACHENBERG

Wäre Naru einer der Riesenmenschen, die angeblich irgendwo hinter den Ewigen Bergen leben, würde er immer noch nicht vor den Mauern Drachenbergs stehen und drüber gucken können. Nicht wenige Besucher der Kaiserstadt erzählten nach ihrer Reise, dass nicht die Heilquelle, sondern diese Stadtmauer das eigentliche Weltwunder war, welches sie hatten bestaunen dürfen. In regelmäßigen Abständen gab es mächtige Wachtürme. Auf ihren Spitzen wehten die schwarzen Fahnen mit dem roten Drachen. Derselbe Drache, der auch auf Emmetts Ring prangte. Naru konnte sich gut vorstellen, dass diese Stadt einst die mächtigste des ganzen Menschenreichs gewesen war. Er schätzte, dass sie mindestens dreimal so groß war wie Alonia und wahrscheinlich zwanzigmal größer als Rabenfurt. Aber es war schwer zu beurteilen, denn Drachenberg war längst über seine Mauern hinausgewachsen. Unzählige Menschen hatten sich im direkten Umland der Stadt angesiedelt.

Die Wachen am Tor ließen Großmütterchen Zilla und ihre Enkel ohne Scherereien passieren. Direkt hinter der Mauer war ein schöner, Yuma gewidmeter Tempel. Kunstvolle Reliefs erzählten ihre Geschichte. Ada betrachtete die dargestellten Szenen und erinnerte sich daran, was sie Oma Martens aus dem Buch der Götter vorgelesen hatte. Laut der Legende hatte Jespa die Welt einst in der Obhut ihrer erstgeborenen Tochter Yuma zurückgelassen, als sie selbst zu den Sternen reiste, um die beiden Monde einzufangen, die Licht ins Dunkel der Nacht bringen sollten. Wie so viele Kinder nutzte Yuma die Abwesenheit ihrer Mutter, um Unsinn anzustellen. Sie erschuf die ersten Menschen. Als Jespa zurückkehrte, gab es ordentlich Ärger, denn eigentlich war das Erschaffen von Leben ihr vorbehalten, und darum wollte sie alle Menschen auf der Stelle wieder vernichten, aber Yuma flehte ihre Mutter an, und schließlich erlaubte Jespa, dass Yumas Geschöpfe weiterleben durften. Allerdings nicht für immer. Und so kam der Tod in die Welt. Seitdem lebt jeder Mensch die Jahre, die Jespa ihm zugedenkt. Ob Yuma auch die anderen vernunftbegabten Wesen erschaffen hatte und wenn nicht, wer dann, darüber stritten sich die Seelenhüter bis aufs Blut.

Im Yuma-Tempel opferten die Gläubigen der Schutzgöttin aller Menschen, bevor sie die Stadt verließen und natürlich wenn sie gesund zurückkehrten. Wie in jedem ihrer Tempel gab es in der Mitte einen Springbrunnen, an dem Reisende ihren Durst stillen konnten. Elos und die Kinder machten halt und tranken gierig von dem klaren Wasser. Hinter dem Brunnen stand eine große Statue Yumas mit Schild und Füllhorn. Zu ihren Füßen lagen die Opfergaben. Die Statue ähnelte derjenigen, die der Steinflüsterer beim Spektakel in Rabenfurt erschaffen hatte, so sehr, dass sich Ada fragte, ob der Mann schon mal hier gewesen war.

Erfrischt verließen sie den Tempel und ritten bis ins Herz der Stadt. Erst am großen Marktplatz stiegen sie von ihren Reittieren. Von hier hatte man einen guten Blick auf das beeindruckende Kaiserschloss. Es war das größte Gebäude, das die Zwillinge jemals gesehen hatten, und mit unzähligen Reliefs verziert. Ein schöner Balkon im zweiten Stock blickte auf den Marktplatz hinaus. Sicherlich wurde er für öffentliche Verlautbarungen genutzt. Ein Turm ragte in der Mitte des Schlosses empor. Seine Spitze war überdacht, aber an den Seiten offen, und ein großes, rundes Ding glitzerte golden in der Sonne. Ada deutete darauf und fragte: »Was ist das?«

»Ich war auch noch nie hier«, sagte ihr Vater. »Aber wenn mich nicht alles täuscht, ist es ein Kesselgong. Er wird geschlagen, wenn der Feind naht oder ein Gebäude in Flammen steht ...«

»Oder der Drachenberg Feuer speit?«, fragte Ada.

»Nun ja, während unserer kurzen Anwesenheit hier wird sicher nichts dergleichen passieren«, sagte Elos und hoffte sofort, dass er das Schicksal mit diesem Satz nicht provoziert hatte.

Er band die Reittiere an einer Tränke fest, und die Kinder zerrten ihn gleich darauf zu einem Marktstand direkt daneben, der gebratene Maiskolben verkaufte. Elos trank einen Schluck Stimmonade und orderte drei Maiskolben. Sie hatten kaum zwei Bissen getan, als eine laute Stimme rief: »Platz für die Kaiserin! Platz für die Kaiserin!«

Eine Kutsche mit Reitereskorte rauschte an ihnen vorbei. Ada hatte es nicht genau gesehen, aber es schien ihr, als wäre mindestens die Hälfte der Eskorte Frauen gewesen.

»Was war das?«, fragte Naru.

»Das war die Kaiserin«, antwortete die Maisverkäuferin. »Jeden Mittag und jeden Nachmittag rauscht sie hier vorbei.«

»Wo kommt sie denn her?«, fragte Elos interessiert.

»Von der Heilquelle. Alle Tage fährt sie dorthin. Ihre Gesundheit ist ja stark angegriffen. Aber wie man hört, helfen selbst die Quellen nicht.«

»So, so«, sagte Elos. »Hört man das ...«

Nachdem sie gegessen hatten, kaufte Elos noch ein wenig Grünzeug für die Tiere. Als sie den Hengst und den Esel fütterten, fragte Ada: »Und jetzt?«

»Jetzt zeigen wir einfach irgendwelchen wildfremden Leuten mein Bild von Emmett und fragen, ob sie ihn zufälligerweise kennen«, schlug Naru vor.

»Unsinn!«, sagte Elos. »Wir machen den Waffenschmied ausfindig, der Emmetts Zwillingsschwerter gefertigt hat. Mit etwas Glück wird er sich an ihn erinnern.«

»Und wie machen wir die Schmiede ausfindig?«, fragte Naru.

»Wir zeigen einfach irgendwelchen wildfremden Leuten dein Bild des Zunftzeichens des Waffenschmieds und fragen, ob sie ihn zufälligerweise kennen«, sagte Elos.

Naru verdrehte die Augen. »Und das ist kein Unsinn?«, fragte er.

»Nein. Das ist kein Unsinn. Das ist der Alltag eines Spurenfinders.«

»Also wirklich, Naru«, spottete Ada. »Mir scheint, du bist nur ein Spurensucher.«

»Es sind wirklich zwei ganz verschiedene Paar Stiefel«, sagte Elos.

»Aber es sind beides Stiefel«, murrte sein Sohn.

Tatsächlich war der Waffenschmied nicht schwer zu finden. Schon der zweite Mann, den sie fragten, konnte ihnen den Weg weisen. Die Schmiede lag auch gar nicht weit vom Marktplatz entfernt. Das Zunftzeichen, ein Schwert auf einem Amboss, darunter die Initialen A. W., prangte groß und kunstvoll gearbeitet auf einem Schild, das über dem Tor verankert war. Die Schmiede war viel größer als die heruntergekommene Arbeitsstätte von Matthis Bjarnson in Friedhofen. Durch die geöffneten Fenster sah Naru zwei Öfen glühen, es gab mehrere Ambosse und mindestens fünf Gesellen. Ihre Hämmer erzeugten einen ganz eigenen Rhythmus. Der Spurenfinder übergab die Reittiere an seine Kinder. Dann nahm er einen Schluck von der Stimmonade, rückte seinen Schleier wieder zurecht und trat durchs Tor. Unter Mühe errang er die Aufmerksamkeit eines arbeitenden Gesellen und verlangte, den Meister zu sprechen. Er wurde gebeten, vor dem Tor zu warten, wo der Meister in Kürze zu ihnen stoßen würde.

Sie warteten lange, und Elos wollte sich schon beschweren, da trat ein stämmiger, glatzköpfiger Mann mit dichtem Vollbart vors Tor.

»Was kann ich für Sie tun, Mütterchen?«, fragte er lächelnd. »Sie wissen, dass ich *Waffen*schmied bin? Ich bin nicht der Richtige, um Ihre Gießkanne zu flicken.«

»Schauen Sie, mein Herr«, sagte Elos mit Omastimme. »Ich betreibe eine Herberge nicht weit von der Stadt. Und vor Kurzem hatte ich einen schweigsamen Gast. Er hat meinen Wein getrunken, meine Schmalzstullen gegessen, in meinem Gästezimmer geschlafen. Aber glauben Sie, er hat mich dafür bezahlt? Nichts dergleichen. Am dritten Morgen war er einfach verschwunden und hat die Zeche geprellt!«

Die Kinder hatten beobachtet, wie während Elos' Erzählung im Gesicht des Waffenschmieds milde Verwunderung zu genervter Ungeduld geworden war.

»Hören Sie, Mütterchen, was habe ich damit zu tun? Ich bin kein Spurensucher.«

»Das ist mir klar«, fuhr Elos unbeeindruckt fort. »Aber wissen Sie, der feine Herr hat zwei Schwerter in seinem Zimmer zurückgelassen. Zwillingsschwerter. Höchst merkwürdig, finden Sie nicht?«

Das Interesse des Schmieds war geweckt. »In der Tat. Kein vernünftiger Mensch lässt freiwillig seine Waffen zurück.«

»Und nun verhält es sich so, dass auf beiden Schwertern Ihr Zunftzeichen eingraviert ist. Und da wollte ich Sie fragen, ob Sie den Mann möglicherweise kennen? Vielleicht können Sie mir sagen, wo er zu finden ist, oder aber, falls Sie ihn nicht kennen und er ein Schurke ist, der die Schwerter geklaut hat, dann kennen Sie eventuell den wahren Besitzer, der mir einen Finderlohn zahlen würde.«

»Wie soll ich denn wissen, ob ich den Mann kenne ...«, begann der Schmied.

»Sehen Sie, mein Enkel hier ist sehr talentiert und hat ein Bild des Mannes gezeichnet«, erklärte Elos.

»Tja«, sagte der Waffenschmied. »Zeigen Sie mal her.«

Elos stupste Naru an, dieser holte sein Skizzenbuch hervor und zeigte das Bild, das er von Emmett gezeichnet hatte. Der Waffenschmied begutachtete die Zeichnung, und Ada hatte schon Hoffnung, denn irgendetwas schien in seinen Augen aufzublitzen, aber er sagte nur: »Tut mir leid. Nie gesehen.«

Auch Elos schien das Blitzen bemerkt zu haben, denn er setzte nach. »Mein lieber Meister«, sagte er. »Schauen Sie noch mal genauer hin, vielleicht ist es ja schon eine Weile her, dass der Mann ...«

»Hören Sie, seit vierzig Jahren verkaufe ich hier Schwerter. Ich kann mir nicht jedes Gesicht merken. Es tut mir leid. Und jetzt müssen Sie mich entschuldigen. Ich habe zu tun.«

Mit diesen Worten trat der Meister zurück in seine Schmiede. Er schloss das Tor, blieb aber hinter dem Fenster stehen und starrte sie noch einen Moment an.

***

Schweigend führten der Spurenfinder und seine Kinder ihre Reittiere zurück zum Marktplatz. Ihre wichtigste Spur hatte sich als Sackgasse erwiesen.

»Glaubst du, er weiß wirklich nichts?«, fragte Naru.

»Hm«, machte Elos. »Möglich.«

»Immer wenn du möglich sagst, glaubst du eigentlich nicht daran.«

»Und jetzt?«, fragte Ada.

»Ich würde vorschlagen, jetzt zeigen wir einfach wildfremden Leuten Narus Bild von Emmett und fragen, ob sie ihn zufälligerweise kennen«, sagte Elos.

Naru schüttelte den Kopf.

»Ist was, mein Junge?«, fragte sein Vater.

»Warum ist dieselbe Idee schlau, wenn sie von dir kommt, und Unsinn, wenn sie von mir kommt?«, fragte Naru.

»Nun ja«, sagte Elos. »Wenn du zwei Paar Schuhe zur Auswahl hast und eines davon drückt, aber das andere nicht, dann nimmst du natürlich das passendere. Aber wenn du nur eins zur Verfügung hast und über glühende Kohlen laufen sollst, dann ist man nicht wählerisch. Wenn du verstehst, was ich meine.«

»Nicht ganz«, sagte Naru.

»Egal«, sagte Elos, »nehmt bitte das Bild, zeigt es den Leuten von Drachenberg und fragt, ob irgendjemand euren Onkel kennt. Ihr wollt ihn nämlich hier treffen.«

»Ich soll fremde Leute ansprechen?«, fragte Ada.

»Jetzt stell dich nicht so an!«, sagte Naru. »Ich zeig dir, wie das geht!«

»Aber beschuldige sie nicht gleich wieder des Mordes«, stichelte Ada.

»Pff«, machte Naru.

Bevor Elos ihn aufhalten konnte, hatte er sich schon an den erstbesten Passanten gewandt. Es war ein schäbig gekleideter Junge, kaum älter als Naru selbst.

»Entschuldigen Sie, mein Herr!«, sagte Naru. »Wir suchen meinen Onkel!«

Der Junge blieb stehen. »So? Aha. Und was habe ich damit zu tun?«

»Ja, sehen Sie, wir sind mit unserem Großmütterchen unterwegs. Leider ist sie schon ein wenig tatterig. Also vor allem im Kopf.«

Elos räusperte sich.

»Jedenfalls hat sie vergessen, wo genau wir unseren Onkel treffen wollten. Ich habe ein Bild von ihm gemalt. Haben Sie diesen Mann schon mal gesehen?«

Der Junge warf einen Blick auf die Zeichnung in Narus Skizzenbuch. »Kenne ich nicht«, sagte er. »Ich bin auch kein Fremdenführer und lass mir nur ungern die Zeit stehlen!«

»So?«, fragte Naru. »Dann möchte ich dir auf den Kopf zu sagen, dass ich der festen Überzeugung bin, dass du hinter dem Mord am Dorfvorsteher von Friedhofen steckst!«

Der Junge guckte ihn fassungslos an. Allerdings nicht ganz so fassungslos wie Ada und Elos.

Naru verdrehte die Augen. »Das war ein Scherz! Meine Güte! Ein Scherz!«

Der Junge gab mit einer garstigen Geste seine Meinung über Narus Geisteszustand kund und lief schnell weiter.

Elos schüttelte den Kopf. »Was für ein Unsinn, Naru! Die Welt ist kein Spielplatz.«

»Aber es war witzig«, sagte sein Sohn. »Hast du gesehen, wie verdattert er war?«

Elos seufzte. »Zugegeben. Allerdings wäre es mir doch recht, wenn wir in Zukunft etwas geplanter und vorsichtiger vorgehen würden.«

»Wie das?«

»Nun, zum Beispiel war der Junge, den du gefragt hast, sehr wahrscheinlich entweder ein Kleinkind oder noch gar nicht geboren, als Emmett Syndrakos verlassen hat. Wir müssen ältere Menschen fragen. Am besten welche, die Kontakt mit vielen Leuten haben.«

Elos riss das Bild des jungen Emmett aus Narus Skizzenbuch.

Als Ersten fragten sie einen der Fuhrleute, die am Marktplatz ihre Kutschen anpriesen. Naru zeigte ihm das Bild, und Ada hatte schon Hoffnung, denn auch in den Augen des Fuhrmanns schien etwas aufzublitzen, aber er sagte nur: »Tut mir leid. Nie gesehen. Kann euch nicht helfen.«

Die nächsten Versuche ergaben ebenfalls nichts Brauchbares. Bei einem älteren Schankwirt schien wieder kurz dieser Funke des Erkennens, aber er stritt alles ab. Die Jüngeren hatten den Mann auf dem Bild offensichtlich noch nie gesehen.

»Wir stochern im Dunkeln«, brummte Elos. »Das bringt so nichts. Aus irgendeinem Grund wollen die Leute nicht mit uns reden. Wir müssen jemanden suchen, der gesprächiger ist.«

»Wir bräuchten eine alte Dame«, meinte Ada. »Die sind doch eigentlich immer an einem kleinen Plausch interessiert.«

»Mit der könntest du von Gleich zu Gleich reden«, sagte Naru.

»Hm«, machte Elos. Dann nickte er. »Guter Plan. Alte Damen sind meist auch furchtlos.«

»Nur wo findet man alte Damen?«, fragte Naru.

Ada hatte eine Idee. Sie wandte sich an eine Blumenverkäuferin. »Liebe Frau, könnten Sie uns den Weg zum nächsten Friedhof weisen?«

»Der nächste Friedhof?«

»Ja, wir wollten unser Großmütterchen zum Grab ihres Bruders begleiten, aber sie hat den Weg vergessen.«

»Nun, der nächste Friedhof ist sicher der am Jespa-Tempel«, sagte die Verkäuferin. »Seht ihr die Kuppel? Er ist eigentlich nicht zu verfehlen.«

»Habt Dank«, sagte Ada und machte einen Knicks.

Sie nahmen ihre Reittiere und folgten dem Weg, der ihnen gewiesen worden war. Die Sonne verschwand bereits hinter den Mauern der Stadt. Bei einem Blick zurück meinte Naru, einen der Gesellen des Waffenschmieds zu erkennen. Er sprach mit der Blumenverkäuferin, und kurz schien es Naru, als ob der Mann sie mit seinen Blicken verfolgte, gleich darauf aber wandte er sich ab und verschwand in der Menge.

***

Elos übergab Hengst und Esel in die Obhut des Tempelwächters. Dann betrat er mit den Zwillingen die letzte Ruhestätte hinter dem Jespa-Tempel.

»Mir scheint allein der Friedhof von Drachenberg ist doppelt so groß wie ganz Friedhofen«, staunte Ada.

»Und nur halb so tot«, murmelte Naru.

Tatsächlich hatte Ada recht gehabt. Auf dem Friedhof gab es einige alte Damen. Die meisten schienen ob der späten Stunde im Gehen begriffen. Aber gut hundert Schritte vom Eingang entfernt warf eine uralte Eiche einen langen Schatten.

Und neben dem Baum stand eine Bank, auf der sich eine freundlich aussehende Dame ausruhte und das Farbenspiel genoss, welches die bereits untergegangene Sonne auf den Wolkenteppich zauberte. Der Spurenfinder trank einen Schluck aus der Stimmonadenflasche, gesellte sich zu ihr und krächzte: »Werte Dame ... Können Sie mir vielleicht helfen? Wissen Sie ... Mein Kopf ...«

»Großmütterchen Zilla ist schon ein wenig tatterig«, ergänzte Naru.

»Warte nur, Bürschchen«, sagte die alte Dame lächelnd, »wenn du erst mal so alt bist wie wir, dann bist du auch tatterig.«

»Ich weiß ja, dass mich Nekran bald holen wird«, sagte Elos. »Deswegen habe ich begonnen, meine Sachen in Ordnung zu bringen.« Er holte die Zeichnung hervor. »Schauen Sie mal. Dieses Bild ... habe ich in einer Schublade gefunden ... Aber ich habe nicht mehr die leiseste Ahnung, wer darauf zu sehen ist. Es muss doch aber einer meiner Verwandten sein, oder nicht? Die armen Kinder hier sind Waisen, und es wäre mir sehr recht, sie in der Obhut eines gütigen Verwandten zu wissen ...«

»Zeigen Sie mal her«, verlangte die alte Dame. Sie kniff ihre Augen zusammen und hielt sich die Zeichnung recht nah vors Gesicht, um im Dämmerlicht etwas erkennen zu können. »Nun ja«, erklärte sie schließlich. »Ich würde sagen, diesen jungen Mann kenne ich.«

»Tatsächlich?«, fragte Elos und konnte seine Aufregung kaum unterdrücken.

»Natürlich. Zu seiner Zeit hat ihn fast jeder hier gekannt. Wenn mich nicht alles täuscht, ist das Magnus Harling. Da hätten Ihre Enkel Glück, wenn er sich um sie kümmern würde. Es gibt da nur ein Problem ...«

»Welches?«

Die alte Dame streckte ihren Arm aus und deutete auf eine Gruft, die etwas entfernt auf einer kleinen Anhöhe stand. Elos erhob sich und legte künstlich humpelnd die Strecke zur Grabstätte zurück. Die Kinder folgten ihm. Auf der Gruft stand eine Statue. Die fein gearbeitete Skulptur zeigte einen jungen Mann. Die Haare waren zwar länger, und er hatte keinen Bart, aber es war ohne Zweifel Emmett. Elos strich eine Efeuranke zur Seite. Der Spurenfinder las die Inschrift auf dem Sockel. Dort stand: »Hier ruht Magnus Harling. Thronfolger von Syndrakos. Von uns gerissen in seinem zwanzigsten Sommer. Gerichtet durch seine eigene Hand.«

»Wie? Was?«, fragte Ada. »Ich verstehe gar nichts mehr.«

»Hm«, machte Elos. Seine Stimme war schon fast wieder normal. »Dieser Fall wird immer verzwickter.«

»Was soll das heißen, gerichtet durch seine eigene Hand?«, fragte Ada. »Hat er sich etwa selbst getötet?«

»Ich weiß es nicht«, sagte Elos. »Aber Emmett scheint vor zweiundzwanzig Jahren schon einmal gestorben zu sein.« Er ging zur Tür der Gruft. Trotz des fahlen Lichts weckte augenscheinlich irgendetwas daran sein Interesse.

»Glaubst du, er war ein Wiedergänger?«, fragte Naru. »Jemand, der aus seinem Grab auferstanden ist?«

»Nein«, sagte Elos. »Die gibt es nur in Gruselgeschichten für kleine Jungs.«

Der Spurenfinder holte das Glotzoskop aus seiner Tasche und betrachtete die Stellen um das Türschloss herum genauer. »Hm«, machte er. »Es ist ersetzt worden.«

»Vielleicht hatte Magnus einen Zwillingsbruder!«, sagte Ada.

»Nicht alle Menschen haben Zwillingsbrüder, Kindchen.«

»Oder vielleicht hat er seinen Tod nur vorgetäuscht«, spekulierte Naru.

»Warum das denn?«, fragte Ada.

MAGNUS
HARLING
SYNDRAKOS

»Nun«, sagte Elos, »unter Umständen fürchtete er – und wie sich herausgestellt hat völlig zu Recht –, dass sein Anspruch auf den Thron einem langen Leben im Weg stehen würde.«

»Wie meinst du das?«, fragte Ada.

»Sollte die Kaiserin sterben, wird ihr Bruder, der berüchtigte Herzog Harling die Herrschaft übernehmen. Es sei denn ...«

»Es sei denn«, fuhr Ada fort, »Emmett oder vielmehr Magnus würde plötzlich aus dem Exil auftauchen und seinen stärkeren Anspruch auf den Thron geltend machen.«

»Und deswegen hat der Herzog Emmett aufspüren und töten lassen?«, fragte Naru.

»Wenn dem so ist«, sagte sein Vater, »schweben wir in viel größerer Gefahr, als ich dachte.«

Er blickte sich um. Die alten Damen waren mit dem letzten Licht verschwunden. Der Friedhof dämmerte inzwischen im Dunkel.

»Wir hätten nicht nach Syndrakos kommen sollen«, sagte Elos. »Was habe ich mir nur dabei gedacht. Es ist zu gefährlich. Ich hätte euch niemals mitnehmen dürfen. Ich Narr! Kommt!«

Eilig liefen sie die Anhöhe hinab und auf den Ausgang des Friedhofs zu. Doch noch bevor sie diesen erreichten, hörten sie außerhalb der Friedhofsmauer marschierende Soldaten. Ada meinte, etwas in den Gesichtszügen ihres Vaters lesen zu können, was sie von ihm überhaupt nicht kannte: Verzweiflung. Der Spurenfinder blickte sich um.

»Schnell«, flüsterte er. »Versteckt euch!«

DIE ANDERE SEITE DER ANGST

Elos und die Zwillinge stoben in verschiedene Richtungen auseinander. Ada kauerte sich hinter einen großen Grabstein: »Hier ruht Magda Jondlan. Traumflüsterin des Kaisers Hardon«, stand darauf. Vorsichtig spähte Ada hinter dem Gedenkstein hervor. Ihren Vater und Naru konnte sie schon nicht mehr sehen. Die Nacht hatte sie verschluckt. Aber sie sah ein Dutzend Soldaten, die auf den Friedhof marschierten. Die Hälfte von ihnen trug Fackeln in der Hand. Auf ihren Brustpanzern prangte das Zeichen des Drachen. Adrik Wossin, der stämmige Waffenschmied, war an ihrer Seite und redete leise auf den Hauptmann ein.

»Ausschwärmen«, rief dieser. »Durchsucht den ganzen Friedhof!«

All das bekam Naru kaum mit. Er war in ein frisch ausgehobenes Grab gesprungen, hatte sich flach hingelegt und breitete seinen schwarzen Umhang über sich aus. Der Himmel wurde immer dunkler, und Naru hoffte, dass ihm die Nacht genug Deckung verschaffen würde.

Ein Soldat lief durch die Gräberreihe, in der Ada sich verborgen hielt. Sie hörte seine Schritte näher kommen und drückte sich ganz eng an den Gedenkstein. Der Soldat stiefelte an ihr vorbei, doch falls er sich umdrehte, würde er sie ganz sicher entdecken. In ihrer Nähe sah Ada die alte Eiche. Sie könnte versuchen, sich hinter dem Stamm zu verstecken, aber wenn sie sich bewegte, würde der Soldat sie wahrscheinlich hören. Also wartete sie und hielt den Atem an.

Naru hatte es nicht geschafft, sich vollständig mit seinem Umhang zu bedecken. Irgendwas guckte immer raus. Er hatte es nur geschafft, sich vollständig dreckig zu machen. Er verfluchte sich dafür, nicht lieber auf einen Baum geklettert zu sein. Sollten die Soldaten einen gründlichen Blick in dieses Grab werfen, mussten sie ihn entdecken. Aber er wusste nicht, wohin. Es fiel ihm auf, dass er wahrscheinlich gar nicht aus dieser Grube gekonnt hätte, selbst wenn er wollte.

Ada atmete wieder. Sie drehte sich leise um. Der Soldat lief gemächlich durch die Reihen der Gräber. Er hatte nicht gewendet, nicht hinter sich geblickt. Noch nicht. Doch spätestens am Ende der Reihe würde er sich umdrehen. Also krabbelte sie so geräuschlos wie möglich zur Eiche. Hinter dem Baum entdeckte sie dichte Büsche. Vielleicht ein noch besseres Versteck, dachte sie gerade, da knackte etwas unter ihrem rechten Knie. Ganz leise nur, aber der Soldat drehte sich um. Ada drückte sich auf den Boden und hoffte auf den Schutz der Dunkelheit. Der Soldat leuchtete mit seiner Fackel in ihre Richtung. Er hatte sie bemerkt. Verflucht. Er musste sie bemerkt haben. Ada war sich sicher. Dann sah sie aus den Augenwinkeln, wie der Soldat sich überrascht an den Hals griff. Er zog einen kleinen Pfeil heraus. Ada konnte es nicht erkennen, aber sie war sich sicher, dass er rote Federn hatte. Totale Lähmung. Reichlich verwundert blickte der Soldat den Pfeil an, dann röchelte er, stolperte rückwärts und verschwand urplötzlich. Er war wie vom Erdboden verschluckt. Ada hatte keine Ahnung, was gerade passiert war, aber sie krabbelte los. Schnell und geräuschlos.

Naru lag immer noch unter seinem Umhang in der frisch ausgehobenen Grube. Dumpf hörte er Geräusche über sich, traute sich aber nicht, den Umhang zur Seite zu schieben, um nach oben zu linsen. Er hätte sich nicht in einem Grab verstecken sollen. Seine Fantasie ging mit ihm durch. Was, wenn die Soldaten seinen Vater töteten und ihn einfach in dieses leere Grab werfen würden? Was, wenn sie Naru entdeckten und lebendig begraben würden? Ganz in seiner Nähe hörte er jemanden röcheln. Gleich darauf fiel erst eine Fackel neben ihn und danach ein Körper auf ihn drauf. Naru schrie, wie er noch nie zuvor in seinem Leben geschrien hatte.

Ada war am Baum vorbeigehuscht und hatte sich rückwärts in das Gebüsch dahinter gezwängt. Erst relativ spät bemerkte sie, dass es ein Dornengestrüpp war. An mehreren Stellen gleichzeitig zerrissen ihr die Stacheln die Haut. Aber jetzt konnte sie nicht mehr woandershin. Sie musste den Schmerz aushalten. Dann hörte sie ihren Bruder schreien. Sofort wollte sie ihm zu Hilfe eilen. Sie machte eine Vorwärtsbewegung, doch da spürte sie einen Stich in der Brust. Sie blickte an sich herab und sah einen von Elos' blauen Pfeilen in ihrer Brust stecken. Kraftlos sank sie ins Gestrüpp. Die Dornen zerrissen ihr überall gleichzeitig Kleidung und Haut. Aber Ada biss sich auf die Zunge und schrie nicht.

Auf dem Friedhof war der Tumult inzwischen groß. Mehrere Soldaten hatten sich bei Narus Versteck eingefunden. Ein Dicker mit einer hässlichen Narbe statt eines rechten Auges leuchtete in die Grube hinab, andere Soldaten zogen erst ihren gelähmten Kameraden und dann den inzwischen mucksmäuschenstillen Naru hervor. All das sah Ada nicht. Sie hörte nur die Rufe der Soldaten.

Der Dicke mit der Narbe packte Naru am Kragen und hielt ihn mit erstaunlicher Leichtigkeit in die Höhe. »Ich hab einen!«, rief er.

Naru zappelte und schlug um sich. »Lass mich los! Lass mich!«

»Da waren noch eine alte Frau und ein Mädchen!«, sagte der Waffenschmied.

»Hey, Alte!«, rief der Hauptmann. »Wenn du willst, dass dem Jungen nichts passiert, dann komm raus und zeig dich.« Er zog sein Schwert und richtete es auf Naru, der aufhörte zu zappeln. Syndrakos, so beschloss Naru in diesem Moment, würde sicherlich nicht sein liebster Ort auf der Welt werden. Zu viele unangenehme Menschen mit scharfen Schwertern.

»Ich zähle bis drei!«, rief der Hauptmann.

Es raschelte in den Blättern der großen Eiche, die auf halbem Weg zwischen Narus Grab und Adas Versteck stand, und Elos sprang aus dem Geäst herab.

»Nun, da haben wir aber eine ganz sportliche Alte«, sagte der Hauptmann.

»Tun Sie ihm nichts«, sagte Elos.

Der Hauptmann trat an den Spurenfinder heran und nahm ihm Hut und Schleier ab. »Aber die Hübscheste ist sie nicht gerade«, spottete er.

»Sagen Sie Ihrem Soldaten, er soll meinen Jungen loslassen«, bat Elos.

Der Hauptmann grinste nur. Dann wurden seine Gesichtszüge hart. »Was haben Sie hier zu suchen?«, fragte er barsch.

»Bringen Sie uns zur Kaiserin!«, verlangte Elos mit all der Gravität und Würde, die ein Mann seiner Statur in einem schwarzen Witwenkleid aufbringen konnte. »Sagen Sie ihr, dass ihr Sohn ermordet worden ist und dass wir die Spur des Mörders bis hierher verfolgt haben.«

»So, so«, sagte der Hauptmann. »Zur Kaiserin will die hässliche Alte. Und wen darf ich melden?«

Elos sah dem Hauptmann fest in die Augen. »Sagen Sie, Elos von Bergen verlangt nach einer Audienz. Möglicherweise schwebt auch die Kaiserin selbst in Lebensgefahr.«

Der Hauptmann musterte Elos lange. »Möglich«, sagte er. »Aber ich denke, ich bringe euch erst mal zum Herzog.«

Narus Herz wurde noch schwerer. Nach allem, was er über den Herzog gehört hatte, bedeutete das nichts Gutes.

»Defin inserkai demel unghaftver scheta stecktver«, rief Elos.

Der Hauptmann schlug ihm ins Gesicht. »Was ist das für eine Hexensprache?«

Elos schwieg.

Der Hauptmann stieß ihn vorwärts. »Lauf!«

»Was ist mit dem Mädchen?«, fragte das Narbenauge. »Der Waffenschmied sprach von zwei Kindern, aber wir konnten kein weiteres finden.«

»Bleib als Wache zurück. Wenn du sie findest, bring sie ins Verlies.«

Ada lag steif in ihrem Versteck. Sie hörte, wie die Soldaten den Friedhof verließen. Inzwischen war es stockfinster. Ada spürte, wie eine Angst in sie kroch, die drohte, auch noch ihren Verstand zu lähmen. Es war dasselbe Grauen, das sie in der Nacht der Träume empfunden hatte. Nur war es dieses Mal real. Sie war allein. Ganz allein. Auf einem Friedhof. Unter ihr die Toten. Über ihr die Dunkelheit. Vater und Naru hatten sie zurückgelassen. Wie konnten sie ihr das antun? Sie wussten doch, wie sehr sie sich vor dem Alleinsein fürchtete. Ada ließ los. Sie ließ sich fallen. Die Angst verschluckte sie, erfüllte sie ganz. Aber nach einigen schrecklichen Momenten realisierte Ada, dass sie noch da war. Es war nichts passiert. Sie kämpfte mit purer Willenskraft gegen die Verzweiflung an und kroch auf der anderen Seite der Angst wieder hervor. Nach und nach schaffte sie es, klare Gedanken zu fassen. Vater und Naru hatten sie nicht verlassen. Soldaten hatten sie gefangen genommen. Und die beiden brauchten ihre Hilfe. Sie versuchte, sich zu konzentrieren, nicht an ihre eigene Lage zu denken, sondern an die der anderen.

»Defin inserkai demel unghaftver scheta stecktver«, hatte ihr Vater gerufen.

Es war eine lächerlich einfach zu knackende Geheimsprache. Zumindest auf dem Papier. Aber beim einmaligen Hören schwirrte die Bedeutung an jedem vorbei, der nicht wusste, worauf er zu achten hat. Ada musste nur die Silben jedes Wortes umdrehen. Es war die Geheimsprache, die sie sich zusammen mit Naru ausgedacht hatte. »Finde Kaiserin. Melde Verhaftung. Tasche versteckt.«

Nur, wie hatte ihr Vater sich das vorgestellt? Und es wäre sehr hilfreich gewesen, wenn er sie nicht vorher gelähmt hätte.

DER HERZOG

Das Kaiserschloss war kalt und ungemütlich. Jedenfalls die Gänge und das Verlies, die alles waren, was Elos und Naru bisher zu Gesicht bekommen hatten. Nur vereinzelt erhellten Fackeln an den Wänden die Dunkelheit. Der Spurenfinder und sein Sohn waren in einer schäbigen, feuchten Zelle untergebracht. Das Gitter war rostig, aber stabil. Es gab nur eine Pritsche. Sie würden sich mit dem Schlafen abwechseln müssen, dachte Naru. Falls er überhaupt Schlaf finden konnte. Von dunklen Verliesen hatte er bisher nur in Schauergeschichten gehört. Nie hätte er geglaubt, dass er selbst einmal in einem landen würde. Er dachte an den Friedhof zurück. Dieser Hauptmann hatte seinem Vater ins Gesicht geschlagen. Der kindliche Teil von Naru konnte einfach nicht verstehen, wie das hatte passieren können und warum der Kerl nicht augenblicklich von Nekran höchstpersönlich verschluckt worden war. Sein Vater stand schon eine Weile nachdenklich am Gitter und starrte in die Dunkelheit. Vielleicht fragte er sich dasselbe. Vielleicht war er genauso ratlos wie Naru. Aber wahrscheinlich erdachte er schon einen neuen Plan. Hoffentlich. Großmütterchen Zillas Trauerkleid hatte er abgelegt. Mangels anderer Kleidung trug er nur Hose und Unterhemd.

Aus dem Gang hallten Schritte zu ihnen herüber, und nach kurzer Zeit erschienen zwei Männer. Neben dem hageren und ungesund bleichen Kerkermeister, dessen unangenehme Bekanntschaft Elos und Naru schon bei ihrer Ankunft gemacht hatten, schritt ein gedrungener, aber imposanter Mann in einem dunkelroten Mantel. Ein kleiner Oberlippenbart zierte sein Gesicht. Sein pechschwarzes Haar war künstlich gelockt.

»Der Herzog«, flüsterte Elos seinem Sohn zu.

»Lass uns allein«, herrschte der Bruder der Kaiserin den Kerkermeister an, und dieser zog sich zurück.

Dann baute sich Herzog Harling in voller Größe vor dem Gitter auf. »Elos von Bergen ...«, sagte er. »Sie haben wirklich Mumm, hier aufzutauchen. Sie sind hier nicht willkommen.«

»Edler Herzog, vergebt mir, aber ich bin mir nicht mal meines Vergehens bewusst.«

»Wirklich?«, fragte der Herzog. »Ich darf also annehmen, dass Sie öfter und nur zum Spaß als Witwe verkleidet herumlaufen, um sich in Bäumen vor meinen Soldaten zu verstecken?«

»Nein«, sagte Elos, »das ist doch eher ungewöhnlich. Ich gebe zu, ich wusste, dass ich in Syndrakos nicht wohlgelitten bin, aber ich weiß nicht, weshalb.«

»So? Waren Sie es nicht, der das Versteck von Prinzessin Henrietta gefunden und meine Pläne durchkreuzt hat? Nun, ich muss gestehen, dass ich äußerst nachtragend bin.«

»Aber die Entführung wurde um des Friedens willen geheim gehalten«, sagte Elos. »Es gab dazu nie eine öffentliche Stellungnahme, und auch ich habe gewiss niemals davon gesprochen. Woher wussten Sie, dass ich es war, der die Prinzessin gefunden hatte?«

Der Herzog schnaubte. Dann lächelte er boshaft. »Wer sonst, Elos von Bergen?«, fragte er. »Wer sonst hätte sie finden können?«

Elos nickte. Die Erklärung schien ihm einzuleuchten.

»Sie sind der beste Spurensucher, den Fredlaff zur Verfügung hatte.«

»Spurenfinder«, sagte Naru, ohne nachzudenken.

»Schweig, Kind!«, rief der Herzog. »Du sprichst nur, wenn man dir eine Frage stellt!«

Naru zuckte zusammen. In diesem bösartig herrischen Tonfall hatte noch nie jemand mit ihm gesprochen. Elos schenkte ihm ein aufmunterndes Lächeln. Dann wandte er sich an den Herzog.

»Ist Ihr Neffe weggelaufen, weil Sie ihn so behandelt haben?«

»Wie können Sie es wagen ...«, zischte der Herzog. Er schnaubte wütend. Dann versuchte er, sich wieder zu beherrschen. »Warum kommen Sie in mein Land und stellen dreiste Fragen über den Verbleib meines Neffen?«

»Ich muss darauf bestehen, mit der Kaiserin persönlich zu sprechen«, verlangte der Spurenfinder.

»Meine Schwester ist leider unpässlich«, sagte der Herzog, sah aber nicht so aus, als würde er vor Mitleid vergehen. »Ich fürchte, sie macht es nicht mehr lange.« Wieder lächelte er. »Sie werden mit mir vorliebnehmen müssen. Also sprechen Sie! Was haben Sie mit meinem Neffen zu schaffen?«

»Magnus ist vor ein paar Tagen ermordet worden«, sagte Elos. »Aber vielleicht wissen Sie das ja schon …«

»… denn wir glauben, dass Sie dahinterstecken!«, brannte es Naru auf der Zunge, aber er verkniff es sich lieber.

»Magnus ist tot?«, fragte der Herzog. »Haben Sie Beweise dafür?«

Elos überlegte kurz. Dann zeigte er dem Herzog seine Hände von beiden Seiten. »Sehen Sie mal«, sagte er. »Ich habe nichts in meinen Händen.«

»Heißt das, nein?«

»Moment«, sagte Elos. »Schauen Sie genau hin! Ich werde gleich etwas aus dem Ohr des Jungen zaubern.«

Naru guckte seinen Vater einigermaßen verdattert an. Was sollte das denn jetzt?

Elos trat zu ihm, griff an Narus Ohr und hatte plötzlich dank seines alten Taschenspielertricks Emmetts Ring mit dem Drachensiegel in der Hand. »Tada!«, rief er.

Der Herzog schüttelte den Kopf. »Ich habe ja schon viel über Ihre Schrullen gehört«, sagte er. »Aber die Gerüchte werden Ihnen nicht gerecht. Sie sind ja regelrecht geistesgestört.«

»Hier ist der Beweis«, sagte Elos.

Er reichte dem Herzog den Ring, der ihn von allen Seiten begutachtete. Dann lachte er laut auf.

»Der Ring des Thronfolgers! Und mein Feind reicht ihn mir als Geschenk. Vielen Dank. Das wird den Machtwechsel noch ein Stück einfacher machen.« Er steckte das Schmuckstück in eine Tasche seines Gewands.

»Was wird aus uns?«, fragte Naru.

Der Herzog lächelte. »Ich weiß es noch nicht. Gerade schwebt mir eine öffentliche Hinrichtung am Tag meiner Amtsübernahme vor. Zur Belustigung des Volkes, verstehst du, Kleiner?«

Naru wurde bleich.

»Wir stehen unter dem persönlichen Schutz König Fredlaffs«, sagte Elos. »Sie könnten damit einen Krieg auslösen.«

»Wie schön«, sagte der Herzog. »Die Idee gefällt mir immer besser.« Und mit diesen Worten verschwand er wieder aus dem Verlies.

»Ich glaube, deine persönliche Bekanntschaft mit Fredlaff hat ihn eher noch darin bestärkt, uns hinrichten zu lassen«, sagte Naru bekümmert.

»Nun ja«, erwiderte Elos. »Ich werde lieber in naher Zukunft hingerichtet, als heute in einer Zelle abgemurkst. Wir brauchen mehr Zeit. Ada braucht mehr Zeit.«

»Ada soll uns retten?«, fragte Naru.

»Das wäre der Plan.«

»Dann sind wir verloren ...« Naru dachte einen Moment nach. »Wie soll Ada uns denn retten?«

»Das ist zum Glück nicht mein Problem«, sagte Elos und legte sich auf die Pritsche.

»Hoffnungslos verloren«, murmelte Naru.

***

Ada war immer noch allein. Im Dunkeln. Gelähmt. Auf einem Friedhof. Wie lange lag sie schon in diesem Dornengestrüpp? Eine Stunde? Zwei? Die Kälte jedenfalls war ihr bereits in alle Glieder gekrochen. Eine Träne lief über ihre Wange. Dafür musste sie sich nicht schämen. Sie dachte an die Darbietung des Wasserflüsterers auf dem Spektakel. Selbst Jespa hatte geweint, als sie allein gewesen war. So stand es im Buch der Götter. Am Anfang gab es nur Jespa. Sie war ganz allein auf der Welt. Und deswegen hatte die oberste Göttin geweint. Sie hatte so lange geweint, bis aus ihren Tränen ein Meer geworden war. Aus diesem Tränenmeer entstieg Akilar, der Wassergott, und Jespa war nicht mehr allein. Aber wenn Ada ihre Kräfte nicht maßlos unterschätzte, war das Herbeiweinen eines Unterstützers keine Option für sie. Ada atmete tief ein und aus. Sie musste die Angst beherrschen. Sie musste handeln. Erfreut stellte sie fest, dass sie ihren kleinen Finger wieder bewegen konnte.

»Finde Kaiserin. Melde Verhaftung«, hatte ihr Vater gesagt.

Toll! Wie hatte er sich das vorgestellt?

Während sie darauf wartete, dass sie sich wieder bewegen konnte, hatte sie folgende Pläne gemacht und verworfen.

Erstens: Frontalangriff aufs Kaiserschloss. Auch wenn sie dabei sicherlich das Überraschungsmoment auf ihrer Seite hätte, schien ihr das Kräfteverhältnis doch zu ihren Ungunsten zu sein.

Zweitens: Vater hatte seine Tasche versteckt. Darin waren noch die goldenen Fredlaffs. Sie konnte versuchen, einen Soldaten oder Wächter zu bestechen. Aber vermutlich würde der erst ihr Geld nehmen und sie danach trotzdem in den Kerker werfen.

Drittens: Sie könnte eine Verkleidung besorgen und versuchen, sich irgendwie ins Schloss zu schleichen. Und dann was? Das Schloss war riesig. Voller Menschen. Und Ada hatte keinen Plan, wo sie die Kaiserin finden könnte.

Sie fühlte, wie Leben in ihre Hand zurückkehrte. Ada öffnete und schloss sie mehrmals.

Wer sagte denn, dass die Kaiserin überhaupt im Schloss war? Vielleicht war sie ja wieder bei dieser Heilquelle. Moment mal ... die Heilquelle! Das war eine Möglichkeit. Ein neuer Plan nahm in Adas Kopf Gestalt an.

Ihre Arme begannen zu kribbeln.

Aber zuerst musste sie unbemerkt von diesem Friedhof herunter. Vater hatte auf den Soldaten geschossen, der sie fast entdeckt hatte, und später auf sie selbst. Er musste einen guten Überblick gehabt haben. Vermutlich hatte er oben in der großen Eiche gesessen. Das hieß, dass Ada dort seine Tasche finden würde.

Ihre Beine ließen sich wieder bewegen.

Dann war da noch der Soldat, der als Wache zurückgelassen worden war. Der war ein Problem. Als Erstes musste sie herausfinden, wo er war. Vermutlich am Eingang.

Ada versuchte, sich ganz langsam aufzusetzen. Es gelang ihr mit viel Mühe. Sie blickte aus dem Gestrüpp in die Nacht hinein und sah nichts und niemanden. Sie war allein. Allein, allein, allein. Sofort wollte sie sich wieder hinlegen. Aber Vater brauchte ihre Hilfe. Naru brauchte ihre Hilfe.

Leise krabbelte sie aus dem Gebüsch. Nur die beiden Monde und die Sterne erhellten den finsteren Friedhof. Ada ging gebückt, suchte Deckung. Am Eingang des Friedhofs, vielleicht hundert Schritte entfernt, sah sie eine Gestalt mit einer Fackel. Das musste der Soldat sein. Wie eine Schlange kroch Ada ganz langsam zur Eiche. Auf der dem Tor abgewandten Seite begann sie den Baum hinaufzuklettern. Gleich beim ersten Versuch rutschte sie ab. Naru hätte das besser gekonnt, schoss es ihr durch den Sinn. Aber dann dachte sie: Pah. Ich kann das auch. Sie zog sich wieder hoch, und diesmal klappte es. Doch bei jedem Ast, der knackte, machte ihr Herz einen kleinen Sprung. Der Soldat indes schien sie nicht zu hören. Im Geäst, unter den Blättern, konnte Ada fast gar nichts mehr sehen. Sie tastete mit ihrer rechten Hand nach der Tasche, doch sie spürte nichts außer der rauen Rinde der Eiche. Hatte sie sich vielleicht geirrt? War die Tasche gar nicht in diesem Baum? Sie tastete weiter und stieß endlich auf etwas, das hier fehl am Platze war. Ihre Finger spürten glattes Leder. Ada griff danach, doch die Tasche entglitt ihr und kam ins Rutschen. Panisch versuchte Ada, sie aufzufangen, und bekam mit ihrer linken Hand gerade noch den Gurt zu fassen. Das würde sie Naru unter die Nase reiben. Man konnte durchaus Sachen mit der linken Hand auffangen, die einem durch die rechte gerutscht sind.

Behutsam kletterte sie vom Baum. Sie holte die Armbrust aus der Tasche und zog hinten am Spannhebel, bis die Sehne einrastete. Ganz vorsichtig legte sie einen Pfeil mit roter Feder auf den Lauf. So gerüstet schlich Ada auf den Wachsoldaten zu, als sich plötzlich direkt neben ihr etwas bewegte. Ein Schrei ließ ihr das Blut in den Adern gefrieren. Dann sah sie eine Nachtigall davonflattern. Ada atmete auf, doch der Soldat hatte den Vogel auch gehört. Er drehte sich um und leuchtete mit der Fackel in Adas Richtung. Sein gesundes Auge fand sie in der Dunkelheit. Sofort hob er sein Schwert und lief brüllend auf sie zu. Schnell betätigte Ada den Abzug. Der Pfeil schoss aus der Armbrust. Sie hatte nicht schlecht gezielt, aber der Pfeil prallte nutzlos von der Panzerung des Soldaten ab. Rückwärts laufend zog Ada hektisch den Spannhebel wieder nach hinten. Sie legte einen weiteren roten Pfeil ein. Als sie die Armbrust hob, hatte der Soldat sie schon fast erreicht. Trotzdem nahm sie sich Zeit zu zielen, wie Minna es ihr gezeigt hatte. Keine drei Schritte trennten die beiden noch, da betätigte Ada den Abzug erneut. Der Pfeil landete direkt im vernarbten Auge des Wachmanns. Ada wich zur Seite aus, der verblüffte Soldat stolperte dank seines Schwungs an ihr vorbei und ging innerhalb kürzester Zeit zu Boden.

»Entschuldigung, Entschuldigung«, flüsterte Ada. »Es tut mir wirklich wahnsinnig leid. Aber seien Sie einfach froh, dass ich nicht aus Versehen Ihr gesundes Auge getroffen habe.«

Sie zog den Pfeil aus dem Auge, hob den anderen auf und packte beide wieder ein. Ada überlegte, wie lange die roten Pfeile lähmten. Sie wusste es nicht. Sicherheitshalber nahm sie einen weiteren Pfeil aus der Tasche, ging zurück zum Soldaten und pikste ihn damit in die Wange.

»Tut mir leid«, sagte sie erneut. »Aber doppelt hält besser.«

Dann pikste sie ihn noch mit einem dritten Pfeil.

»Ich hoffe ehrlich, Sie überleben das«, murmelte sie.

Ada verließ den Friedhof und blickte sich nach ihren Reittieren um, konnte sie aber nicht entdecken. Die Soldaten mussten sie mitgenommen haben. Zu Fuß huschte sie in die Nacht hinaus, nicht wissend, wohin sie sich wenden sollte. Die ganze Stadt schien Augen zu haben. Ohne ein konkretes Ziel im Sinn, lief sie los. Erst mal weg von dem furchtbaren Friedhof. Wenn ihr jemand in der Dunkelheit entgegenkam, wechselte sie die Straßenseite. Sie bildete sich ein, dass alle hier ihr übelwollten. Bei jedem Mann in dunklem Umhang musste sie an den Nektarhändler in Rabenfurt denken. Damals hatte sie immerhin noch Timu bei sich gehabt. Und Emmett war gekommen und hatte sie gerettet. Aber Emmett war tot. Niemand würde kommen, um sie zu retten. Im Gegenteil: Sie musste die anderen retten. Am Marktplatz sah sie eine Herberge, und ohne groß nachzudenken, klopfte sie an die Tür.

Dann aber rannte sie schnell weg, bevor diese geöffnet wurde. Sie hätte so gerne mit den Fredlaffs für ein warmes Zimmer bezahlt, aber ein zwölfjähriges Mädchen in dreckigen Klamotten, das mitten in der Nacht ein Herbergsbett mit fremdländischem Gold bezahlt – das war das Gegenteil von unauffällig. Und unauffällig musste sie sein.

Ada beschloss, die Nacht außerhalb der Mauern zu verbringen. Sie versuchte, den gleichen Weg zurückzunehmen, der sie in die Stadt geführt hatte, was im Dunkeln gar nicht so einfach war. Sie traute sich nicht, jemanden um Hilfe zu bitten. Eine gefühlte Ewigkeit irrte sie umher. Drachenberg war viel, viel größer als Friedhofen. Hier konnte man sich problemlos verlaufen. Endlich sah sie ein Stadttor am Ende einer langen Straße. Schnellen Schrittes lief sie darauf zu. Aber natürlich war es in der Nacht verschlossen. Sie wollte schreien vor Verzweiflung, war sogar bereit, die Götter, an die sie nicht glaubte, um Hilfe anzuflehen. Da fiel ihr Blick auf den Yuma-Tempel neben dem Stadttor. Der Tempel war immer offen.

Ada ging hinein.

***

Naru saß schlotternd auf dem Boden des Kerkers. Elos lag auf der Pritsche und schnarchte. Als Naru hallende Schritte hörte, versuchte er, seinen Vater zu wecken, aber dieser weigerte sich, die Augen zu öffnen. Naru wandte sich zum Gitter, und Herzog Harling stand mit einem fiesen Grinsen im Gesicht vor ihm.

»Gute Nachrichten, Junge!«, sagte er. »Die Kaiserin ist tot. Das heißt, ihr müsst nicht mehr lange warten! Schon heute werdet ihr hingerichtet.«

Panisch rüttelte Naru an seinem Vater. Das konnte doch nicht wahr sein. Sein Vater musste einen Plan haben! Er hatte doch immer einen Plan. Aber Elos war nicht wach zu kriegen.

»Und noch mehr gute Nachrichten«, sagte der Herzog. »Ihr müsst nicht alleine sterben.«

Bei diesen Worten marschierten die Soldaten des Herzogs herein. In ihrer Mitte war Ada.

»Vater!«, rief Naru. »Vater!«

Elos reagierte nicht.

Erst jetzt bemerkte Naru, dass Ada nicht die Einzige war, die von den Soldaten ins Verlies geschafft wurde. Da war auch noch sein Esel. Und Ilda.

»Naru!«, rief sie.

»Ilda!«

»Ich habe leider meine Mütze verloren«, sagte der Esel. »Und die Schleife. Es tut mir leid.«

»Es ist nicht deine Schuld«, tröstete Naru seinen Freund. »Mach dir keine Vorwürfe.«

Dann kam es ihm doch etwas komisch vor, dass der Esel plötzlich sprechen konnte. Naru fuhr hoch und erwachte aus seinem

Albtraum. Er lag auf der Pritsche. Zillas Trauerkleid lag wie eine Decke über ihm. Elos ging mit finsterer Miene vor dem Gitter hin und her. Naru setzte sich auf. Ihm war elend zumute und schrecklich kalt.

»Ein Albtraum?«, fragte sein Vater.

Naru blickte sich im düsteren Verlies um. »Ja. Und ich fürchte, er ist gar nicht vorbei, obwohl ich aufgewacht bin.«

Elos nickte. Eine Weile herrschte Stille.

Naru wickelte sich wieder in Zillas Trauerkleid. »Meinst du, er hat etwas mit dem Mord zu tun?«, fragte er nach einer Weile.

»Der Herzog?«, fragte Elos.

Naru nickte nur.

»Ein Motiv hätte er«, sagte der Spurenfinder. »Das stärkste Motiv bisher.«

»Aber was ist mit den Leuten auf dem Jahrmarkt?«, fragte Naru. »Es führten doch so viele Spuren zum Jahrmarkt.«

»Selbst wenn der Herzog der Auftraggeber wäre«, sagte Elos, »hat er den Mord sicherlich nicht selbst ausgeführt.«

»Das heißt, er hat den Zwerg angeheuert, Emmett, ich meine Magnus, zu töten?«

»Das heißt, er könnte einen Attentäter angeheuert haben, der die schlaue Idee hatte, sich unter reisendem Jahrmarktsvolk zu verstecken.«

Naru nickte. »Aber Beweise haben wir dafür nicht.«

»Nein. Leider nicht.«

»Sag mir, dass du einen Plan hast, wie wir hier wieder rauskommen«, bat Naru. »Du hast doch immer einen Plan.«

»Ich habe mehrere Pläne«, sagte Elos lächelnd. »Es muss sich noch zeigen, welche davon machbar sind. Das einzige Problem: Alle setzen voraus, dass deine Schwester Erfolg hat.«

DIE HEILQUELLE

Am Morgen wachte Ada auf, als sie Geräusche hörte. Sie hatte im Yuma-Tempel geschlafen. Jetzt näherten sich die ersten Reisenden, die um den Beistand der Schutzgöttin baten. Schlauerweise hatte sich Ada hinter der großen Statue schlafen gelegt und wurde nicht sofort gesehen.

Sie verließ ihr Versteck und mischte sich unter die Gläubigen, als diese sich gerade vor der Göttin verneigten. Sie tat so, als würde sie ebenfalls zu Yuma beten. Und tatsächlich war sie der Göttin dankbar für das Nachtlager, ganz gleich, ob es sie jetzt wirklich gab oder nicht. Die Tempelbesucher opferten Reis, Brot, Gewürze, Käse, Obst und Gemüse. Ada, die seit den Maiskolben gestern nichts mehr gegessen hatte, lief das Wasser im Mund zusammen. Sie wartete, bis die kleine Gruppe Reisender den Tempel wieder verließ, dann nahm sie sich schnell einen der Äpfel. Und dann noch einen, da sie zu dem Schluss gekommen war, dass die doppelte Menge Äpfel das Sakrileg nur unwesentlich größer, sie aber deutlich satter machen würde.

»Verzeih mir, Yuma«, murmelte Ada sicherheitshalber. »Aber ich habe Hunger. Du verstehst das sicher.«

Ada interpretierte es als Yumas Einverständnis, dass sie nicht sofort vom Schlag getroffen wurde, und nahm sich auch noch etwas Brot und Käse. Sie verschlang ihre Beute hastig und lief dann zügig aus dem Tempel. Sicherlich war Narbenauge schon wieder aufgewacht und hatte seine Kameraden alarmiert. Sie musste schnell raus aus der Stadt.

Was ihr für ihren Plan noch fehlte, waren neue Kleider. Ada streifte durch die Straßen am Stadtrand, bis sie in einem Hinterhof eine Wäscheleine sah, auf der unter anderem ein hübsches blaues Kleid hing. Es war riskant, das Gewand zu stibitzen, aber es wäre ebenfalls riskant, sich eines mit goldenen Fredlaffs zu kaufen. Sie hatte allerdings überlegt, einen der Fredlaffs als Entschädigung fallen zu lassen, aber selbst dies als zu gefährlich verworfen. Vielleicht konnte sie das Kleid ja zurückgeben, nachdem es ihnen gelungen wäre, alles aufzuklären. *Falls* es ihnen gelingen würde. Sie kletterte über den Zaun und wartete. Nichts passierte. Sie trat näher an die Wäscheleine heran. Ihr Herz pochte, als sie nach dem blauen Kleid griff. Ein Hund begann zu bellen. Schnell riss Ada das Kleid von der Leine und rannte zurück zum Zaun. Sie hörte den Hund hinter sich. Ein Blick über die Schulter verriet ihr, dass es ein großer Wolfshund war und dass er sie gleich einholen würde. Ada machte sich bereit. Sie würde versuchen, dem Vieh das Kleid ins Gesicht zu schleudern, und seine Verwirrung nutzen, um zu entkommen. Sie drehte sich um, der Hund sprang, aber da jaulte er plötzlich jämmerlich und fiel zu Boden. Erst jetzt bemerkte Ada die große Eisenkette, die dem Wolfshund genau so viel Freilauf ließ, dass er sie fast erreicht hätte. Aber nur fast. Ihre Erleichterung währte jedoch nicht lange, denn nun hörte sie laute Stimmen aus dem Haus. Sie drehte sich um und kletterte schnell über den Zaun, begleitet vom Kläffen und Jaulen des Hundes.

Wieder auf der Straße wagte sie es nicht zurückzublicken und rannte, bis sie auf andere Menschen stieß. Dann verlangsamte sie ihren Schritt, um nicht aufzufallen. An jeder Kreuzung wechselte sie die Richtung, bis sie sich endlich sicher war, dass sie nicht verfolgt wurde. Sie atmete einmal tief ein und aus. In einer kleinen, verlassenen Gasse warf sie sich das blaue Kleid über. Sie war Dalia Sperber, eine Reisende aus Dreibrücken auf dem Weg zur Heilquelle von Drachenberg. Ganz normal. Alles, was sie jetzt noch brauchte, war eine teure Kutsche. Menschen in teuren Kutschen wurden nie kontrolliert.

***

Die Kutscherin schaute das Goldstück verwundert an. »Was ist das denn?«, fragte sie.

»Das ist ein goldener Fredlaff«, erklärte Ada und rang sich ein Lächeln ab. »Ich komme aus Dreibrücken.«

Die Kutscherin biss auf das Goldstück, als ob sie damit irgendetwas herausfinden könnte. Dann zuckte sie mit den Schultern und sagte: »Na ja, Gold ist Gold. Steigen Sie ein, meine Dame.«

Ada nickte scheinbar gelassen, aber insgeheim war sie sehr erleichtert und kletterte in die Kabine der luxuriösen Kutsche.

Sie verließen die Stadtmauern und folgten einer sehr gut instand gehaltenen imperialen Straße in Richtung Westen. Vor dem Fenster der Kutsche zog eine schöne Gegend mit beeindruckenden Villen vorbei, aber Ada schaute gar nicht richtig hin. Ihre Gedanken wanderten immer wieder zu Naru und ihrem Vater. Sie würde alles wagen, um ihnen zu helfen. Hoffentlich kam ihre Hilfe nicht zu spät. Die Fahrt dauerte eine gute halbe Stunde. Kurz vor der Heilquelle gab es einige edle Herbergen und Gasthäuser. Die Kutscherin beendete die Fahrt am Rand eines großen Parks.

Ada stieg aus. »Wo geht es zur Heilquelle?«, fragte sie.

»Durch den Park«, erklärte die Kutscherin. »Einfach geradeaus, dem großen Pfad folgen.«

Ada bedankte sich und ging los, wobei sie sich Mühe gab, langsam und gemessen durch den Park zu schreiten. Schließlich spielte sie ein Mädchen aus der feinen Gesellschaft. Sie blickte auf ihre Taschenuhr. Ihr blieb noch reichlich Zeit bis zur Mittagsstunde. Im Park war jeder Busch und jeder Baum perfekt geschnitten. Es sah sehr merkwürdig aus. Ada gefiel der Wilde

Wald bei Friedhofen besser. Jedenfalls solange keine Monster darin wüteten. Die Heilquelle war von einer hohen Mauer umgeben. Links des Weges saß ein gutes Dutzend kräftiger Männer an zwei Tischen. Alle trugen Schwarz. Alle hatten rasierte Köpfe. Sie spielten ein Kartenspiel, aber das Merkwürdige war, sie taten es völlig stumm.

Am Tor zur Heilquelle saß eine alte Frau. Ada war sich ziemlich sicher, dass sie eine Hexe war. Sie hatte diese gewisse Aura.

»Was tust du denn ganz alleine hier, Mädchen?«, fragte die Alte.

»Aber ich bin doch gar nicht alleine hier«, sagte Ada und zog eine goldene Münze hervor. »König Fredlaff begleitet mich.«

»Und wenn du neun Könige dabeihättest, würde ich dich nicht reinlassen«, sagte die Alte.

Ada hielt inne, dann reichte sie der Alten zehn goldene Fredlaffs.

Die Hexe kicherte. »Ich sehe, wir verstehen uns«, sagte sie und nahm die Münzen. Es war ein kleines Vermögen. Die Türhüterin betrachtete Fredlaffs Konterfei auf einer der Münzen. »Dreibrücken ... Bist heute schon die Zweite aus Dreibrücken, Mädchen. Bis Mittag hast du Zeit. Dann kommen die starken Männer und räumen die Bäder für die Kaiserin.«

Die Alte gluckste, und auf ein Zeichen von ihr öffnete sich das Tor zur Heilquelle, ohne dass Ada erkennen konnte, wie das geschah. Sie trat ein, und das Tor schloss sich hinter ihr wieder. Die Erwähnung von starken Männern hatte Ada irritiert. Waren das die stummen Kartenspieler, die sie gesehen hatte? Und was genau würden diese tun, um die Bäder zu räumen? Aber sie hatte nicht nachgefragt, aus Angst, ihre Unwissenheit könnte verräterisch sein. Ein Mädchen aus der guten Gesellschaft wusste sicher von den starken Männern und von Toren, die sich von selbst öffneten.

Adas Plan war ganz simpel. Bevor die Quelle für die Kaiserin geräumt wurde, würde sie sich irgendwo verstecken. Dann könnte sie die Kaiserin einfach ansprechen, sobald diese allein im Wasser war. Schnell wurde ihr allerdings klar, dass das Problem in ihrem Plan das *irgendwo* war. Innerhalb der Mauern gab es nämlich *nirgendwo* Verstecke. Nicht ein Baum oder Busch wuchs hier. Zwar war die Quelle natürlichen Ursprungs, aber sie war nicht der Natur überlassen worden. Es gab nur Marmorplatten und in der Mitte ein großes dampfendes Becken, in dem sich die Reichen und Schönen tummelten: müßiggehende Adlige aus Drachenberg, verweichlichte Hohepriester aus Syndrakos, wohlhabende Händler aus allen Ecken der Verlorenen Provinzen. Ada entdeckte sogar die Frau aus Dreibrücken wieder, die in Alonia an der Grenze vor ihnen in der Schlange gestanden hatte. Ada nickte ihr freundlich zu, aber die Dame schien sie nicht wiederzuerkennen. Umso besser.

Ada musste sich einen neuen Plan ausdenken. Aber sie hatte noch Zeit. Und wo sie schon mal hier war ... Sie legte Elos' Tasche auf eine der freien Holzbänke, zog ihre Kleidung aus und stieg kurz darauf nackt ins Becken. Sofort spürte sie, wie die Last auf ihren Schultern leichter wurde. Das Wasser war so angenehm. So warm. So schön. Ada entspannte sich. Die Anstrengungen der letzten Tage fielen von ihr ab. Noch nie hatte sie sich so gut gefühlt. Ihr Körper schien ganz leicht. Sie würde die Augen schließen. Nur für einen kurzen Augenblick. Nur ganz, ganz kurz. Das Wasser tat wohl. Es war so angenehm. So warm. So schön. Sie war allein, aber das war in Ordnung. Völlig in Ordnung. Am liebsten wäre sie den Rest des Tages hiergeblieben, den Rest des Jahres, den Rest ihres Lebens. Ihr Leben ... Ohne Naru und ohne ihren Vater. Dieser Gedanke riss sie zurück in die Wirklichkeit. Die beiden saßen irgendwo in einem Verlies, und Ada musste sie retten. Nur wie? Sich hier zu verstecken, konnte sie vergessen. Aber wo sonst? Plötzlich hatte sie eine Idee. Es war eine gute Idee.

Aber war es nicht eine noch viel, viel bessere Idee, einfach in dem herrlichen Wasser zu bleiben? Ja, das war die bessere Idee. Die beste. Die allerbeste. Es war so angenehm. So warm. So schön. Aber, nein, nein. Ihr Vater ... ihr Bruder ... Es war ein Kampf. Zoll für Zoll quälte sich Ada aus dem Becken. Als sie endlich wieder auf den Marmorplatten am Rand der Quelle stand, bemerkte sie verblüfft, dass all ihre kleinen Kratzer und Stichwunden, die sie sich auf dem Friedhof im Dornbusch geholt hatte, verheilt waren. Es war ganz erstaunlich. Ada streifte ihr blaues Kleid über und nahm die Tasche ihres Vaters.

Das Tor öffnete sich wieder wie von selbst, als Ada davorstand. Sie trat hinaus. Die alte Hexe schien erfreut.

»Du hast viel Willenskraft, Mädchen«, sagte sie. »Die meisten Besucher müssen von den starken Männern hinausgezerrt werden. Sonst würden sie drinbleiben, bis sie abmagern und sterben.« Die Alte kicherte.

Ada schauderte.

»Manche machen richtig Theater, wenn sie gehen sollen.« Die Hexe kicherte erneut. »Es wäre sehr peinlich, falls die starken Männer jemals davon erzählen würden. Aber damit das nicht passiert, haben wir ihnen ja die Zungen entfernt.«

Ada versuchte, sich ihr Grauen nicht anmerken zu lassen und dem Blick der Hexe standzuhalten. »Zerren sie auch die Kaiserin heraus?«, fragte sie.

»Die Kaiserin?«, erwiderte die Alte erstaunt. »Nein. Niemand würde es wagen. Die Kaiserin erhebt sich selbst, wenn es Zeit ist.«

Ada lief in den Park. Sie holte ihre Taschenuhr hervor und blieb erschrocken stehen. Sie hatte offenbar mehr als zwei Stunden in der Heilquelle verbracht. Es hatte sich angefühlt wie zwei Minuten. Jetzt hatte sie nicht mehr viel Zeit. Zuerst suchte sie einen geeigneten Ort für ihren Plan. Das dauerte länger, als sie gehofft hatte. Schon öffnete sich das Tor für die starken Männer. Sie würden in Kürze die anderen Gäste aus der Heilquelle ziehen. Ada musste sich beeilen. Sie durchforstete hektisch die Tasche ihres Vaters. Endlich fand sie das kleine rätselhafte Metallding.

»Hallo, lieber Schdip«, flüsterte sie. »Wir verstehen uns gut, nicht wahr? Du wirst mir helfen. Du bist ein ganz toller Schdip. Kein schmutziger Dietrich.« Ada steckte Elos' Lieblingswerkzeug in die Tasche ihres Kleids.

Nach und nach kamen die Gäste aus dem Tor, das zur Heilquelle führte. Kurz darauf hörte Ada das Getrappel von Pferdehufen und wusste, dass die Kutsche der Kaiserin nah war. Sie lief an der Stelle, die sie sich für ihr Ablenkungsmanöver ausgesucht hatte, auf und ab, und in Momenten, in denen sie sich unbeobachtet fühlte, ließ sie eine Goldmünze fallen. Die Leibwache der Kaiserin preschte auf ihren schwarzen Pferden auf den Vorplatz. Es waren sieben Reiterinnen und ebenso viele Reiter. In ihrer Mitte war die Kutsche der Herrscherin von Syndrakos. Als Ada die gebrechliche alte Frau sah, die der Kutsche entstieg, verlor sie kurz jegliche Hoffnung. Wie sollte diese Person die Kraft aufbringen, ihr helfen zu können? Aber man darf Menschen nicht nur nach ihrem Aussehen beurteilen. Das sollte sie doch spätestens durch Oma Martens' Geheimnis gelernt haben. Außerdem erinnerte sie sich an die Worte der Hexe: »Die Kaiserin erhebt sich selbst.« Also musste noch Kraft in ihr schlummern, oder nicht? Ada wartete, bis die Herrscherin hinter den Mauern der Heilquelle verschwunden war. Die Alte am Eingang hatte sich tief vor der Kaiserin verneigt. Ein Teil der Leibwache nahm vor dem Tor Stellung. Der Rest blieb bei den Pferden und der Kutsche. Um die musste Ada sich jetzt kümmern. Sie lief langsam los, da hörte sie hinter sich schon einen frohen Ausruf.

»Ich habe eine Goldmünze gefunden!«, sagte einer der Gäste.

»Ich auch!«, rief ein anderer.

Ada drehte sich nicht mal um. Fest ihr Ziel im Visier, schritt sie auf die Leibwache der Kaiserin zu. Hinter ihr wurden die Rufe weniger freundlich, als sich erste Gäste darum stritten, wer von ihnen die eine oder andere Münze zuerst entdeckt hatte. Die Leute wurden richtig handgreiflich, dabei waren sie mit großer Wahrscheinlichkeit selbst sehr reich. Aber man will wohl immer noch ein bisschen reicher sein.

»Was ist da los?«, fragte eine der Wächterinnen.

Natürlich hatte sie nicht Ada gefragt, aber da Ada nun mal in der Nähe war, empfand sie es als ihre Pflicht, einen hilfreichen Hinweis zu geben. »Da hinten hat anscheinend jemand einen Haufen Goldmünzen verloren«, sagte sie und zeigte einen goldenen Fredlaff. »Ich hab auch eine gefunden!«

Die Hälfte der Leibwache lief einem Impuls folgend los.

»Hey! Was macht ihr denn?«, rief ihre Anführerin.

»Wir haben doch sowieso zwei Stunden lang nichts zu tun!«, bekam sie zur Antwort.

Bei den Goldmünzen war es inzwischen zu einer regelrechten Prügelei gekommen.

»Wir sorgen nur für Ruhe!«, rief ein Wächter.

»Und bessern nebenbei vielleicht unseren Sold auf«, brummte ein anderer.

Die Anführerin nickte. »Na schön«, sagte sie und lief mit der verbliebenen Leibwache ebenfalls zum Park, wo sie versuchte, unter den Goldsuchern die Ordnung wiederherzustellen.

»So weit, so gut«, murmelte Ada. Sie ging um die Kutsche herum, sodass diese sie verdeckte, und holte den Schdip aus ihrer Tasche. Sie steckte ihn ins Schloss der Kutschentür und ahmte die Bewegungen nach, die Elos ihr gezeigt hatte. Leider passierte nichts. Ada fluchte leise. Ihr Ablenkungsmanöver würde nicht mehr lange tragen. Gleich würden die Ersten der Leibwache zu-

rückkommen, und ihre Chance wäre vertan. Wie sollte sie dann an die Kaiserin rankommen?

»Bitte, bitte, lieber, lieber Schdip«, sagte Ada verzweifelt, »lass mich jetzt nicht im Stich.«

Sie drehte den Schdip noch einmal mit viel Gefühl. Dann hörte sie ein leises, aber sehr befriedigendes Klacken. Schnell öffnete Ada die Tür, huschte in die Kabine der Kutsche und verschloss sie von innen wieder mit dem Schdip. Das Interieur war sehr luxuriös. Überall Kissen und Decken. Darauf viele Verzierungen, viele Drachen. Es gab zwei Sitzbänke. Die Kaiserin würde sicherlich in Fahrtrichtung Platz nehmen. Also präparierte Ada die Bank gegenüber so mit einer Decke, dass diese bis auf den Boden hing, und kroch dann in ihr Versteck darunter. Sie konnte nur hoffen, dass niemand die Veränderungen bemerkte. Was folgte, gehörte sicherlich zu den längsten zwei Stunden ihres Lebens. Sie hörte, wie die Leibwache zurückkam. Einige von ihnen freuten sich über erbeutete Goldmünzen. Ada traute sich kaum, sich zu bewegen, denn wenn sie die Leibwache hören konnte, dann war es natürlich auch deren Mitgliedern möglich, Ada zu hören.

In ihrem Versteck war es sehr, sehr dunkel. Ada nutzte die zwei Stunden, um sich in den schrecklichsten Farben auszumalen, was alles schieflaufen konnte. Vielleicht wurde sie entdeckt und an Ort und Stelle erschlagen. Vielleicht kam sie zu spät, und der Herzog hatte Naru und ihren Vater schon längst einem Meuchelmörder übergeben. Vielleicht hatte er sie sogar höchstpersönlich erdolcht.

Endlich hörte sie draußen Bewegung. Die Kaiserin kam zurück. Ada versuchte, noch stiller zu liegen als zuvor. Selbst als die Herrscherin einstieg, sich setzte und die Tür der Kabine wieder geschlossen wurde, blieb sie noch ruhig. Sie hatte nur wenige Sätze, um die Kaiserin auf ihre Seite zu ziehen. Das war ihr klar. Sie brauchte alle Zeit, die sie bekommen konnte. Deswegen wartete sie, bis Leibwache und Kutsche in voller Fahrt waren, denn so hatte sie auch noch den Bremsweg, sollte die Kaiserin um Hilfe rufen. Endlich kam sie aus ihrem Versteck. Die Person, die ihr gegenübersaß, hatte nur noch wenig mit der gebrechlichen alten Dame zu tun, die Ada vor zwei Stunden in die Heilquelle hatte gehen sehen. Sie schien jünger, gesünder, ja sogar aufrechter. Ein gellender Schrei der Kaiserin riss Ada aus ihrer Verwunderung. Von draußen hörte sie hastige Kommandos. Kutsche und Leibwache bremsten abrupt.

»Ihr Sohn Magnus wurde vor sechs Tagen ermordet«, sagte Ada schnell, aber laut. »Mein Vater ist der berühmte Spurenfinder Elos von Bergen, und wir suchen den Täter. Bitte erlauben Sie mir, meine Geschichte zu erzählen.«

EMMETTS GEHEIMNIS

Naru rüttelte ohne Erfolg an den Gitterstäben. Er fragte sich mal wieder, wie es seinem Esel ging, und hoffte, dass diese widerlichen Leute ihm nichts angetan hatten. Elos lag mit offenen Augen auf der Pritsche. Der Kerkermeister hatte ihnen bisher weder Essen noch Trinken gebracht. Vielleicht war das der neue Plan. Keine öffentliche Hinrichtung, sondern heimliches Verhungern und Verdursten lassen. Naru hörte Schritte auf sie zukommen. Viele Schritte. Unweigerlich fühlte er sich an seinen Traum erinnert. Würden die Soldaten ihn und Vater jetzt doch zum Henker bringen, oder brachten sie Ada ins Verlies? Die Geräusche wurden lauter, und Narus Brust schnürte sich vor Anspannung zu. Soldaten kamen in Sicht. Naru zählte sechs von ihnen. Der Herzog war nicht dabei, aber sie waren offensichtlich hier, um sie zu holen, denn sie marschierten zielstrebig auf ihre Zelle zu. Panisch sah Naru seinen Vater an, doch der zuckte nur ratlos mit den Schultern.

Der Kerkermeister, der die Soldaten begleitete, schloss katzbuckelnd das Zellengitter auf, worauf es sich mit einem lauten Quietschen öffnete.

»Mitkommen«, sagte der Anführer der Soldaten. Es war immerhin nicht der fiese Kerl, der sie in der Nacht gefangen genommen hatte, aber sein Tonfall war nicht sonderlich freundlich.

Elos streckte sich, als er von der Pritsche aufstand, und seine Gelenke knackten laut.

Naru folgte seinem Vater durch die Gittertür. Die Soldaten nahmen die beiden in ihre Mitte und führten sie aus dem Verlies. Es waren drei Männer und drei Frauen.

»Wo bringen sie uns hin?«, flüsterte Naru.

»Ich weiß es nicht«, antwortete sein Vater.

»Wie kannst du dann nur so ruhig sein?«

»Würde es etwas nützen, wenn ich aufgeregt wäre?«

»Ruhe!«, herrschte der Anführer der Soldaten ihn an.

Sie stiegen eine Wendeltreppe empor und gelangten in den weitaus schöneren Teil des Schlosses. Dort gab es prächtige Zimmer mit wunderschönen Bildern und kunstvollen Möbelstücken. Naru hätte all das mehr genießen können, wenn er nur gewusst hätte, wohin die Reise ging. Der ganze Palast war so riesig, dass er sich bald fragte, ob sie sich nicht verlaufen hatten. Vor fast jeder Tür standen zwei Wachposten. Naru beobachtete, wie ein Wachsoldat, den sie passierten, seinem Gegenüber etwas zuflüsterte. Naru drehte sich um und sah, dass der Angesprochene eilig davonlief. Er wollte dies seinem Vater berichten, aber ein unfreundliches Zischen des Soldaten hinter ihm brachte ihn zum Schweigen. Die beiden wurden noch eine weitere Treppe hinaufgeführt. Sie waren jetzt im zweiten Stock. Vor einer riesigen Flügeltür, auf der ein großer aus Gold gearbeiteter Drache prangte, hielten sie an. Seine Rubinaugen funkelten. Neben dem Tor standen links eine Wächterin und rechts ein Wächter. Der Anführer der Soldaten nickte ihnen zu. Dann nahm er den Bronzering des Türklopfers und schlug ihn dreimal auf den darunter liegenden Knopf. Das Geräusch war so laut, dass Naru zusammenzuckte. Langsam und knarzend öffnete sich die bemerkenswert dicke Flügeltür. Die Gruppe trat ein. Der Thronsaal war riesig. Entlang der Wände standen in regelmäßigen Abständen ein gutes Dutzend weiterer Leibwächter. Alle mit Speer und Schild. Wieder waren links nur Frauen, rechts nur Männer postiert. Naru blickte nach oben. Das Deckengewölbe war erstaunlich hoch. Acht Kristallkronleuchter funkelten in luftiger Höhe. Auf Tischen und unter den Fenstern standen wertvolle Vasen mit

zahlreichen Blumen. Eine verzierte Holztür mit Fenster führte auf den Balkon, den Naru vom Marktplatz aus entdeckt hatte. Die Wände selbst waren mit wunderschön glänzenden Mosaiken verziert, die wichtige Ereignisse aus der Geschichte Syndrakos' zeigten. Ein großes Gemälde hing an der Wand hinter dem Thron. Drei Personen waren darauf abgebildet. Der junge Mann in der Mitte sprang Naru sofort ins Auge. Es war Emmett, noch kaum erwachsen. Er lächelte und schien glücklich. Die beiden links und rechts von ihm mussten seine Eltern sein. Die Kaiserin und ihr Gemahl.

Auf dem Boden lag ein roter Teppich, der bis zum Thron führte. Dort saß eine hochgewachsene Frau in einem langen schwarzen Kleid. Ihr ebenfalls schwarzes Haar, das von grauen Strähnen durchsetzt war, hatte sie zu einem Dutt gebunden, und auf ihrem Kopf glitzerte ein Diadem. An der Vorderseite war es mit goldenen Streben geschmückt, die an die Flügel eines Drachen erinnerten.

Elos verbeugte sich tief, und Naru tat es ihm gleich. Von irgendwo kam Ada herbeigerannt und umarmte erst ihren Bruder und dann ihren Vater. Die ganze Anspannung fiel mit einem Mal von Naru ab.

»Ich hab es geschafft!«, flüsterte Ada. »Ganz allein.«

Ihr Vater lächelte und streichelte ihr über den Kopf.

»Ich habe nie an dir gezweifelt«, behauptete Naru.

Elos zog eine Augenbraue hoch, sagte aber nichts.

»Ist es wahr?«, durchbrach die Stimme der Kaiserin die Wiedersehensfreude.

Der Spurenfinder und die Kinder traten an den Thron heran. Hinter ihnen wurde die schwere Flügeltür wieder geschlossen.

»Es ist wahr«, sagte Elos.

Alle Kraft schien den Körper der Kaiserin zu verlassen. Eine einzelne Träne lief über ihr Gesicht.

»Es tut mir entsetzlich leid«, sagte Elos.

»Ermordet?«, fragte die Kaiserin.

»Welchen Grund hätte ich, nach Syndrakos zu kommen, außer den Mörder meines Freundes zu finden?«

Freundschaft war vielleicht ein etwas großes Wort für die Verbindung, die Elos zu Emmett gehabt hatte, aber Ada verstand natürlich, dass diese kleine Übertreibung hilfreich sein konnte.

»Die ganze verworrene Geschichte, die mir das Mädchen erzählt hat, entspricht der Wahrheit?«, fragte die Kaiserin.

»Ich verbürge mich dafür«, sagte Elos.

»Wer war es?«

»Das versuchen wir verzweifelt herauszufinden. Vielleicht könntet Ihr uns helfen. Es gibt viele Dinge, die wir noch nicht verstehen.«

»Fragen Sie.«

»Nun ... Wie kommt es, dass Euer Sohn auf dem Friedhof des Jespa-Tempels liegt, aber zeitgleich Vorsteher eines kleinen Dorfes in Dreibrücken war?«

»Ich wusste nicht, dass er in Dreibrücken war. Ich wusste nicht, dass er Dorfvorsteher war.«

»Aber Ihr wusstet, dass er nicht wirklich auf dem Friedhof in Drachenberg liegt?«

Die Kaiserin blickte Elos lange an. »Ja. Das wusste ich.«

»Wenn es Euch irgendwie hilft«, sagte Elos, »ich glaube, dass Magnus in seinem neuen Leben glücklich war.«

»Glücklich?«, fragte die Kaiserin. »Glücklich? Ich glaube nicht, dass mein Sohn wirklich glücklich sein konnte.«

»Auf dem Gemälde sieht er glücklich aus«, traute sich Naru einzuwerfen.

»Bilder lügen«, erwiderte die Kaiserin.

»Möchtet Ihr uns erzählen, was passiert ist?«, fragte Elos.

»Möchten?« Die Kaiserin lächelte bitter. »Ich möchte nicht ...«

Elos schwieg geduldig.

Die Kaiserin seufzte. »Aber ich tue es trotzdem.« Kurz schloss sie ihre Augen. Als sie diese wieder öffnete, war ihr Blick hart. »Mein Sohn war seinerzeit unsterblich verliebt in eine einfache Frau aus dem Volk. Theresa war ihr Name. Mein Gemahl Emilian war gegen die Verbindung. Ich auch. Es geziemte sich nicht. Aber wir hatten keine Ahnung, wie tief seine Liebe ging.«

Elos nickte. »Ich verstehe.«

»Sie denken vielleicht, diese Art Geschichte haben Sie schon oft gehört. Aber unsere nahm eine unerwartete Wendung. Nachdem Theresa anfangs von Magnus' Avancen geschmeichelt war, wollte sie bald nichts mehr von ihm wissen. Mein Gemahl und ich hatten ihr natürlich durch äußerst überzeugende Boten zu verstehen gegeben, wie sinnlos die Hoffnung auf eine Beziehung zum Thronfolger war. Und soweit ich es beurteilen kann, nahm das Mädchen die Warnungen ernst. Dennoch oder vielleicht gerade deswegen wuchs Magnus' Liebe von Tag zu Tag. In manchen Stunden war er fast wahnsinnig, so verzückt war er von ihr. Dann aber nahm das Schicksal eine günstige Wendung. So schien es mir jedenfalls damals. Denn auch Theresa verliebte sich. In einen anderen. Noch dazu einen einfachen Kerl von außerhalb der Mauern. Einen Zimmermann. Als Magnus davon erfuhr, war er völlig verzweifelt.«

Die Kaiserin machte eine längere Pause, als müsste sie Kraft schöpfen für den Rest der Geschichte. Ada versuchte, sich den Emmett, den sie gekannt hatte, als jungen Mann vorzustellen. Es war gar nicht so schwer. War er doch auch in seinen letzten Monaten wieder voller Leidenschaft gewesen.

»Irgendwann in diesen Tagen«, fuhr die Kaiserin schließlich fort, »muss mein Sohn angefangen haben, Nektar zu nehmen. Wenn man ihn traf, konnte man sich nie sicher sein, ob er himmelhochjauchzend oder zu Tode betrübt war. Er liebte Theresa noch immer und er hasste ihren Geliebten mit einer Inbrunst, wie sie nur die Eifersucht entflammen kann.«

Wieder hielt die Kaiserin inne. Ein großer Teil von Naru wollte den Rest der Geschichte nicht hören und Emmett einfach so in Erinnerung behalten, wie er ihn gekannt hatte. Der nette Dorfvorsteher mit den frechen Spottliedern, der Elos dazu gebracht hatte, Stimmonade zu trinken.

Doch die Herrscherin von Syndrakos sprach weiter: »Eines Nachts schlich sich Magnus – berauscht vom Nektar – an den Stadtrand und zündete das Haus an, in dem Theresas Geliebter schlief. Das Strohdach brannte schnell und lichterloh. Als die Nachbarn vom seltsamen Leuchten in der Nacht aufgeschreckt zum Löschen kamen, war alles zu spät. Das ganze Haus stand in Flammen. Der Zimmermann konnte sich nicht retten. Das Feuer hatte ihn im Schlaf überrascht.«

Mit wachsendem Entsetzen hatten Ada und Naru der Geschichte gelauscht. Sie konnten es nicht glauben. Sie wollten es nicht glauben. Aber es erklärte so vieles. Darum hatte Emmett den Nektarhändler so brutal angegriffen. Darum wollte er beim Spektakel nicht der Feuerläuferin zusehen. Darum war er in der Nacht der Träume wach geblieben. Er hatte selbst gemordet.

»Hm«, machte Elos, und es war diesmal ein schwerer und trauriger Laut.

Der Kaiserin fiel es nicht leicht weiterzusprechen. »Am nächsten Morgen«, begann sie langsam, »war Magnus selbst bestürzt über seine Tat. Und ich schwöre, er war schon bestürzt, noch bevor er wusste, welch grausamen Streich ihm das Schicksal gespielt hatte, denn es stellte sich heraus, dass Theresa in dieser Nacht bei ihrem Liebhaber gewesen war und mit ihm verbrannt ist.«

Ada schlug entsetzt die Hand vor den Mund. »Nein, nein, nein. Das kann doch nicht wahr sein.«

»Oh, wie ich wünschte, dass es nicht wahr wäre«, sagte die Kaiserin.

»Und ich nehme an, der Schrecken war damit noch nicht vorbei«, vermutete Elos.

»Nein«, sagte die Kaiserin und atmete schwer aus. »Für mich ging das Grauen erst los. In seinem Nektarrausch war Magnus keineswegs diskret vorgegangen. Viele Leute hatten ihn in dieser Nacht gesehen. Seine Liebe zu Theresa und ihre Liebe zum Zimmermann waren ein allgemein bekanntes Gerücht. Es dauerte nicht lange, bis sich die Menschen zusammengereimt hatten, was passiert war. Die Gilden forderten Gerechtigkeit. Sie verlangten, dass Magnus bestraft wird. Emilian und ich wollten diese Forderungen natürlich ignorieren, obwohl die Zeiten ohnehin unruhig waren und man selbst einen Aufstand wie in Ronasland nicht ausschließen konnte. Magnus war unser einziges Kind. Ich hätte das ganze Kaiserreich für ihn riskiert. Doch er selbst bestand auf eine Bestrafung und wollte gar nicht mehr weiterleben. Als wir ihm mit klaren Worten zu verstehen gaben, dass wir ihn auf keinen Fall dem Volk ausliefern würden, drohte er damit, sich selbst zu töten. Das war der Moment, in dem mir der Plan kam, dass Magnus Harling sterben musste, aber mein Sohn weiterleben sollte.«

»Ich verstehe«, sagte Elos.

»Es kostete unendliche Mühen, Magnus von meinem Plan zu überzeugen, aber schließlich stimmte er zu. Nur aus Liebe zu mir, fürchte ich. Und so kam es, dass mein Sohn des Nachts wie ein gemeiner Verbrecher über die Grenze schlüpfte, während wir am nächsten Morgen einen kurz zuvor verstorbenen Diener an seiner Statt in die Gruft legten. Bis zum heutigen Tag hatte ich nichts mehr von ihm gehört. Er hat sich selbst als mein Gemahl, sein Vater, vor fünf Jahren bei einem Reitunfall starb, nicht gemeldet. Ich weiß nicht einmal, ob er von dem Unglück gehört hatte.«

»Wer wusste von Magnus' Flucht?«, fragte Elos.

»Nun ja«, sagte die Kaiserin. »Niemand außer mir, Magnus, meinem Mann und ...«

»... und Eurem Bruder«, ergänzte Elos.

Die Kaiserin nickte. »Außerdem«, sagte sie, »war unser Plan nicht schwer zu durchschauen für alle, die das wollten. Aber die Gilden waren zufrieden. Dem offiziellen Schein war Genüge getan. Es interessierte sie nicht, ob Magnus in Ronasland, den Tarnischen Inseln oder Dreibrücken weiterlebte.«

Elos nickte. »Jemand hat Magnus' Gruft aufgebrochen«, sagte er. »Wann war das?«

»Woher wissen Sie das?«, begann die Kaiserin. Dann unterbrach sie sich selbst und lächelte schwach. »Ich nehme an, Sie haben Spuren gefunden.«

Elos nickte.

»Ein paar Tage nach der Grablegung fanden wir Magnus' Gruft geschändet«, berichtete die Kaiserin.

»Jemand hat die Gruft geöffnet und festgestellt, dass es nicht Euer Sohn war, der im Sarg lag?«

Die Kaiserin nickte wieder. »Das ist möglich.« Sie blickte Elos fest in die Augen. »Wer war es?«, fragte sie. »Wer hat mir meinen Jungen ein zweites Mal genommen?«

Der Spurenfinder machte eine lange Pause. »Ich habe keine Beweise, aber in all unseren Nachforschungen sind wir bisher nur auf eine Person gestoßen, die vom Tod Eures Sohnes klar profitieren würde.«

»Ich ahne, was Sie sagen wollen. Tun Sie es nicht.«

»Verzeiht mir, wenn ich offen spreche«, sagte Elos, »aber das ist meine Art. Euer Gesundheitszustand ist kein Geheimnis. Wer wird Euch auf den Thron folgen?«

»Mein Bruder.«

»Aber wäre Magnus aus seinem Exil zurückgekehrt, so hätte er immer noch einen stärkeren Anspruch auf die Kaiserwürde gehabt?«

»Natürlich. Er war der Thronfolger.«

»Wenn ich dann noch hinzunehme, dass ich an Euch alle Symptome einer langsamen Quecksilbervergiftung erkenne ...«

Die Kaiserin fuhr auf. »Eine Quecksilbervergiftung?«, fragte sie überrascht.

»In der Tat«, sagte Elos. »Etwas Ähnliches ist dem Vorsitzenden der Kaufmannsgilde von Lindgart widerfahren. Wie ich herausfinden konnte, hatte seine Frau ihm jeden Tag ein Tröpfchen ins Trinkglas gegeben, mehr war gar nicht nötig.«

»Quecksilber, sagen Sie?«

»Ja. Und all das lässt für mich nur einen Schluss zu. Aber auf Euren Wunsch hin werde ich ihn nicht aussprechen, auch weil ich zugeben muss, dass ich keine Beweise liefern kann. Ich habe nichts, das meinen Verdächtigen direkt mit dem Mord an Eurem Sohn verbindet. Es ist nur eine naheliegende Hypothese.«

Die Kaiserin schwieg. Dann seufzte sie. »Ehrlich gesagt, hatte ich meinen Bruder damals schon im Verdacht, Magnus mit Nektar versorgt zu haben.«

»Zu guter Letzt muss ich mir die Frage stellen, ob die Abneigung Eures Bruders gegen mich vielleicht weniger mit den Verbrechen zu tun hat, die er bereits begangen hat, als umso mehr mit denen, die er zu tun im Begriff steht.«

»Was würden Sie mir raten?«, fragte die Kaiserin.

»Wenn es Euch vielleicht möglich wäre, ihn oder seine Gemächer diskret durchsuchen zu lassen«, sagte Elos. »Vielleicht finden wir etwas, das ihn mit dem Mord verbindet. Und gestattet mir eine letzte Frage: Wer begleitete Euren Gemahl, als er seinen Reitunfall hatte?«

Noch bevor die Kaiserin antworten konnte, hörten sie die schweren Schläge des Türklopfers an der Pforte. Die laute

Stimme des Herzogs rief: »Was geht hier vor? Ich verlange auf der Stelle, eingelassen zu werden!«

Die Kaiserin blickte erst Elos, dann ihre Oberste Wächterin an und nickte. »Lasst ihn herein«, sagte sie. »Aber nur ihn.«

Es waren zwei aus der Leibwache nötig, um den schweren Riegel von der Flügeltür zu heben. Dann öffneten sie die Türe gerade so weit, dass der Herzog hindurchkonnte. Hinter ihm war eine Schar seiner Soldaten. Naru meinte, darunter diejenigen zu erkennen, die miteinander getuschelt hatten, als sein Vater und er sie passierten. Die Leibwache der Kaiserin versperrte den Soldaten mit gekreuzten Speeren den Zutritt.

»Nur der Herzog!«, sagte die Oberste Wächterin, und die Flügel der Tür wurden hinter dem Bruder der Kaiserin wieder geschlossen.

»Was ist das für ein schlechter Scherz!«, rief der Herzog aufgebracht. »Seit wann empfangen wir die Feinde unseres Landes im Thronsaal?«

»Stimmt, Bruder«, sagte die Kaiserin. »Vielleicht hätte ich dich lieber in den Stallungen treffen sollen? Beim Vieh?«

Dem Herzog verschlug es einen Augenblick lang die Sprache. »Beim Vieh?«, fragte er perplex.

»Durchsucht ihn«, zischte die Kaiserin.

Die Zornesröte stieg dem Herzog ins Gesicht. »Das ist unerhört!«, rief er. »Das wird Konsequenzen haben!«

Er wandte sich zum Gehen, aber zwei der Wächterinnen waren herangetreten und hielten ihn fest, während die Oberste Wächterin mit der Durchsuchung begann.

»Was hier geschieht, kannst du nicht wieder ungeschehen machen!«, rief der Herzog. »Noch nie in meinem Leben musste ich mich so behandeln lassen!«

Die Oberste Wächterin hatte die Untersuchung abgeschlossen. In einer Tasche des herzoglichen Gewands hatte sie etwas gefunden. Sie reichte das Fundstück ihrer Herrscherin. Es war ein kleiner Ring.

Die Kaiserin blickte Elos an. »Das ist der Beweis, der Ihnen gefehlt hat!«, sagte sie.

»Was für ein Beweis?«, rief der Herzog aufgebracht.

»Schweig!«, herrschte ihn die Kaiserin an. »Dein Spiel ist aus!« Sie präsentierte ihrem Bruder den Ring.

Dieser wurde leichenblass. Er starrte Elos an. Dann deutete er mit dem Finger auf den Spurenfinder. »Er ... er ... er hat mir den Ring gegeben!«

»Ich?«, fragte Elos erstaunt.

Er schien so ehrlich überrascht von dieser Anschuldigung, dass sogar Naru geneigt war, ihm zu glauben, obwohl er dabei gewesen war, als sein Vater dem Herzog den Ring überreicht hatte.

»Woher sollte ich diesen Ring haben?«, fragte Elos.

»Er hat ihn aus dem Ohr dieses Jungen gezaubert!«, rief der Herzog und deutete auf Naru.

Die Kaiserin ließ ein bitteres Lachen hören.

»Das ist ja geradezu albern«, sagte Elos. Er wirkte vom Verhalten des Herzogs peinlich berührt.

Naru blickte ihn an und versuchte, seine Bewunderung zu verbergen. Hatte sein Vater das alles so geplant? Und war der Herzog wie ein Trottel in die Falle getappt?

»Also natürlich hat er den Ring nicht wirklich hervorgezaubert ...«, stammelte der Herzog, aber es war zu spät. Der letzte Rest seiner Glaubwürdigkeit war verspielt.

»Was ist das überhaupt für ein Ring?«, fragte Elos unschuldig.

»Das ist Magnus' Ring ...«, sagte die Kaiserin. »Der Ring des Thronfolgers. Mein Sohn hatte ihn mitgenommen.«

Der Herzog sank auf die Knie. Sein Tonfall war ein komplett anderer, als er flehte: »Isabella, bitte. Du musst mir glauben ...«

»Schweig!«, donnerte die Kaiserin. Sie wandte sich an ihre Leibwache. »Führt ihn ab! Ins Verlies mit ihm.«

Der Herzog stand wieder auf. Ada sah ein grausames Funkeln in seinen Augen. »Fasst mich nicht an!«, herrschte er die Wächterinnen an, die ihn begleiten sollten. »Ich gehe alleine!«

Die Flügeltür wurde wieder geöffnet, und unvermittelt rannte der Herzog los. »Kämpft!«, rief er seinen Soldaten vor der Tür zu. »Die Kaiserin steht unter dem Einfluss feindlicher Kräfte. Kämpft für mich! Kämpft für euren Herzog!« Und dann brüllte er: »Kämpft für euren neuen Kaiser!«

Augenblicklich brach an der Flügeltür ein Tumult aus. Schwerter wurden gezückt und krachten aufeinander. Der Rest der Leibwache rannte zur Flügeltür. Ada reichte Elos seine Tasche, und dieser holte die Armbrust heraus.

»Es sind zu viele!«, rief die Oberste Wächterin. »Wir können sie nicht besiegen!«

»Schließt die Tür!«, rief die Kaiserin. »Verriegelt sie!«

Während die Oberste Wächterin mit einem halben Dutzend der Leibwache den offenen Spalt verteidigte, drückte der Rest der Einheit von innen gegen die Flügeltüren. Ein Soldat des Herzogs war besonders forsch. Naru erkannte ihn. Es war der Hauptmann vom Friedhof. Der Mann, der seinen Vater geschlagen hatte. Der widerliche Kerl brüllte Befehle, und es gelang ihm und seinen Männern, das Schließen der großen Tür zu blockieren.

Da schoss ein Pfeil aus Elos' Armbrust an der Leibwache der Kaiserin vorbei und traf den Hauptmann unter dem Jochbein. Augenblicke später ging er im Getümmel zu Boden wie ein nasser Sack. Die Wächterinnen und Wächter konnten die darauf folgende Verwirrung ihrer Feinde ausnutzen. Sie drängten sie zurück, schlossen die Flügeltüren und legten den schweren Riegel darüber. Ada atmete auf, doch schon versuchten die Soldaten vor der Tür, diese zu durchbrechen. Ein dumpfes Pochen kündete von einem wuchtigen Gegenstand, den sie als Rammbock benutzten. Ada blickte sich um. Der Herzog war verschwunden, und sie alle waren Gefangene im Thronsaal.

DER UMKÄMPFTE THRON

Von der Flügeltür hörte man immer wieder das dumpfe Pochen des Rammbocks. Naru musste an die beiden aus der Leibwache denken, die vor dem Eingang zum Thronsaal stationiert gewesen waren. Wahrscheinlich hatten sie ihr Leben schon verloren.

Die Kaiserin war außer sich vor Wut. »Dieser Narr!«, rief sie. »Wie kann er es wagen?!«

»Wie lauten Eure Befehle?«, fragte die Oberste Wächterin.

»Meine Befehle?«, rief die Kaiserin. »Ich verlange, dass dieser verräterische Wurm einen Kopf kürzer gemacht wird!«

»Ein unterstützenswertes Vorhaben«, sagte Elos. »Aber zuerst müssen wir diese Belagerung überleben.«

»Ich garantiere Euch, das erste Regiment wird treu an Eurer Seite stehen«, versicherte die Oberste Wächterin. »Die Generalin würde Euch niemals verraten.«

»Schade nur, dass das Regiment einen zweistündigen Fußmarsch von uns entfernt ist!«, zischte die Kaiserin.

»Gibt es einen Geheimgang zu diesem Thronsaal?«, fragte Elos.

»Ja, aber den kennt mein Bruder natürlich. Er wird ihn abgesichert haben. Wenn wir den benutzen, sitzen wir wie Ratten in der Falle.«

Die Oberste Wächterin verstand, worauf Elos eigentlich hinauswollte. Sie winkte drei ihrer Kämpfer heran und sagte: »Verbarrikadiert die Tür zum Geheimgang und bewacht sie.«

Sofort schoben die Männer Tische vor eine scheinbar willkürliche Stelle an der Wand und verkeilten sie dort. Erst bei genauem Hinsehen erkannte Naru den feinen Spalt in der Tapete, der den Umriss der Geheimtür darstellte.

»Was ist mit dem Balkon?«, fragte Elos.

Die Oberste Wächterin nickte. »Es wird nicht lange dauern, bis sie auf die Idee kommen, Leitern zu holen.«

Sie verteilte die Leibwache an den strategisch wichtigen Positionen Tür, Geheimgang und Balkon. Mit Schilden und gezogenen Schwertern standen sie da und harrten der Dinge.

»Diese Schmeißfliege, dieser Dreckskerl, dieser Nekranssohn!«, zeterte die Kaiserin.

»Wir brauchen Unterstützung von außen«, sagte Ada.

»Der Balkon!«, rief Naru. Er wandte sich an die Kaiserin. »Ihr müsst auf den Balkon! Ruft Euer Volk zu Hilfe.«

»Was?«, fragte die Oberste Wächterin wenig begeistert. »Auf dem Balkon wäre die Kaiserin eine Zielscheibe für jeden mit Armbrust oder Bogen.«

»Dann schützt sie!«, rief Elos. »Mit allem, was ihr habt. Mit euren Schilden, mit den Möbeln aus dem Thronsaal. Naru hat recht. Die Kaiserin muss auf den Balkon und das Volk zu Hilfe rufen. Es ist unsere einzige Chance.«

»Es ist viel zu gefährlich ...«, begann die Oberste Wächterin, aber die Kaiserin war schon aufgestanden.

»Tun Sie, was er sagt. Keine Widerworte. Improvisieren Sie mir eine Wehrmauer!«

Widerwillig, aber gehorsam öffnete die Oberste Wächterin die Tür zum Balkon. Sie befahl ihren Untergebenen, die Tische nach draußen zu schaffen, wo sie als Schutz vor Geschossen hochkant aufgerichtet wurden. Zwei Wächterinnen positionierten sich so mit ihren großen Schilden, dass nur noch eine kleine Lücke für die Kaiserin war.

Ada spähte hinaus. Unten hatten sich schon Soldaten des Herzogs versammelt, aber sie sah kaum Bürger der Stadt. »Es wird nicht funktionieren«, sagte sie. »Es werden nicht genügend Menschen zuhören!«

»Der Kesselgong«, sagte die Kaiserin. »Jemand muss auf den Schlossturm und das Alarmsignal schlagen.«

»Aber wie sollen wir von hier auf den Turm gelangen?«, fragte die Oberste Wächterin. »Wir kommen nicht aus dem Saal heraus.«

»Ich mach's«, sagte Naru entschlossen.

»Das wirst du nicht!«, rief sein Vater und griff nach ihm, aber er war schon zur Balkontür hinaus. »Halten Sie ihn auf!«, brüllte Elos den Wächterinnen auf dem Balkon zu, aber die Kaiserin schüttelte den Kopf. »Lasst ihn klettern!«, rief sie. »Dreimal musst du schlagen, Junge! Dreimal!«

»Sei vorsichtig!«, rief Ada. Sie bewunderte ihren Bruder für seinen Mut und verfluchte ihn für seinen Übermut.

Naru war schon an den Verzierungen des Balkons emporgeklettert und lief gebückt über das Dach. Von unten hörte er Rufe. Die Soldaten des Herzogs hatten ihn entdeckt. Er lief schnell auf den Turm zu. Fast hatte er ihn erreicht, als der erste Pfeil an ihm vorbeischoss. Naru umrundete den Turm, bis er dessen Gemäuer zwischen sich und die Soldaten gebracht hatte, und begann hinaufzuklettern. Er hatte nicht viel Zeit, bis die Soldaten ihn auch von der anderen Seite beschießen würden. Die Lücken zwischen den schweren Steinen benutzte er als Tritte, mit der linken Hand sicherte er sich ab, mit der rechten zog er sich an den Weinranken empor und hoffte einfach, dass sie halten würden. Er war schon fast oben, da riss die Ranke, an der er sich festhielt. Verzweifelt griff Naru nach einer anderen. Er kam ins Straucheln, seine Füße baumelten in der Luft, und er hing wie ein nasser Sack an der Kletterpflanze. Naru widerstand dem Drang, nach unten zu sehen. Unten war der Tod. Er suchte eine Lücke für seinen rechten Fuß, fand sie und stieg weiter hinauf. Er hatte es fast geschafft. Da prallte ein Pfeil direkt neben ihm vom Turm ab.

Elos ging verzweifelt im Thronsaal auf und ab. »Ich hätte euch nicht mitnehmen dürfen!«, murmelte er. »Ich hätte euch bei Rebecca lassen sollen. Was habe ich mir nur dabei gedacht?«

»Er wird es schaffen«, sagte Ada und versuchte, nicht nur ihren Vater, sondern auch sich selbst zu beruhigen. »Ich kenne niemanden, der so gut klettern kann wie Naru.«

»Wir hätten schon längst den Kesselgong hören müssen«, sagte Elos. »Etwas ist passiert! Ich spüre es!«

»Sie bringen Leitern!«, rief eine der Wächterinnen vom Balkon.

Dann donnerte der Rammbock wieder gegen die Tür. Und diesmal entdeckte Ada Risse im rechten Flügel.

»Verraten«, sagte die Kaiserin resigniert. »Von meinen eigenen Soldaten. Von meinem eigenen Bruder.«

Elos strich Ada über den Kopf. »Es tut mir leid, Kindchen«, sagte er. »Ich hätte nicht gedacht, dass es so weit kommen könnte. Ich habe mich geirrt. Es tut mir leid.«

Ada hatte Tränen in den Augen. Ihr Vater drückte sie fest an sich.

»Schritte im Geheimgang!«, rief die Oberste Wächterin. »Haltet euch bereit!«

»Wir sind verloren«, murmelte die Kaiserin.

Da hörten sie plötzlich einen lauten Gongschlag vom Turm des Schlosses. Und noch einen. Und ein drittes Mal gongte es.

»Er hat es geschafft!«, jubelte Ada und strahlte übers ganze Gesicht. »Er hat es geschafft!«

Die Kaiserin hob ihren Kopf und schritt auf den Balkon. »Verschaffen Sie mir so viel Zeit wie möglich!«

Narus Kopf brummte noch immer vom Lärm des Kesselgongs. Er steckte den großen Schlegel zurück in seine Halterung und spähte dann vorsichtig über die kleine Brüstung des Turmes. Er sah, wie, angelockt vom Alarmsignal, aus allen Ecken der Stadt

Menschen zum Schloss eilten. Manch einer hatte dabei, was er eben als Waffe zur Hand hatte, andere trugen Eimer mit Wasser, als erwarteten sie bei der Löschung eines Brandes helfen zu müssen. Von oben sah Naru, wie die Kaiserin auf den Balkon trat. Mit erstaunlich starker Stimme rief sie: »Mein Volk! Höret mich an! Ich brauche eure Hilfe. Mein Bruder, der Herzog, trachtet mir nach dem Leben und versucht in diesem Augenblick, die Herrschaft an sich zu reißen. Die Schnellsten unter euch möchte ich bitten: Geht, rennt, reitet und alarmiert das Erste Regiment!«

Naru sah, wie sich auf diese Worte einzelne Gestalten aus der Menge lösten und in Richtung der Stadtmauern verschwanden.

Die Kaiserin rief: »Über vierzig Jahre schenkte meine Regentschaft euch Frieden! Sollte der Herzog Erfolg haben, werden wir uns innerhalb kürzester Zeit im Krieg mit allen Verlorenen Provinzen befinden.«

Einen Vorgeschmack davon erlebte die Kaiserin schon im eigenen Thronsaal. An der recht kleinen Öffnung zum Geheimgang gelang es der Leibwache noch, die Angreifer aufzuhalten, aber an der inzwischen zerstörten Flügeltür tobte ein heftiger Kampf. Elos hatte Ada mit sich hinter den Thron gezogen. Immer wieder traf einer seiner Lähmpfeile einen Angreifer, der drohte, den Schutzring der Leibwache zu durchbrechen.

»Viele von euch haben das Glück, so jung zu sein, dass sie nie einen Krieg miterleben mussten«, rief die Kaiserin. Sie hielt kurz inne, als die Soldaten ihres Bruders von unten eine Leiter gegen den Balkon lehnten. Schnell waren zwei, drei, vier Soldaten auf der Leiter und verhinderten mit ihrem Gewicht, dass die Verteidiger diese einfach wegstoßen konnten. Zum Glück war es keine maßgefertigte Sturmleiter, und da sie zu lang war, gelang es zwei Leibwächtern, sie zur Seite zu kippen, wo sie auf dem Boden zerbrach.

»Lasst euch sagen, der Krieg ist ein Monster, das völlig willkürlich eure Männer, Frauen, Söhne und Töchter frisst«, rief die Kaiserin. »Niemand ist vor ihm sicher. Und was ist das glorreiche Ergebnis all des Sterbens? Ich sage es euch: eine zerstörte Welt. Alles, was wir unser ganzes Leben lang aufgebaut haben, wird vernichtet sein. Häuser, Felder, Tiere. Und die Überlebenden werden an Hunger und Seuchen krepieren.«

Die Soldaten des Herzogs hatten die Tür eingenommen, was auch die Verteidigerinnen des Geheimgangs zum Rückzug zwang, da sie sonst den Feind im Rücken gehabt hätten. Die Leibwache bildete einen neuen Schildwall um die Tür zum Balkon. Einer der Wächter gab Elos und Ada mit seinem großen Schild Deckung, und so schafften sie es gerade noch rechtzeitig, hinter den sich schließenden Wall zu fliehen. Die rechte Seite jedes Schilds überlappte nun die linke des Schilds des Nachbarn. Die Kämpferinnen in der zweiten Reihe stachen mit ihren langen Speeren nach jedem, der es wagte, sich diesem Bollwerk zu nähern.

Von oben sah Naru, dass die Soldaten des Herzogs weitere Leitern herbeischafften.

»Männer wie mein Bruder«, rief die Kaiserin vom Balkon, »glauben, der Krieg bringe ihnen Macht und Schätze, Ruhm und Ehre. Aber, so glaubt mir, auf euch warten nur Ohnmacht und Armut, Schmach und Vergessen.«

Die Leibwache der Kaiserin war eine Elitetruppe, die ihren Angreifern im Duell weit überlegen gewesen wäre. Der Herzog hatte aber einfach zu viele Soldaten auf seiner Seite. Der Schildwall würde bald brechen. Mit einem Schrei warf die Oberste Wächterin ihren Speer weit in die Menge der feindlichen Soldaten.

»Verschafft mir Platz«, befahl sie und zog ihre beiden Zwillingsschwerter. Auf ein Signal ihrer Anführerin lösten die vordersten Wächter den Schildwall auf, indem sie die Gegner mit ihren Schilden zurückdrängten. In die so entstandene Lücke wirbelte die Oberste Wächterin mit ihren beiden Schwertern und dezimierte die überraschten Feinde in der vordersten Reihe. Ihre besten Kämpferinnen und Kämpfer taten es ihr gleich.

»Der Tanz der zwei Schwerter«, murmelte Ada fasziniert. Es war beeindruckend und sorgte einen Moment für Angst und Schrecken unter den Soldaten des Herzogs. Aber es war auch eine Verzweiflungstat. Ungedeckt würde selbst die Leibwache der Kaiserin nicht lange überleben können. Ada blickte nach draußen. In die Barrikaden auf dem Balkon schlugen Armbrustpfeile. Einer verfehlte sein Ziel und zerbrach ein Fenster des Thronsaals. Glassplitter rieselten auf Ada und Elos nieder.

»Allen Soldaten meines Bruders«, rief die Kaiserin, so laut sie konnte, »verspreche ich Gnade, wenn sie hier und jetzt ihre Waffen niederlegen, und Ehre, wenn sie auf meine Seite wechseln, aber seid gewiss, wenn ihr das nicht tut, werdet ihr als Hochverräter auf dem Marktplatz gehängt!«

Plötzlich sah Naru auf dem Vorplatz die verhasste Gestalt des Herzogs unter seinen Soldaten. Der Widerling schrie: »Was steht ihr da wie versteinert?! Schlagt Lärm! Lasst sie nicht weitersprechen!«

Sogleich schlugen die Soldaten des Herzogs mit ihren Schwertern auf ihre Schilde und brüllten, um die Kaiserin zu übertönen. Die Herrscherin sprach noch, aber Naru konnte sie nicht mehr verstehen. Er sah jedoch auch, dass einzelne Soldaten, vor allem an den Rändern, ihre Waffen senkten und in der immer größer werdenden Menschenmenge verschwanden. Dann nahm ein Junge in schäbigen Klamotten einen ersten Stein und warf ihn auf die Soldaten des Herzogs. Andere folgten seinem Beispiel. Bald hagelte es Steine. Die Soldaten waren gezwungen, ihre Aufmerksamkeit vom Schloss abzuwenden, und versuchten nun, das Volk daran zu hindern, ins Gebäude einzudringen. Die Menschen bewarfen die Soldaten mit allem, dessen sie habhaft werden konnten. Diejenigen, die ihre Äxte, Mistgabeln und Sensen dabeihatten, bedrängten die Soldaten vor dem Schlosstor. Die Jüngeren kletterten über die Mauern. Bald hatten sie die Leitern erreicht, mit denen die Männer des Herzogs gerade wieder versuchten, den Balkon zu stürmen, und machten Kleinholz aus ihnen.

Die Kaiserin sah ein, dass es sinnlos war, weiter zum Volk zu sprechen. Man konnte sie nicht mehr verstehen. Aber man hatte sie verstanden. Sie wandte sich um und direkt an die feindlichen Soldaten im Thronsaal. »Gebt auf und rettet euer Leben!«, rief sie. »Das Volk ist auf dem Weg ins Schloss. Das Erste Regiment ist alarmiert. Ihr habt verloren! Wer jetzt aufgibt, für dessen Leben garantiere ich.«

Ada bemerkte die Verunsicherung in den Gesichtern der Soldaten. Noch legte keiner die Waffen nieder, aber ihr Ansturm verlangsamte sich merklich.

»Meine Gnade ist groß«, rief die Kaiserin, »aber meine Rache wird fürchterlich sein! Wer jetzt *nicht* aufgibt, der verwirkt nicht nur sein eigenes Leben, das schwöre ich euch, sondern auch das Leben seiner Familie. Und wofür? Ihr habt schon verloren! Ihr wisst es nur noch nicht!«

In diesem Moment tauchten die ersten Bürger von Drachenberg brüllend in der Tür auf, und die Soldaten des Herzogs verstanden, dass die Kaiserin nicht gelogen hatte.

»Hört auf zu kämpfen!«, rief die Herrscherin. »Ich befehle es!«

Da endlich ließ ein erster Soldat sein Schwert fallen. Dann ein zweiter. Ein dritter. Bis der ganze Thronsaal widerhallte vom Klirren der auf den Boden fallenden Waffen.

DAS VERFLUCHTE HAUS

Naru wachte im weichsten Bett auf, in dem er je geschlafen hatte. Sie waren immer noch im Kaiserschloss, allerdings nicht mehr im Verlies, sondern in den Räumen für die vornehmen Gäste. Eine deutliche Verbesserung zur letzten Nacht. Naru wollte gar nicht aufstehen, so kuschelig war es, aber seine Schwester kam und kippte ihn einfach mitsamt Decke über die Bettkante.

»Aufstehen, Schlafmütze!«, sagte sie. »Du verpasst sonst unsere Audienz.«

Noch am Abend des gestrigen Tages war das erste Regiment eingetroffen, und die Generalin hatte nach dem Putschversuch die Ordnung wiederhergestellt. Die Verwundeten wurden versorgt, die Toten gezählt. Von Herzog Harling allerdings fehlte jede Spur. Der Bruder der Kaiserin war im Tumult verschwunden. Das schmälerte Narus Triumphgefühl erheblich. Zu gerne hätte er den Widerling in seinem eigenen Verlies schmoren sehen.

Als sie zu ihrer Audienz in den Saal gelassen wurden, saß die Kaiserin völlig erschöpft auf dem Thron. Sie hatte sich gestern überanstrengt, und ihr kranker Körper forderte nun Tribut. Elos und die Zwillinge verbeugten sich tief.

»Ich höre, ihr wollt uns schon wieder verlassen, Spurenfinder«, sagte die Herrscherin von Syndrakos kraftlos.

»Wollen ist nicht das Wort, das ich gewählt hätte, Eure Hoheit!«, sagte Elos. »Doch die Pflicht ruft.«

»Und ich kann euch wirklich nicht überreden hierzubleiben? Ihr alle drei habt euch eine Auszeichnung verdient.«

»Ehrwürdige Kaiserin«, sagte Elos, »unseren bescheidenen Beitrag zu Eurer Rettung geleistet zu haben, ist uns Auszeichnung und Gnade genug. Ich möchte Euch ansonsten nur noch einmal raten, nach einer fähigen Heilerin zu schicken, die meine Theorie mit der Quecksilbervergiftung überprüft.«

Die Kaiserin nickte. »Das geschieht bereits.«

»Was uns betrifft«, sagte Elos, »wir haben vielleicht herausgefunden, wer den Mord beauftragt hat, aber die Person, die ihn ausgeführt hat, läuft immer noch frei herum. Wir dürfen keine Zeit verschwenden, wenn wir die Spur nicht verlieren wollen.«

»Dann nehmt wenigstens drei schnelle Pferde als Geschenk für eure Dienste.«

»Das ist sehr gütig«, sagte Elos. »Mir reicht es, den Hengst wiederzubekommen, den die Soldaten Eures Bruders beschlagnahmt haben. Aber wenn Ihr zwei Pferde für die Kinder ...«

»Ich behalte meinen Esel!«, verkündete Naru. »Wir sind so was wie Freunde.«

»Also ich nehme sehr gerne ein Pferd«, sagte Ada.

Die Kaiserin lächelte schwach. »So sei es.« Sie machte eine kleine Pause. »Ich werde auch einen Freibrief ausstellen, der euch vor Schikanen in meinem Reich und an der Grenze schützen wird.«

»Wir danken Euch sehr, große Kaiserin«, sagte Ada und machte einen Knicks. Auch ihr Vater und Naru verbeugten sich.

»Eine Sache noch«, sagte Elos. »Vielleicht könntet Ihr jemanden bitten, uns den Weg zu dem Haus zu weisen, das ...« Er hielt inne, wusste offensichtlich nicht, wie er seinen Wunsch direkt formulieren konnte, ohne der Kaiserin neuen Schmerz zuzufügen.

»Das Haus, das Magnus angezündet hat?«, fragte sie.

Elos nickte.

»Ich weiß nicht, was Ihr dort zu finden hofft«, sagte die Kaiserin. »Aber Euer Wunsch soll erfüllt werden.« Sie machte eine kurze Pause und fügte dann hinzu: »Gute Jagd! Möge Yuma Euch leiten.«

***

Naru saß wieder auf seinem Esel, Elos auf Rebeccas Hengst und Ada auf der geschenkten Stute. Sie ritten hinter einem Lakaien der Kaiserin her, vorbei an den Prachtbauten des Hofes über die großen Handelskontore des inneren Rings bis hin zu den Handwerker- und Soldatenbehausungen an der Stadtmauer und noch darüber hinaus ins Siedlungsgebiet jenseits der Befestigungsanlagen. Endlich stoppte der Lakai sein Pferd und deutete auf ein verwahrlostes Grundstück etwas abseits der Straße. Der Zaun stand noch, wenngleich schief, aber innerhalb seiner Grenzen hatte sich die Natur das Land zurückgeholt. Wild wucherte das Grün über der Ruine eines verkohlten Hauses. Offenbar hatte sich seit über zwanzig Jahren niemand des Grundstücks ange-

nommen. Elos bedankte sich und schickte den Lakaien seiner Wege. Der Spurenfinder und seine Kinder stiegen von ihren Reittieren, und Naru band sie an, sogar den Esel, während sein Vater schon sinnierend über das Gelände lief.

»Warum sind wir hier?«, fragte Ada. »Was hoffst du zu finden?«

»Ich weiß es nicht«, antwortete ihr Vater. »Ich habe nur so ein Gefühl, dass uns noch ein entscheidender Teil der Lösung fehlt. Immer wenn ich denke, jetzt hab ich's, dann entwischt mir der Fall wieder.«

»Du meinst, der Schuh hat noch keine Schnürsenkel?«, fragte Ada.

Elos lächelte. »Ja, so ungefähr.«

»Ich dachte, der Fall sei klar«, sagte Naru. »Der Herzog hat jemanden auf dem Jahrmarkt beauftragt, Emmett ... also Magnus zu töten.«

»Hm«, machte Elos. »Möglich.«

»Möglich?«, rief Naru aufgebracht. »Das ist nur möglich?«

»Nun ja. Wir haben keinerlei Beweise dafür.«

»Der Herzog hatte Magnus' Ring«, sagte Ada.

»Den *ich* ihm gegeben habe«, sagte Elos.

»Schon klar, aber ...«

»Hast du das eigentlich von Anfang an so geplant?«, fragte Naru seinen Vater mit ehrlicher Bewunderung. »Als du mir den Ring aus dem Ohr ›gezaubert‹ hast, wusstest du da schon, dass du den Herzog dadurch vor seiner Schwester unglaubwürdig machen wirst?«

»Nun«, sagte Elos. »Ich habe das alles natürlich nicht genau so geplant. Aber sagen wir, ich habe dafür gesorgt, dass bestimmte Ereignisse eintreten könnten, falls es ihnen beliebt. Wisst ihr, der Vorteil daran, der bekannteste Spurenfinder der Verlorenen Provinzen zu sein, ist, dass einem die Menschen erst mal glauben, egal, was man ihnen erzählt.«

»Leidet die Kaiserin wirklich an einer Quecksilbervergiftung?«, fragte Ada.

»Möglich ...«

»Und was genau suchen wir hier?«, fragte Naru.

»Nun, was mich an der ganzen verworrenen Geschichte am meisten irritiert, ist Folgendes«, sagte der Spurenfinder. »Irgendjemand hat Magnus' Grab geöffnet. Und das war bestimmt nicht der Herzog. Der war ja über alles im Bilde. Es gibt also noch eine andere Person, die ganz sicher wusste, dass Magnus lebte. Vielleicht ein Angehöriger von Theresa oder ihres geliebten Zimmermanns, der auf Rache aus sein könnte. Ich hatte gehofft, hier Hinweise oder zumindest eine Inspiration finden zu können.«

»Was wollen Sie finden?«, fragte eine kratzige alte Stimme.

Der Spurenfinder und seine Kinder drehten sich um. Auf der anderen Seite des kaputten Zauns stand ein altes Hutzelweib. Die Tür ihrer Hütte auf dem Nachbargelände war noch offen.

»Was tun Sie denn da?«, fragte sie neugierig.

»Nun«, sagte Elos. »Wir schauen uns das Grundstück an.«

»Wir suchen ein neues Zuhause«, ergänzte Ada.

»Und das hier sieht so gemütlich aus«, sagte Naru und deutete auf die verkohlte Ruine.

»So, so«, sprach die Nachbarin.

»Seit wann ist das Haus denn in diesem Zustand?«, fragte Elos.

»Oh! Seit langer, langer Zeit! Niemand hat es haben wollen. Es ist nämlich verflucht, sage ich Ihnen. Verflucht!«

»Verflucht?«, fragte Elos.

»Ja, wissen Sie nicht von dem schrecklichen Feuer?«

»Doch. Zwei Menschen sind darin umgekommen.«

»Zwei?«, fragte die Alte. »Ich weiß nur von einem.«

»Was wollen Sie damit sagen?«

»Nichts. Sie glauben mir ja doch nicht. Halten mich für eine spinnerte alte Schachtel. Wie alle anderen.«

»Geben Sie uns eine Chance«, bat Ada.

»Wir haben auch schon wirklich Unglaubliches gesehen«, sagte Naru.

Die Frau beugte sich weit über den Zaun und flüsterte: »In der Nacht, als das Haus lichterloh brannte, da wurde ich wach. Lange bevor die anderen zum Löschen anrückten.« Die Nachbarin winkte die drei heran und sprach noch leiser. »Ich stand im Dunkeln in meiner Hütte, habe den Vorhang ein Stück zur Seite gehoben und durchs Fenster gespäht.« Die Alte kratzte sich hinterm Ohr.

»Und?«, fragte Naru, der die Spannung kaum mehr aushielt.

»Und da habe ich gesehen, wie eine Frau aus dem brennenden Haus gelaufen kam. Ich schwöre es euch, sie kam direkt aus dem Feuer. Sie war ganz nackt, aber völlig unverletzt.«

Elos stand da wie vom Blitz getroffen. Er sagte nichts und bewegte sich nicht.

»Was ist los?«, fragte Naru.

»Vater!«, rief Ada. »Was hast du?«

Elos wandte sich an die Alte.

»Habt Dank, gute Frau. Ihr habt uns sehr geholfen. Habt Dank.«

Er griff in seine Tasche, warf der verdutzten Alten einen goldenen Fredlaff zu und lief ohne weitere Erklärung schnellen Schrittes zu den Reittieren. Es schien, als wolle er alle Zeit aufholen, die er damit vertan hatte, auf falschen Wegen Spuren zu finden. Die Kinder eilten hinterher. Geschwind saß Elos im Sattel.

»Los, los!«, rief er.

Ada bestieg die Stute, die ihr die Kaiserin geschenkt hatte, Naru kletterte auf den Esel, und beide ritten hinter Elos her.

»Wir waren die ganze Zeit auf der falschen Fährte!«, rief er.

»Wieso?«, fragte Naru.

Elos war verärgert über sich selbst. »Es war alles so offensichtlich! Aber wir haben uns ablenken lassen!«

»Ich bin immer noch abgelenkt«, sagte Ada. »Jedenfalls kann ich dir nicht ganz folgen.«

»Mir ist natürlich alles absolut klar«, behauptete Naru.

Elos wandte sich an Ada: »Nun, wen kennt ihr, der mit der Gabe der Unversehrtheit gesegnet ist?«

Jetzt war Ada wie vom Blitz getroffen. »Die Feuerläuferin«, rief sie. »Die Feuerläuferin ist Theresa! Sie war Magnus' große Liebe!«

»Sie hat Emmett erkannt, als dieser aufstand, weil er nicht zusehen wollte, wie eine Frau ins Feuer geht!«, sagte Elos. »Welch bittere Ironie des Schicksals. Sie hat erfahren, dass Emmett unser Dorfvorsteher war. Sehr wahrscheinlich von Ursa. Sie saß auch bei den Artisten, als der Kräuterhändler von einem Wandelwesen in Friedhofen geprahlt hat. Und sie kannte sich aus mit diesen Kreaturen, hat sie doch jahrelang auf dem Spektakel mit einer zusammengearbeitet. Sie war es also, die den Zwerg und den Kräuterhändler verfolgt hat. Sie war die Person auf leisen Sohlen, die der Schmied bemerkt hat, als er sein Geschäft im Wald erledigt hat. Sie hat das Gespräch bei Frau Martens belauscht und gehört, wann die alte Dame mit ihrer Verwandlung drohte, und dann gewartet, bis sie schlief, und ihre Uhren verstellt. Sie war die Gestalt im dunklen Umhang, die der Schmied vor Emmetts Tür gesehen hat. Sie war die Einzige in ganz Dreibrücken, die aufrichtig schreiben konnte: ›Ich weiß, wer du bist.‹«

»Aber«, warf Ada ein, »der Wasserflüsterer hat gesagt, dass der Zwerg erst gegen fünf ...«,

»Yuval hat uns angelogen«, rief Elos, »um seine Geliebte zu schützen! Das ist doch klar.«

»Aber warum hat sie Emmett nicht einfach im Schlaf erstochen?«

»Es war die Nacht der Träume!«, sagte Elos. »Emmett hat nicht geschlafen. Er hatte Angst vor den Albträumen. Und ihr habt gesehen, wie er kämpfen konnte. Überdies werden wir hoffentlich bald Gelegenheit haben, ihr selbst diese Frage stellen zu können.«

Naru räusperte sich. »Ich möchte ja nicht angeben«, sagte er, »aber ich habe ja gleich gesagt, dass sie die Mörderin ist. Ich habe es ihr auf den Kopf zu gesagt. Doch Vater meinte, es wäre Unsinn, was ich da tue, dabei – und das Folgende habe ich meiner Bescheidenheit wegen bisher nicht erwähnt – hatte ich in allen Punkten des Falles recht. Ich habe gesagt, dass es ein Monster mit axtartigen Klauen war. Ich habe gesagt, dass Oma Martens dieses Monster ist. Ich habe der Feuerläuferin ins Gesicht gesagt, dass sie die Mörderin ist. Ich glaube, ich habe einfach eine ganz hervorragende Spurenfinder-Intuition.«

»Möglich«, sagte Elos nur.

»Aber dann ist der Herzog ja unschuldig«, sagte Ada. »Wir haben aufgrund eines falschen Verdachts einen Putsch und einen Aufstand ausgelöst.«

»Der Herzog ist vieles, aber sicher nicht unschuldig«, sagte Elos. »Er hat in seinem Leben viele Verbrechen begangen. Nie wurde er für eines zur Rechenschaft gezogen. Jetzt haben wir ihm erfolgreich ein Verbrechen angehängt, das er nicht begangen hat. Ich werde deshalb nicht schlecht schlafen.«

»Aber wollte er wirklich die Kaiserin vergiften und die Herrschaft an sich reißen?«, fragte Ada.

»Beweisen kann ich das nicht. Aber getroffene Hunde bellen. Hätte der Herzog nichts dergleichen im Sinn gehabt, wäre es nie so weit gekommen. Seine Soldaten standen auf sein Zeichen bereit. Und ich bin mir ganz sicher, dass es zu einem Krieg gekommen wäre, hätte er den Thron für sich beansprucht. Du hast gehört, was er im Verlies gesagt hat, Naru. Wir waren auf der falschen Fährte, aber wir haben einen Krieg verhindert.«

»Jespa wird sich etwas dabei gedacht haben«, sagte Ada.

»Müssen wir Theresa denn wirklich verfolgen?«, fragte Naru. »Sie hat sich doch nur gerächt.«

»Nur gerächt?«, fragte Elos. »Die Taten aus Rache, die ich gesehen habe, überstiegen manches Mal die Grausamkeit der Tat, die gerächt wurde. Ich sage nicht, dass das hier der Fall ist, aber Theresa hat nicht nur Emmett ermordet. Sie hat dabei auch das Leben von Frau Martens aus den Fugen gerissen. Sie hätte hingenommen, dass ein völlig Unschuldiger wie der Holzfäller dafür in den Kerker gesperrt wird, und es war ihr auch gleichgültig, dass das Monster möglicherweise weitere Menschen angreift, darunter euch beide. Und *das* kann ich ihr nicht verzeihen. Niemals.«

RACHE

Der Freibrief der Kaiserin ersparte den Spurenfindern weitere Schwierigkeiten sowohl in Syndrakos als auch an der Grenze. Zum Bedauern der Kinder kamen sie also zurück nach Dreibrücken, ganz ohne dass sich Elos wieder verkleiden musste. Als sie am fünften Tag der Rückreise Rabenfurt erreichten, war der Jahrmarkt natürlich längst weitergezogen.

Elos und die Kinder machten Gunter ausfindig, der ihnen Narus Zeichnung des Nektarhändlers zurückgab und vom Schicksal des Mannes berichtete. »Sie haben ihn in einem Straßengraben gefunden. Der Heiler von Rabenfurt meinte, dass er zu viel von seinem eigenen Zeug gesoffen hat. War kein schöner Anblick.«

»Hm«, machte Elos.

»War er der Mörder?«, fragte Gunter.

»Nein«, sagte Elos. »Die Mörderin versteckt sich unter den Artisten des Spektakels.«

Leider wusste Gunter nicht, wohin der Zwerg mit seiner Truppe gezogen war, aber die Spur eines Jahrmarktsspektakels zu finden, ist wahrlich kein Kunststück. Mehrfach bemerkte Elos, dass diese Aufgabe geradezu unter seiner Würde sei. Er brauchte tatsächlich nicht lange, um herauszufinden, dass die Stadt Randil an der Grenze zu Ronasland ihr aktueller Aufenthaltsort war.

Sie nächtigten in einer Herberge auf dem Weg und erreichten Randil am frühen Nachmittag des nächsten Tages.

Dort angekommen, versicherte sich Elos zuerst der Hilfe des Statthalters und erwirkte einen offiziellen Haftbefehl für die

Feuerläuferin. Der einzige Beweis, den er vorlegen musste, war sein Wort. Der Statthalter kannte Elos. Er gab ihm ohne viel Nachfragen das gewünschte Schriftstück und ein halbes Dutzend Männer der Stadtwache.

Als sie endlich zum Jahrmarkt kamen, lief das Spektakel schon. »Wartet draußen!«, befahl Elos den Wachen. »Wir wollen nicht zu früh zu viel Aufmerksamkeit erregen.«

»Warum ist das Spektakel am Nachmittag und nicht mehr am Abend?«, fragte Ada.

Elos seufzte. »Ich habe einen Verdacht.« Aber mehr war ihm nicht zu entlocken. Auf die fragenden Blicke der Kinder schüttelte er nur den Kopf. »Nicht jetzt …«, murmelte er. Sie standen schon am Einlass. Die Frau an der Kasse nahm nur den halben Eintritt, weil das Spektakel fast vorbei war. Dann mischten die drei sich unter die Zuschauer im Amphitheater. In der Mitte der Arena schichtete Ursa gerade den Scheiterhaufen auf.

»Das Unglaublichste kommt erst noch!«, rief der Zwerg. »Seien Sie gespannt. Denn wir haben unter uns eine Frau, die der Feuerdämon Zerus mit der Gabe der Unversehrtheit gesegnet hat!«

Ursa kippte eine Flüssigkeit aus einem kleinen Fass über den Scheiterhaufen.

»Meine Damen und Herren …«, rief der Direktor. »Ich präsentiere Ihnen Saphira, unsere Feuerläuferin!«

Die Frau im roten Umhang, von der sie nun vermuteten, dass sie in Wahrheit Theresa hieß, betrat die Arena.

»Sie wird sich mitten in die Flammen stellen!«, rief der Zwerg und steckte seine Fackel in den Scheiterhaufen, der schnell aufflammte.

Ada sah die Feuerläuferin mit ganz anderen Augen. Diese wöchentlichen Verbrennungen mussten für sie ein immer wiederkehrendes Trauma sein. Sie fragte sich, warum sie das auf sich nahm.

»Wann nehmen wir sie fest?«, wollte Naru wissen.

»Nicht jetzt«, sagte Elos. »Danach. Es ist ja gleich vorbei. Wir müssen sie nicht vor Hunderten von Leuten in Gewahrsam nehmen.«

Also sahen sie dabei zu, wie Theresa ein letztes Mal ins Feuer ging und darin stehen blieb, bis der Wasserflüsterer die Flammen endlich löschte. Der Zwerg erschien mit einem neuen roten Umhang für Theresa.

Die Kinder wollten schon aufstehen, aber das Spektakel war noch nicht vorbei.

»War das beeindruckend? War das spektakulär?«, rief der Zwerg.

Die Menge johlte begeistert.

»Doch jetzt erst kommen wir zum Höhepunkt! Sind Sie bereit für den spannendsten Augenblick Ihres Lebens? Für die faszinierendste Verwandlung, die selbst ich je erlebt habe?« Er machte eine kleine Pause und verkündete: »Begrüßen Sie Marla, die Monsterdame!«

In der darauf folgenden Stille hörte man leise Schritte. Die Zwillinge schnappten entsetzt nach Luft, als eine ihnen wohlbekannte alte Dame die Arena betrat.

»Oma Martens!«, hauchte Naru entsetzt.

Elos nickte. »Ich habe es befürchtet.«

»Das war es also, was uns der Zwerg verheimlicht hat«, sagte Ada. »Sie ist aus Friedhofen direkt zu ihm geflüchtet. Er hat sie vor uns versteckt!«

Die alte Dame lief gemächlich. Es waren vereinzelte Lacher im Publikum zu hören. Sie blickte nicht auf. Ihre Kleidung wirkte einfacher als sonst. Geradeso, als hätte sie sich nur wie Oma Martens verkleidet.

»Lassen Sie sich nicht vom harmlosen Aussehen dieser gebrechlichen alten Dame täuschen«, rief der Zwerg. Er führte Oma Martens in einen großen, stabil aussehenden Eisenkäfig. Sie sah nicht glücklich aus. Der Zwerg verließ den Käfig, verschloss ihn und rief: »In wenigen Augenblicken werden Sie sehr froh darüber sein, dass Marla hinter diesen Gittern aus Zwergenstahl ist!«

Eine kurze Stille trat ein. Dann wurde diese unterbrochen von einem lauten Glockenschlag, der zu ihnen vom Jespa-Tempel herüberdrang. Oma Martens zuckte zusammen. Drei weitere Schläge folgten, und Ada wusste, was nun geschehen würde. Es war vier Uhr. Oma Martens schien zu schmelzen. Ihre Gestalt floss auseinander, dehnte sich dabei aus und zog sich an anderen Stellen zusammen. Im Ganzen wurde sie größer und größer. Ihre Kleider rissen und fielen in Fetzen zu Boden. Das Publikum reagierte mit erstaunten Rufen, schockierten Schreien und lautem Geklatsche. Langsam formte sich die dunkle Masse zu einer Gestalt. Feine schwarze Haare sprossen überall aus ihrem Spinnenkörper. Sie bekam sechs Beine, die axtartigen Krabbenscheren und den Skorpionsschwanz. Die Feinheiten entwickelten sich noch, als das Monster schon mit lautem Gebrüll seinen Käfig attackierte. Der Zwerg stachelte es noch zusätzlich an, indem er es durchs Gitter mit einem langen Stock piesackte. Ada blickte in die Augen des Monsters. Der Anblick war abscheulich. Es öffnete sein Maul, das voller spitzer, riesiger Zähne war, und fauchte das johlende Publikum an. Die Bestie versuchte, mit ihrem Giftstachel durch die Gitterstäbe hindurch den Zwerg zu treffen, der aber wich immer wieder geschickt aus. Kurz wünschte Ada, dass sie ihn eines Tages erwischen möge. Es dauerte eine gefühlte Ewigkeit, bis sich das Publikum an dem Monster sattgesehen hatte. Irgendwann schließlich kam der Käfig ins Rollen. Erst jetzt bemerkte Naru die Räder darunter. Er sah Ursa, die an einer Eisenkette zerrte und den Käfig hinter die Kulissen zog.

»Sollten wir nicht etwas unternehmen?«, fragte Ada ihren Vater.

»Sie muss doch eigentlich auch ins Gefängnis«, sagte Naru.

»Hm«, machte Elos, »ich finde, sie ist gestraft genug. Was meint ihr?«

»Sie tut mir so leid«, sagte Ada. »Am liebsten würde ich sie befreien. Also in ihrer anderen Gestalt natürlich.«

»Wir können sie nicht retten«, sagte Elos. »Sie ist aus freien Stücken hier.«

»Sie war immer so nett zu uns«, sagte Ada und schniefte.

Naru drückte ihre Hand.

***

Mithilfe des statthalterlichen Haftbefehls und der sechs Männer der Stadtwache drangen Elos und die Zwillinge in den Bereich hinter dem Amphitheater vor, der den Künstlern vorbehalten war. Dort standen die ihnen schon bekannten Ochsenwagen, mehrere kleine Schlafzelte und ein größeres Zelt, das wohl zum Essen und als Aufenthaltsbereich bei Regen diente. Auch als Lagerraum wurde es genutzt. Durch die offene Front sah Ada viele Utensilien des Spektakels. An einem großen Tisch saßen mehrere alte Bekannte. Die Flüsterer, Ursa und auch die Feuerläuferin stärkten sich mit einem dampfenden Gebräu. Es roch nach Tee mit Rum.

Der Spurenfinder hatte das Zelt kaum betreten, da kam ihm der Direktor wutschnaubend entgegen. »Sie schon wieder!«, rief er. »Sie haben hier keinen Zutritt! Verschwinden Sie!«

Er schnipste, und Ursa stand auf. Bedrohlich kam sie näher.

»Ich habe einen königlichen Haftbefehl«, sagte Elos.

Der Blick des Zwergs verfinsterte sich noch weiter.

»Aber keine Sorge, Herr Kramspat. Er ist nicht für Sie.« Nach einer kurzen Pause fügte Elos hinzu. »Heute nicht.«

»Wenn Sie gekommen sind, um die alte Martens zu holen, dann wünsche ich Ihnen viel Spaß«, sagte der Zwerg hämisch.

»Hier ist der Schlüssel. Aber nehmen Sie sich vor dem Stachel in Acht.« Er lachte böse.

»Wir möchten mit Ihrer Feuerläuferin sprechen.«

»Was? Wieso?«

Wie zur Antwort schob Elos den Zwerg einfach zur Seite und ging auf die Artisten zu. Der Hauptmann der Stadtwache zog sein Schwert und folgte ihm mit seinen Männern.

Der Wasserflüsterer trat Elos in den Weg. »Das muss ein Irrtum sein«, sagte er. »Worum es auch geht, Saphira ist unschuldig!«

»Wir hegen allerdings den begründeten Verdacht, dass sie hinter dem Mord an Emmett Freling, dem Dorfvorsteher von Friedhofen, steckt«, erwiderte Elos.

»Und ich habe das übrigens gleich gesagt!«, ergänzte Naru. »Ins Gesicht hab ich es ihr gesagt!«

»Nein!«, rief Yuval. »Das kann nicht sein. Ich kann mich für Saphira verbürgen. Wir waren die ganze Nacht zusammen.«

»Nun, sehen Sie«, erklärte Elos, »das Problem ist, Saphira gibt es gar nicht.«

»Wie? Was?«, stammelte der Wasserflüsterer verständnislos.

»Wollen Sie es Ihrem Geliebten nicht erklären«, Elos machte eine Betonungspause, »Theresa?«

Die Feuerläuferin wandte ganz automatisch ihren Kopf zu ihm, als sie ihren alten Namen hörte. »Seit über zwanzig Sommern hat mich niemand mehr bei diesem Namen gerufen«, sagte sie leise.

»Was soll das heißen?«, fragte der Wasserflüsterer.

»Es tut mir leid«, sagte Theresa. Sie wandte sich an Elos. »Yuval hat nichts damit zu tun.«

Elos zeigte ihr den Haftbefehl. »Es ist vorbei, Theresa«, sagte er. »Kommen Sie mit.«

Die Feuerläuferin stand auf.

»Theresa?«, fragte der Wasserflüsterer. »Wer ist Theresa? Ich verstehe nicht.«

Seine Geliebte schenkte ihm ein trauriges Lächeln. Dann wandte sie sich an Elos. »Gestatten Sie mir, dass ich Yuval meine Geschichte erzähle?«

»Natürlich«, sagte Elos. »Ich habe selbst noch die eine oder andere Frage.«

Theresa nahm Yuvals Hand, blickte ihm traurig lächelnd in die Augen, ließ die Hand wieder los und begann, im Zelt auf und ab zu laufen. Ihr Blick war auf nichts Bestimmtes gerichtet, vielmehr schaute sie in die Vergangenheit: »Vor vielen Jahren, in einem, so scheint es mir heute, anderen Leben war ich Theresa. Eine junge Frau in Drachenberg. Ich war schön. Viel schöner als heute. Aber wie ich über die Jahre diese Schönheit verflucht habe. Denn sie war es, die drei Leben zerstört hat.«

Alle im Zelt hörten ihr gebannt zu, aber ihre Aufmerksamkeit galt nur Yuval.

»Meiner Schönheit wegen verliebte sich Magnus Harling, der Thronfolger von Syndrakos in mich, ein einfaches Mädchen aus dem Volk. Ich war geschmeichelt, doch wusste ich auch, dass aus der Beziehung nicht mehr werden konnte, als dass ich seine heimliche Geliebte wäre. Seine Eltern hätten es nie erlaubt.« Theresa gestattete sich ein Lächeln. »Aber all das wurde völlig unwichtig, als ich Wendel traf. Es war eine Liebe wie eine Naturgewalt. Eine Liebe wie unsere, Yuval. Aber nicht im reifen Alter, sondern in jungen Jahren. Wir hatten ihr nichts entgegenzusetzen. Wir wollten ihr nichts entgegensetzen.«

Kurz schloss Theresa ihre Augen, nahm einen tiefen Atemzug und blickte dann wieder zu Yuval. »Ich bekam zwar mit, dass Magnus unglücklich war, aber es kümmerte mich wenig. Ich ahnte ja nicht, wie weit er zu gehen bereit war. Das verstand ich erst, als es zu spät war. Als ich im brennenden Haus meines Geliebten erwachte.«

Das Entsetzen stand Yuval ins Gesicht geschrieben. Ada bemerkte, dass die traurige Geschichte selbst die unbeteiligten Männer der Stadtwache von Randil rührte.

»Wendel war tot«, fuhr Theresa fort. »Mein Herz zerbrach. Eine Verzweiflung ergriff mich, von der ich sogleich ahnte, dass sie mich nie wieder loslassen würde. Ich wollte nichts, als mit ihm zu sterben. Aber mir schien das Feuer nichts anzuhaben. Bis zu jener Nacht hatte ich nichts von meiner Gabe – oder meinem Fluch – gewusst. Mitten in den Flammen vor meinem toten Geliebten kniend, fragte ich mich, warum der Feuerdämon mich verschont hatte. Und dann sah ich es. Eine Öllampe mit einem Drachenemblem. Sie fiel mir durch das brennende Dach direkt vor die Füße. Da wurde mir alles klar. Magnus hatte das Haus seines Rivalen angezündet. Und warum, so dachte ich, hatte mich Zerus verschont, wenn nicht, um Rache zu nehmen? Der Durst nach Vergeltung füllte fast augenblicklich das Loch in meiner Seele, das Wendels Tod hinterlassen hatte. Sie sollte fortan mein einziger Daseinsgrund sein.«

Ada war hin- und hergerissen zwischen ihrem Mitleid für Theresa und der Abscheu vor dem, was sie Emmett angetan hatte.

»Ich erzählte niemandem, dass ich überlebt hatte«, berichtete die Feuerläuferin. »Als Tote würde mich keiner suchen. Niemand würde mit mir rechnen. Meine Rache käme unerwartet. Aus dem Nichts. Aber das Schicksal wollte es mir nicht so einfach machen. Magnus nahm sich das Leben. Er richtete sich selbst. Jedenfalls war das die offizielle Version. Doch ich glaubte nicht daran.«

»Also schlichen Sie sich nachts auf den Friedhof des Jespa-Tempels«, sagte Elos.

Theresa blickte ihn verwundert an, als würde sie erst jetzt wieder seiner Anwesenheit gewahr. »Ja. Ich schlich mich auf den Friedhof, brach das Schloss der Gruft mit einem Eisen auf und öffnete den Sarg. Darin lag ein alter Mann. Ich wusste nicht, wer es war, aber es war ganz sicher nicht Magnus. Offenbar lebte er und war geflohen. Einige Wochen zog ich ratlos durch die Gegend. Ich ernährte mich von dem, was ich im Wald fand oder in den Dörfern stehlen konnte. Ich war nur noch ein Schatten, den das Feuer geworfen hatte. Es war zu dieser Zeit, dass ich auf das Spektakel stieß. Kramspat zog durch Syndrakos, und da kam mir die Idee, ihm meine Dienste anzubieten.«

Der Zwerg nickte nachdenklich.

Theresa fuhr fort. »Ein Spektakel ermöglichte es mir, ohne Verdacht durch die Verlorenen Provinzen zu reisen, um selbst in den entlegensten Winkeln nach Magnus zu suchen. Kramspat war begeistert von meiner Gabe, und es war für mich eine Möglichkeit, sie für meinen Lebensunterhalt nutzbar zu machen. Aber jedes Mal, wenn ich ins Feuer stieg, durchlitt ich Qualen. Jedes Mal versetzte es mich zurück in jene albtraumhafte Nacht. Jedes Mal sah ich meinen toten Geliebten, und bald bildete ich mir auch ein, durch die Flammen Magnus zu sehen, wie er die Öllampe aufs Strohdach warf.«

Naru versuchte sich vorzustellen, wie es gewesen sein musste, dieses Leben zu führen. Immer wieder diesen Schmerz zu erleiden. Er fragte sich, wie er reagieren würde, wenn jemand seiner Schwester, seinem Vater oder Ilda etwas so Entsetzliches angetan hätte, und ihm wurde fast schlecht.

»So verging Jahr um Jahr, aber ich fand keine Spur von ihm«, fuhr Theresa fort. »Mit jedem Gang ins Feuer vernarbte meine Seele, bis ich gar nichts mehr fühlte. Ich war am Leben, aber doch tot. Selbst der Gedanke an Rache, der mich all die Zeit geleitet hatte, verblasste.«

Theresa drehte sich zu Yuval um.

»Dann tratst du in mein Leben. Unsere Liebe war ein Geschenk der Götter. Völlig unverhofft empfand ich neues Glück. Ich war bereit, mein altes Leben hinter mir zu lassen. Ich war bereit, die Rache aufzugeben.«

Yuval lächelte traurig.

»Doch just in diesem Moment, nach ein paar Monaten des Glücks«, sagte Theresa, »musste ich Magnus im Publikum entdecken. Er stand auf und verließ das Spektakel, gerade als ich mich bereit machte, ins Feuer zu gehen. Ich traute meinen Augen kaum. Aber er war es. Tief in meinem Inneren wusste ich, dass ich ihn gefunden hatte. Allerdings war ich mir auch unserer Liebe bewusst, Yuval. Die Rache war nicht mehr das Einzige, wofür ich lebte. Doch ich konnte ihn nicht davonkommen lassen. Zwei Jahrzehnte hatte ich nach ihm gesucht. Der alte Wunsch nach Rache übermannte mich, und in mir brannte es heißer als auf dem Scheiterhaufen.«

Theresas Augen blitzten bei diesem Gedanken, dann aber seufzte sie. »Ich dachte, ich könnte beides haben. Ich dachte, ich könnte mich rächen und ein neues Leben mit dir führen, mein Geliebter. Ich dachte, ich müsste es nur so anstellen, dass niemand mir auf die Schliche kam. Magnus hatte sich im Kampf mit Ursa exponiert. Von ihr erfuhr ich, dass der Mann, der während meines Auftritts die Arena verlassen hatte, Dorfvorsteher in Friedhofen war. Als dieser angeberische Kräuterhändler dann im Suff damit prahlte, dass es ein Wandelwesen in Friedhofen gab und Kramspat hingeführt werden wollte, verfolgte ich die beiden heimlich. Ich belauschte ihr Gespräch mit Marlene Martens. Und dort bot mir das Schicksal diese einmalige Gelegenheit. Ich konnte Magnus in eine Falle locken, die man niemals mit mir in Verbindung bringen würde. So dachte ich jedenfalls.« Sie fixierte den Spurenfinder missmutig. »Und es hätte sicher auch funktioniert, wenn nicht ausgerechnet Elos von Bergen ebenfalls in diesem Dorf gelebt hätte.«

»Hm«, machte Elos. »Sie hätten nach dem Mord die Uhren wieder auf die richtige Zeit drehen müssen.«

»Tja, das hätte ich wohl tun sollen. Aber ich hatte im Gebüsch hinter dem Bach gelauert. Wollte wissen, ob mein Plan aufging. Hatte gesehen, wie Magnus zur bestellten Zeit kam, wie das Monster aus der Pforte preschte, wie er versuchte, in Richtung des Waldes zu fliehen, wie ihn das Monster aber einholte, wie er sein Schwert zog, zu kämpfen versuchte, die Bestie sogar verwundete, aber endlich doch sein Leben ließ. Es war ein grausiges Spektakel. Ich hatte Angst. Ich wollte nur noch weg. Selbst wenn ich auf den Gedanken gekommen wäre, zurück ins Haus des Monsters zu schleichen, um die Uhren zurückzustellen, glaube ich nicht, dass ich es über mich gebracht hätte.«

Naru lief es eiskalt den Rücken hinunter, als er daran dachte, dass Theresa ungefähr an der Stelle hinter den Büschen am Bach, an der seine Schwester und er selbst den ersten Blick auf den toten Emmett erhascht hatten, den ganzen Mord beobachtet hatte.

»Ich bin nicht stolz auf das, was ich getan habe«, sagte sie. »Das Unglück, das ich Frau Martens zugefügt habe, tut mir leid, und mein Entsetzen über ihre Flucht ausgerechnet zu uns war groß. Jeden Tag erinnert mich ihre Anwesenheit an meine Tat. Ich hätte mein altes Leben loslassen sollen, um mein neues zu genießen. Aber bei jeder Vorstellung hätten mich die Flammen an sein Verbrechen erinnert. Und vor die Wahl gestellt, weiß ich nicht, ob ich nicht alles wieder genauso machen würde.«

Sie trat nah an den Wasserflüsterer heran. »Ich hoffe, du kannst mir eines Tages verzeihen.«

Yuval blickte sie lange an. Er brauchte sichtlich Zeit, diese ganze Geschichte zu verarbeiten. Dann zog er Theresa zu sich heran und gab ihr einen langen Kuss.

Die Feuerläuferin erwiderte den Kuss, doch plötzlich stieß sie ihren erstaunten Geliebten aus dem Zelt. Sie nahm die Öllampe vom Tisch und warf sie auf Zunder, Brennholz und Öl, welches in einer Ecke des Zelts stand und dort für ihren Teil des Spektakels aufbewahrt wurde. Überall züngelten Flammen auf. Innerhalb von Sekunden fing die Plane des Zelts Feuer.

Elos riss die Kinder mit sich und rannte ins Freie. Auch die Artisten und die Stadtwachen flohen. Nur Theresa blieb mitten im feurigen Inferno stehen.

»Umstellt das Zelt!«, rief Elos den Wachen zu. »Schnell! Sie darf nicht entkommen!«

Der Hauptmann wiederholte den Befehl, und die Wachen positionierten sich so, dass sie einen Fluchtversuch bemerken mussten. Aber Theresa versuchte gar nicht zu fliehen. Sie stand im Feuer und schrie. Bald schon konnte man sie aufgrund des Rauchs und der Flammen nicht mehr sehen. Aus der Stadt rückten Feuerwachen an. Das Zelt war nicht zu retten, und die Männer und Frauen versuchten, zuerst das Übergreifen der Flammen auf die Nachtlager und Ochsenwagen zu verhindern.

Dichter Qualm stieg über dem brennenden Zelt auf. Als Plane und Gestänge in sich zusammenfielen, schien es Ada, als ob den Flammen ein großer roter Vogel entstieg. Naru glaubte, in der Luft ein Kreischen zu hören. Als das Feuer endlich gelöscht war, fanden sie von Theresa keine Spur.

EPILOG

Elos und seine Kinder waren seit einem Tag zurück im Haus am Schönen See. Der Spurenfinder stand am Ofen und kochte Suppe. Naru brütete über seinem Vortrag für die Schule. Er hatte eine knappe halbe Stunde gebraucht, um Folgendes zu Papier zu bringen: *Syndrakos: Land und Leute, Gesetze und Gebräuche, Lieder und Legenden.*

Er ließ seinen Kopf auf den Tisch sinken. »Ich weiß nicht, was ich schreiben soll!«, rief er in tiefster Verzweiflung.

»Ist das dein Ernst?«, fragte Ada. »Du warst erst vor ein paar Tagen selbst dort, du hast den Herzog getroffen und die Kaiserin, du warst im Verlies und im Thronsaal, du hast einen Putsch und einen Aufstand miterlebt, und du weißt nicht, was du schreiben sollst?«

»Ja«, sagte Naru. »Kannst du das nicht schreiben?«

Ada seufzte, ging in ihr Zimmer und kam gleich darauf mit drei eng beschriebenen Seiten zurück, die sie ihrem Bruder reichte.

»Was ist das?«, fragte Naru.

»Na, ein Vortrag über Syndrakos«, sagte Ada. »Ich habe ihn gestern aus Spaß geschrieben.«

»Aus Spaß?!«, fragte Naru fassungslos.

»Du musst ihn nur noch abschreiben.«

»Abschreiben?!«, fragte Naru entsetzt.

Ada verdrehte die Augen. »Du kannst ihn auch auswendig lernen.«

»Auswendig lernen?!«, fragte Naru geschockt. »Oh, ich wünschte, ich wäre wieder im Verlies des Herzogs.«

Er ließ seinen Blick aus dem Fenster schweifen. Dort graste sein Freund, der Esel, mit der schönen Mütze auf dem Kopf. Der hatte es gut. Nie musste er Vorträge für die Eselschule auswendig lernen. Es gab noch nicht mal eine Eselschule.

Direkt nach ihrer Rückkehr hatten sie Rebecca ihre Reittiere zurückgebracht. Allerdings war der Esel Naru wirklich ans Herz gewachsen, und er wollte ihn nicht wieder hergeben. Sein Vater präsentierte der Bäuerin darum die Stute der Kaiserin mit den Worten: »Rebecca, sieh nur, was aus deinem Esel geworden ist.«

»Vielleicht verwandelt Naru sich auch mal in eine hübsche Stute«, hatte Ilda gesagt, nachdem sie ihn erstaunlich lange umarmt hatte. Alle Zungenzeichen waren inzwischen übrigens verschwunden, außer den Herzhälften von Ilda und Naru. Und Raffa hatte noch seinen Kackhaufen.

Ada riss ihren Bruder aus seinen Gedanken. »Glaubt ihr wirklich, dass Theresa bei dem Feuer verbrannt ist?«, fragte sie. »Was ist mit dem großen roten Vogel, den wir gesehen haben? War das nicht ein ... Phönix?«

»Hm«, sagte Elos und stellte die Suppe auf den Tisch. »Möglich. Es gibt alte Geschichten, laut denen die Gabe der Unversehrtheit ein Geschenk des Feuerdämons ist. Vielleicht hat er Theresa mit der Verwandlung in einen Phönix ein weiteres Mal Gnade erwiesen. Oder vielleicht hatte er sie dieses Mal aus Gründen, die wir nie verstehen werden, nicht beschützt. Möglicherweise waren die Stadtwachen von Randil auch schlicht nicht aufmerksam genug, und Theresa ist ihnen einfach entwischt.«

»Hm«, machte Naru.

»Ich fände es am schönsten, wenn sie sich in einen Phönix verwandelt hätte«, meinte Ada.

»Manche Dinge bleiben selbst für uns Spurenfinder unerklärlich«, sagte Elos.

Ada und Naru blickten sich bedeutungsschwer an. Hatte ihr Vater gerade das Wort Spurenfinder im Plural benutzt? Konnte das sein? Und er hatte eindeutig nicht von Spuren*suchern* gesprochen.

»Wie dem auch sein mag«, fuhr Elos fort. »Für uns ist es vorbei. Den Fall haben wir gelöst.«

Da! Schon wieder ein Plural.

»Wir«, sagte Naru und machte eine große Betonungspause, »hätten ja großes Interesse daran, zusammen mit dir auch bei anderen vertrackten Fällen Spuren zu *finden*.«

»Was ist zum Beispiel mit deinem einzigen ungelösten Fall?«, fragte Ada.

»Ich wette, ich könnte ihn blitzschnell aufklären«, sagte Naru. »Intuitiv. Ich habe da eine natürliche Begabung. Habe ich schon mal erwähnt, dass ich von Anfang an …«

»Ja, hast du!«, rief Ada.

»Das eine oder andere Mal«, sagte Elos. Er ging zum Regal, holte einen Feuerdrops aus einem Glas und steckte ihn in den Mund.

»Erzähl uns von deinem ungelösten Fall«, sagte Ada.

»Bitte, bitte, bitte!«, bettelte Naru.

Elos lächelte. »Ich weiß nicht, ob man ihn noch lösen kann. Er liegt schon viele, viele Jahre zurück. Ehrlich gesagt, weiß ich nicht mal, ob ich ihn lösen will.«

»Erzähl uns davon!«, bat Ada.

»Na gut«, sagte Elos. »Vielleicht ist es Zeit, dass ich darüber spreche.«

Er ging zur großen Standuhr und drehte die Zeit zurück. Als die Zeiger genau auf ein Uhr deuteten, hörten die Kinder ein leises Klacken. Ihr Vater bückte sich, drückte gegen die untere Holzverzierung der Uhr, und diese klappte auf. Aus dem Geheimfach holte er ein in Leder eingeschlagenes Buch hervor. Es war dasjenige mit der Nummer dreizehn. Naru fiel die Kinnlade herunter. Da war es endlich. Das Buch, das er nie gefunden hatte. Er konnte seine Neugier kaum zügeln.

Elos blätterte in seinen Aufzeichnungen. Dann legte er den Zwillingen eine aufgeschlagene Doppelseite hin.

Mein ungelöster Fall

Es war eine dunkle Winternacht. Der Schnee lag kniehoch in den Straßen. Ich saß schlotternd vor dem Kamin. Aus meinen Monaten in Tarnok hatte ich mir außer dem Ruhm, das Rätsel des Obelisken gelöst zu haben, als einziges Souvenir eine hübsche Erkältung mitgebracht. Die stürmische Seereise und die daran anschließende lange Kutschfahrt zurück nach Iriandria hatten wenig zu meiner Besserung beigetragen. Ich wollte mir gerade einen Feuerdrops einwerfen (nichts hilft besser gegen Erkältungen!), als jemand gegen meine Tür pochte. Fluchend stand ich auf und stieß mir den großen Zeh an einem Kessel, der wie allerhand anderes Gerümpel an unnützer Stelle auf dem Boden stand. Ich konnte gewiss nichts dafür, es waren die Dinge um mich herum, die keine Ordnung halten wollten. Sie hatten sich frecherweise auch in meiner langen Abwesenheit nicht aufgeräumt. Es pochte erneut an der Tür. »Ich komme!«, rief ich. »Ich komme ja schon.« Endlich hatte ich mich durch das Gerümpel zur Tür vorgekämpft und öffnete. Doch es war weit und breit niemand zu sehen. Dann hörte ich einen Schrei. Und gleich darauf einen zweiten. Ich blickte zu Boden. Zu meinen Füßen lag ein großer Korb mit zwei in Decken eingepackten kleinen Schreihälsen. Merkwürdigerweise gab es nicht mal Spuren im Schnee, die zu meiner Tür führten. Ich blickte nach oben, sah aber nichts außer Schneegestöber. Die Flocken wehten mir ins Gesicht. Ich wusste nicht, was ich tun sollte. Mit Kindern hatte ich keinerlei Erfahrung. Aber natürlich konnte ich sie nicht einfach draußen in der Eiseskälte lassen. So viel war selbst mir klar. Also nahm ich den

Korb am Henkel und trug ihn ins Haus. Wenn mich nicht alles täuschte, waren die Säuglinge Zwillinge. Ich stellte den Korb neben meinen Sessel am Kamin und setzte mich. Langsam kroch die Wärme des Kaminfeuers über uns. Die Kinder hörten auf zu schreien, und mir schien es, als lächelte mich eines davon an. Ich habe nie herausgefunden, wer sie sind oder wer sie mir gebracht hat. Die Zwillinge sind mein einziger ungelöster Fall. Und mir dennoch der liebste. Ihre Anwesenheit in meinem Leben ist ein vollkommenes Rätsel, dem des Obelisken von Tarnok ebenbürtig. Ich beschloss, sie als meine eigenen Kinder auszugeben, denn zumindest eines war mir sonnenklar. Wenn jemand so verzweifelt war, seine Kinder nachts vor meiner Tür zurückzulassen, dann nur, weil sie in großer Gefahr schwebten.

Laut unseren Spurensuchern behauptet MARC-UWE KLING, jahrelang in einer Wohngemeinschaft mit einem Känguru und/oder in QualityLand gelebt zu haben, was Rückschlüsse über seinen Geisteszustand und/oder die Zuverlässigkeit unserer Spurensucher ziehen lässt.

Über JOHANNA KLING konnten wir wenige bis keine Informationen zusammentragen. Sie scheint bisher im Untergrund agiert zu haben. Offizielle Stellen behaupten, sie sei zwölf Jahre alt und habe eine Zwillingsschwester, was in unseren Augen höchst suspekt klingt.

LUISE KLING ist angeblich besagte Zwillingsschwester und wohl ebenso zwölf Jahre alt, was, wenn man genauer darüber nachdenkt, wenig verwunderlich ist. Jede andere Altersangabe würde tatsächlich ein bergtrollgroßes Loch in die offizielle Familiengeschichte der Klings reißen.

BERND KISSEL ist unseren Spurensuchern kein Unbekannter. Er hat wohl mit Kling schon im Zuge der sogenannten Känguru-Comics kollaboriert. Quellen aus dem näheren Umfeld behaupten, bereits seine Schulbücher hätte er vollgekritzelt mit Elfen, Zauberern und Monstern.

Wir verpflichten uns zu Nachhaltigkeit

- Papiere aus nachhaltiger Waldwirtschaft und anderen kontrollierten Quellen
- Druckfarben auf pflanzlicher Basis
- ullstein.de/nachhaltigkeit

MIX
Papier
FSC FSC® C083411

Umschlaggestaltung: zero-media.net, München
unter Verwendung einer Vorlage von Bernd Kissel
Titelabbildung: © Bernd Kissel
Illustrationen im Innenteil: © Bernd Kissel
Satz und Repro: LVD GmbH, Berlin

Gesetzt aus der Berling Nova Text Pro
Druck und Bindung: CPI books GmbH, Leck
ISBN 978-3-550-20268-1

Friedhofen
Wilder Wald
Flotbach
Arden Hof
Die toten Bäume
Der Kräuter-händler
Elos' Haus
Schöner See